キツネ狩り

Fox Hunting

YO TERASHIMA

寺嶌曜

新潮社

キツネ狩り◆目次

キツネ狩り

プロローグ

混沌としたこの世界にもルールや法則がある。

そんなことは新聞を読まなくても、テレビやネットを見なくても、自分の周りを見て聞いて、感覚を研ぎすましていれば誰でも気がつく。食料品の価格から株価の変動に至るまで、世界は誰かの、ある企業の、どこかの国の、そして全能と言われる存在の見えざる手によって動かされている。人の死もその例外ではない。毎日どこかで事故や事件、病気や自然災害、戦争や内戦が起き、戦闘と飢えで多くの人が死んでいる。

それがいくら当事者にとって理不尽な死だとしても。そこには何らかの思惑があってルールや法則が生まれる。それこそがこの世界の万物を支配している者の〈摂理〉ってやつだ。生き残るためには神経を研ぎすまし、自分の力で運命を切り開くしかない。

今日は、午後から妙な天気だった。厚い雲が終始空を覆い、街全体の空気を重くしていた。だからといって雨が降るわけでもなく、いまも時折り強い風が吹いて目の前の木々を大きく揺らしている。混沌としたこの世界では、今日のように太陽が眩しくなくても人が死ぬ理由は掃いて捨てるほどに存在する。

――そう、世界は思っているほど単純ではない。

強風に背中を押されて自転車で坂道を上ってきた。後ろの荷台に括り付けた段ボール箱がガタガタ揺れる。振り返ると、坂の下に建ち並ぶ住宅やマンションに数えきれない無数の明かりが灯っている。その明かりに照らされた夜の雲が、何かに追われて逃げまどう羊の群れのように、夜空を流れているのが見えた。

マンションのエントランスで、あいつに聞いていた部屋番号を押した。母親と思われる声がインターフォンから聞こえてくる。「お届け物です」と返すと、ガラス製の自動扉が静かに開く。間接照明に照らされた広いエントランスホールだった。両手に段ボール箱を抱え、防犯カメラの位置を気にしながらエレベータまで歩いた。

あいつも入れて四人、会話の中に出てきた家族構成を思い返す。頭の中でずっと想像していた家族にやっと逢える。その興奮でエレベータの階数ボタンを押す指が少し震えている。目的の部屋の前に立ち、チャイムを鳴らすと鍵を開ける微かな音がした。ドアのハンドルがまわり、開いたドアの隙間に無理矢理身体を滑り込ませた。応対に出てきた母親に、マスクを外して精一杯の笑顔を見せ、手に持っていた段ボールの箱を渡した。「えっ」驚いて後ずさった母親が思わず差し出された箱を受け取った。なんて無防備なんだ。

段ボール箱の底にガムテープでとめていたナイフをはがし、二度前に突き出す。刃先はあっさりとブラウスを突き破り、柔らかい皮膚から腹直筋を貫いて内臓にまで達した。「ひっ」母親の顔が歪み、口から息が漏れる。持っていた段ボール箱が床に落ちた。

他人が苦しむことには何の感情も動かされなかった。それよりも、ナイフが肉に沈み噴き出したあたたかな血が手袋を濡らす、その滾《たぎ》るような生命の力に胸が震えた。

自分に何が起きたのかもわからず、母親の目が見開かれる。後ろに素早く回り込み、口を押さえて喉を斜めに切り裂いた。頸動脈から噴き出した血が壁に飛ぶ。辺りに独特の錆びたような生臭い匂いが充満する。人間の血はみな赤い、けれど匂いは一人一人違う。食べてきたものやライフスタイルが血になって匂ってくる。肺から逆流してきた血が口からもこぼれ落ちている。母親が血を流しながら壁に沿ってズルズルと床に崩れた。

「やっと逢えたのに……もうお別れだ」

家族について訊きたいことや教えてあげたいことが沢山あったのに。片膝を床につき胸に手をあて母親の耳もとにささやいた。「大丈夫。もう、あんたを縛る物は何もない、自由だ。他の家族にもすぐに逢える……」

床に落ちていた段ボール箱とマスクを拾い上げて、靴箱の上に置いた。三和土《たたき》には乱暴に脱ぎ捨てられた小さな青い靴が転がっていた。

――あと三人だ。

第一章　事故

1

峠の途中にある、古民家を移築したと思われる蕎麦屋が見えてくる。少し谷側に下った駐車場にバイクを乗り入れた。お昼の時間帯を過ぎてはいたが、十数台の車が停まっている。尾崎冴子《おざきさえこ》は、エンジンを切ってフルフェイスのヘルメットをとった。食欲をそそる茹でた蕎麦と揚げた天婦羅の美味しそうな匂いが漂っている。リアシートから降りた婚約者の岸本有介《きしもとゆうすけ》が「腹減った」と呟いて急いで列に並ぶ。

店の入り口にはまだ客が十人ほど行列をつくっていた。遅めの昼食は、有介がネットで見つけていた蕎麦屋、今回のツーリングの数ある目的ポイントのひとつだった。

運良く空いた窓際の席に通され、天ざる蕎麦を二人前注文する。窓からは渓流が見え、川の流れる音と谷の間を渡る鳥のさえずりが聞こえる。

さほど待たされることもなく、野菜を揚げた油の香りとともに蕎麦が運ばれてきた。

「ちょっと待った。サエ、箸で蕎麦をちょっと持ち上げて、うん、いいね」

有介が手持ちの小型カメラを取り出し、天ざる蕎麦を撮影する。なにも休みの日にまでシャッターを切らなくてもと思う。根っからのカメラ好き、ことあるごとに写真を撮ってＳＮＳにあげている。美味しそうに撮れた写真は結構評判が良いらしい。

有介にとって広告カメラマンは天職だ。それにしてもツーリングのポイントごとに、撮影につき合うのは少し煩わしい。

「いいけど、天婦羅が冷めちゃうよ」

「そうなんだよ。中には蕎麦よりもこの天婦羅を目当てに来店する客もいるんだって」

ネットからの情報を自慢げに話すのを、はいはいと適当に相槌を打って食べ始めた。粗く挽いた十割のそば粉で打った麺、その表面のざらつきを舌で味わい、甘さを控えたつゆで食べる。裏の山で採れたという天然物の舞茸の天婦羅も美味しく、こんな人里離れた場所で行列ができるのも納得の味だった。

食事を終えて、店の名前と蕎麦の実の柄《がら》が白く染め抜かれた暖簾をくぐって外へ出た。森を抜けた風が、渓流をこえて吹いてくる。腰にまいていたオレンジ色のレザージャケットをはおる。大きく息を吐いて背伸びをした。遅れて黒のライダースジャケットを着た有介が出てくる。ジーンズのポケットからカナダのコインを取り出し尾崎の目の前にかざした。

「それじゃあ、いくよ」

親指ではじいて落ちてきたコインを手の甲で受ける。上に重ねた手をゆっくり開いて見せてきた。カリブーの図柄が鈍く光っている。

「よしっ」有介がコインを握り締めた拳で小さくガッツポーズをする。

二人揃っての休日は久しぶりだったので、峠を越えて海までの日帰りコースを選んだ。尾崎のバイクがメンテナンス中のため、有介のバイクに二人乗りでここまで走ってきた。「俺のバイクだし、当然ドライバーは俺だ」昨夜、そう言い張る有介を強引に説き伏せ、コイントスをし、その都度ドライバーを決めることにした。エリザベス二世の横顔は尾崎、カリブーの場合は有介がハンドルを握るルールだった。

尾崎は持っていたバイクの鍵を下から投げた。それを片手で受け取った有介が鼻歌まじりでヘルメットをかぶり、防水機能のついた腕時計を見た。

「ここから峠を越えたらすぐに海だな。あと三十分ってところかな」

「安全運転でね」

「いやいや、俺にそれを言う？　警察官なのにサエのライディングは乱暴すぎる。ここまで来るのに何回肝を冷やしたことか。左にハンドルを切る時に、ワンクッション空ける妙なクセがあるの気づいている？　それにコース取りも……」

「はいはい、わかりました」小言が長くなりそうなので、遮るように返事をする。

有介は尾崎よりも二歳年下で身体も大きいが、その割に堅実なライディングをする。逆に体育会系の尾崎は理屈より身体の感覚で運転しがちだった。カーブを曲がるコース取りが気分に左右され、いつもバラバラなのはわかっていたし、逆にそれを楽しんでいた。

尾崎はフルフェイスのヘルメットをかぶり、顎紐のバックルにロックがかかるまで金具を押し込む。リアシートをまたぎ、背中を二回叩いて有介の腰に手を回した。ヘルメットにはインカムが付いている。スタンバイができたことは声で知らせれば良いことなのだが、二人にはこれがいつも発車の合図になっていた。

速度を落としカーブに入る。車体を倒しこんで峠のカーブを旋回する。有介と尾崎とバイクが溶け合ってひとつになる。直線コースに入る手前で加速しながらバイクを起こしてコーナーを走り抜ける。コース取りも、カーブで外に膨らむことなくキッチリ道路のセンターを走る。以前、道路わきに落ちている枯葉や砂利で、タイヤを滑らせて事故ったバイクを何台も見ている。有介のスムーズなライディングは峠のお手本のような走りだった。

「午前中に立ち寄った陶器屋はどうだった」有介がインカムを通して訊いてきた。

「良かったよね。色と形のセンスもいいし」

「俺たちの結婚式の引き出物、あの店で決めようと思うんだけど」

「それなら、私あそこの擂粉木《すりこぎ》と擂鉢《すりばち》のセットがいいな」

「渋いね、良いんじゃない。けど、披露宴に来てくれた人に持って帰ってもらうには、ちょっと重くないかな」

「ひとり用の小さめのサイズを選べば、そうでもないと思うけどな」

「よし、海を少し早めに切り上げて、帰りにもう一度あの陶器屋へ寄ってみようか」

「そうね」

やがて比較的カーブも少ない下りに入る。有介がギアをチェンジして加速した。身体にかかる加速Gが気持ちいい。ガードレールの向こうに様々な種類の樹木が生い茂っている。カーブを曲がるたびに木々の間から今日の最終目的地の青い海が見えた。

峠を半分ほど下り、左回りのカーブに入ったときだった。バッバババッ、何かが激しく風を切る音がして、いきなりバイクの前を黒い影が横切った。

「なにっ」「あっ」二人が同時に叫ぶ。

有介が慌ててブレーキをかけたのが分かった。身体が前に引っ張られる。後輪が滑り、バイクの車体を左に傾けたままカーブに突っ込んだ。今度は大きな力で横に回転し身体が何かに引っ張られるように右前方に持っていかれる。摑んでいた有介の腰から腕が離れ、スローモーション映像のようにアスファルトの地面が近づいて来る。一瞬蒼い空に雲が流れているのが見えた。——

黒い影、あれはいったい何だったのか。

頭部に衝撃を受け、まわりの風景がいっきにバウンドする。尾崎は痛みを感じる間もなく、黒い影に引きずり込まれるように深い闇へ沈んだ。

2

有介の故郷は九州の北部に位置するF県の小さな港町だった。尾崎は飛行場から地下鉄、列車を乗り継ぎ、最寄りの駅でタクシーをひろった。外の景色が徐々に瓦屋根の民家に変わり、道幅も狭くなる。閉め切った車内に汐の香りがしてきた。

バイク事故から二年が経ち、有介の三回忌を知らせる手紙が届いた。日時と場所が印刷された余白には〈携帯に連絡を下さい。石段の下までうちの人を迎えにやらせます〉と有介の母親の直筆で携帯の電話番号と一緒に追記されていた。

法要が行なわれる寺は、小高い丘の上にある。尾崎はタクシーを降り、上まで続く長い石段を見上げた。遠く向こうに山門が見える。バイク事故で怪我をした足は、もう歩いて上れるほどに回復していた。暫く考えて、自分の足で上ることにした。しかし、事故で失明した右眼はいまだに光を取り戻せていない。左眼だけではどうしても距離感が摑めず、何度か躓《つまず》きそうになった。

石段の左側は雑木林、反対側には金木犀《きんもくせい》が植えられ、甘い香りがしていた。雑木林の木漏れ日が苔むした石段に落ちて、生きているように揺れている。上るにつれて瓦屋根の家並みが現れ、その向こうに青い海が見えてくる。時間をかけて石段を上り、屋根のある小さな山門をくぐった。

飛び石が境内から本堂の玄関まで続いている。玄関の前には大きな蘇鉄《そてつ》の木が植えられた庭があり、九月も終わろうとしているのに、地上に出遅れた蟬が寂しそうに鳴いていた。

本堂玄関の上がり口や広縁に親戚や地元の人が三々五々集まって話をしている。このまま、その輪に入るのに気後れした。喪服姿の人達が庭先から見える景色を眺めている。尾崎はうっすらと汗をかいた身体を、法要が始まるまで風にあてて待とうと思った。

寺の隣は、海を見下ろす日当りの良い丘陵になっている。張り付くように墓石が並び、一際大きな椿の木の下に、有介が納められている岸本家の墓も見えた。

「冴子さん。今日は遠くからありがとうね」

後ろから声をかけられ振り向くと、喪服の着物姿の女性が立っていた。岸本奈津《なつ》、有介の母親だった。

「おか……奈津さん、お久し振りです」

お義母さんと言いかけた言葉を濁し、慌てて頭を下げて挨拶を返した。海の波と灰色の瓦屋根を越えて吹いてきた風が、奈津の少し白くなった髪を顔にかける。それをかきあげる手が随分痩せて見えた。

婚約前に有介と三人、レストランで食事をしたことがある。初めての顔合わせで緊張している尾崎に、有介の小さい頃の失敗談などを話して笑わせてくれた。ほろ酔い加減で話されるエピソードが多彩で、母親と息子の関係の深さを感じた夜だった。別れるときに、有介のことよろしくお願いいね。——そう言って握ってきた手の温もりを思い出した。

潮風で色を削がれた町の風景を見下ろしながら、お互いの近況を話した。

「右眼はまだ治らんとよね」

「はい、まだ……。検査は続けているんですが、なかなか原因がわからなくて」

「ごめんね、冴子さんの身体にまで傷ば負わせて。本当に、あん子はろくなことせんやった。生きとりゃその償いもできたとに」

　遥か遠くを見ている奈津の横顔が、少し震えていた。

「気にしないで下さい。足もこのとおり完治して、ここの石段も苦も無く上がって来れました。左眼だけの生活にも慣れて、普通に暮らす分には何も不自由はありません」

　尾崎はその場で、軽く跳ねてみせた。精一杯の強がりだった。あのバイク事故で、有介を亡くし右眼を失明した。職場も刑事課を離れ別の部署に配置転換になった。何もかも失って気が抜けたように過ごしたあの日々のことは、同じ喪失感を味わった奈津にはどうしても話すことができなかった。

　沖から港に帰ってくる船のエンジン音が、風に乗って微かに聞こえる。おこぼれの小魚を狙っているのか、港の上を小さな白い鳥が飛び交っているのが見えた。

「奈津さん。そろそろ、お坊さんが来んしゃーよ」

　寺の広縁から、喪服を着た年配の女性が声をかけてきた。奈津は軽く手をあげてうなずく。庭にいた人達がちらほらと本堂へ移動を始める。歩き出そうとする尾崎の腕に奈津が手をかけた。

「お坊さんなー、有介ん同級生やけん、そげん慌てんでも良かよ」

　奈津が帯の間から布に包まれた物を取り出し、尾崎の手にそっと渡してきた。

「近頃少しずつ、あん子の遺品ば整理しよるとよ。冴子さんに、こいば受け取ってもらえんやろかと思うて」

　布を開くと、有介が愛用していた防水機能のついた腕時計だった。

「冴子さんにも何か渡そうとうちん人に言うたら、あまり重かもんば持たせんなって叱られたんやけどね」

この時計を渡すことの重さを気遣う有介の父親、それでも息子が生きていた証として持っていてもらいたいと願う母親。結婚まで至らなかった尾崎に気を遣ってくれる有介の両親に、胸が熱くなった。

「けど、こん腕時計だけは、どげんしてん捨てられんかったとよ」

広告カメラマンという仕事がら海での撮影も多く、峠のバイク事故のときにもこの時計は有介の手首に巻かれていた。風防ガラスにはひびが入り、針は事故の時間をさしたまま壊れて止まっている。

「……ありがとうございます。奈津さん」尾崎は時計を握りしめて頭を下げた。

「冴子さんも私も、いつまでん有介を思って暮らしててもいけんしね。うちん人にも言われたとよ。過ぎ去ったことばっかし見とらんで、そろそろ前に向かって歩かないかんと」

尾崎は受け取った時計をじっと見た。自分も奈津も、事故以来この壊れた腕時計と同じで、時間が止まった様に生きてきたのだと思った。

3

登坂《とさか》市はN県内最大の都市で、公共交通機関も市営地下鉄、私鉄のターミナル駅、バス路線と充実している。県外や市外から乗り入れてくる車も多く、ドライバーの交通マナーの悪さも評判になっていた。県内最大の商業施設・飲食・レジャー施設のある繁華街と風営法対象業種であるクラブやキャバクラなどが集中する歓楽街、いわゆる夜と昼のふたつの顔を持つ犯罪発生率もN

県一高い街だ。

登坂警察署はN県警察本部が管轄する大規模警察署のひとつで、県警察本部からも近かった。警察署の建物は、築五十年近くになる四階建ての南棟と十五年前に建設された七階建ての北棟からなる無骨なビルだ。

弓削《ゆげ》拓海《たくみ》は、二階にある刑事部屋から警察署北棟の屋上へ続く階段を走っていた。五階から六階へと上る踊り場で、外光を取り込む窓枠に手をかけて休憩する。息が切れ膝が震えている。壁に寄り掛かると、背中に感じるコンクリートの冷たさが心地いい。日頃の運動不足と昨日飲み過ぎた酒のせいにしたかったが、四十歳を過ぎてからの体力の衰えは薄々自覚していた。呼吸が整うのを待って、再び七階まで階段を駆け上がる。ここから上は、エレベータの機械室で行き止まりになっていた。目的地の北棟屋上へは、一旦エレベータホールに出て廊下を歩き、右側の不自然に短い階段を登る。「登坂警察署・資料室」のプレートが貼られた両開きのドアを、持っている鍵で中へ入る。

高い天井の薄暗い資料室は、空気が淀み湿った埃の匂いがした。天井近くの窓から太陽の光が差し込んでいる。ドアの鍵を閉め足を踏み出す。そのたびに舞い上がる埃が、光を受けてキラキラと空間を漂う。薄暗い部屋に棚が並び、段ボール箱や備品が積まれている。棚の手前には着ぐるみなどのガラクタが、大きなケージに入れられて埃をかぶっていた。

中央の壁に、十段もない短い階段がある。そこを上り、軋むドアを開けてようやく最終目的地の北棟の屋上にたどり着く。十月の陽光に、弓削は目を細めた。薄暗い資料室からいきなり屋上に出たせいなのか、やけに眩しい。押し潰されそうな夏の雲が去って秋の空は澄み渡り、ビル群と遠くの山々がいつもよりくっきり見えた。屋上の片隅にベンチと灰皿スタンドが置かれている。

そこまで歩くのももどかしく、取り出した煙草に使い捨てのライターで火をつける。

一本目の煙草がじりじりと灰と煙に変わる。太陽に暖められた屋上の空気が上昇気流となって、吐き出した煙を街の隅々へと運んでいく。フェンスにもたれ、大小さまざまなビルやその間を縫うように走る車の群れを見ながら、しばらく煙草を燻《くゆ》らせる。

「弓削さん、お久しぶりです」

いきなり背後から声をかけられた。十年ぶりに聞いた声だが、誰だかはすぐにわかった。わざと無視して、二本目の煙草に火をつけた。

「相変わらずですね。そんな態度だから、警部補から上に行けないのですよ。まあ、行く気もない人にこんなアドバイスをしても無駄なのですが」

弓削はフェンスに肘を掛けて振り返った。声の主の深澤航軌《ふかざわこうき》警視正は目礼をして、足を伸ばしベンチに腰掛ける。ネクタイを緩めて制服の内ポケットから煙草を取り出すと、ライターで火をつけた。独特なオイルの匂いが煙草の煙と一緒にあたりに漂った。

「人が気持ちよく寛いでいるのに邪魔するな」

深澤は警視正で弓削の警部補の三階級上、遥か雲の上のキャリアだ。初めて会った十年前はベビーフェイスの顔に天然のくせ毛、細い身体にオーダーメイドのスーツがお世辞にも似合っているとは言えなかった。ぎこちなく挨拶してきた顔に、育ちの良さが見え隠れする新人だった。

あの時が二十五歳、研修を終えて十年ぶりだとして年齢は三十六、七歳か。体重が若干増えて顔の角がとれ、濃い紺色の制服が窮屈そうだ。あの頃はかけていなかった眼鏡とレンズ越しの眼が少し疲れて見え、整髪料で整えたくせ毛がところどころで跳ねている。制服の右胸には署長章のバッジが光っている。

久しぶりに会って、葉巻でも燻らせていたらぶん殴ってやろうと思ったが、深澤が喫っている煙草の紫煙からは、あの頃と同じ銘柄の香りがしていた。

「十年前の研修最後の日、ここで言った筈だ。お前と俺しかいないときは、敬意は払うが敬語は使わないってな。次に会う時は本部の部長か管理官と思っていたんだがな。もしかして、お前なんかやらかしたのか」

深澤は三日前に登坂警察署の署長として、赴任してきた。本来ならば南棟の四階にある柔剣道場ホールで新署長着任挨拶の特別訓示がある筈だったが、取り止めになっている。かわりに、署の全員に着任挨拶と直筆サインの入ったメッセージがメールで届いていた。

「そういえばドアの鍵はかけた筈だ、お前ここにどうやって入ってきた」

深澤が手に持った鍵を揺らし、にやりと笑った。

「僕が署長になってやった最初の仕事がここの鍵の複製を造らせ、預かることです。ドアの錠前ごと交換させて、弓削さんが入れないようにしても良かったのですが。そこは敬意を払って止めました。そのことには感謝してもらいたいぐらいです」

深澤の新人現場研修で組んだのが弓削だった。東大法学部出身、在学中に海外留学を経てのいわゆるキャリア組で、十歳近く年齢の差があった。それでも当時の階級は弓削が巡査部長、深澤の方がひとつ上の警部補だった。

通常キャリアの研修は県警本部の警務部かせいぜい二課どまり、前線の所轄しかも刑事課で面倒を見るのは稀で、後から知ったところでは本人たっての希望だった。だが、本人の希望で研修の配属部署を自由に選ぶなんてことは聞いたことが無い。父親が上に顔が利く財界の大物だけのことはある。

同僚の刑事達が大物の息子であり、警部補でキャリアの新人を腫れ物に触るように扱ったのに比べ、弓削の指導にマニュアルがあるわけもなく、ましてや忖度《そんたく》などは微塵もない。現場を引きずり回しその経験の中から教えることしか知らなかった。すぐにでも違う部署へ配置願いを出すかと思ったが、九ヶ月の研修を最後までついて来た。

「ちゃんとルールは守っていますよ。ここのことは誰にも言わない。ここでは階級をひけらかさない。ここに来る時はエレベータを使わない。でしたよね」

「そういうことは覚えているんだな。お忙しい署長さんがこんな所でサボっててていいのか。煙草だったら、唯一署内で禁煙を免れている署長室で、いくらでも喫えるだろ」

「そうなんですけどね。壁に掛けられている歴代の署長の写真、あれ全て外すように言っていたのにまだ飾られていて。あんなのに見られていては、煙草が不味くなる。それに、長く居座るつもりもない署長室の壁を、煙草の煙で汚すのもなんですから」

「そういえば、署長官舎にも入ってないって聞いたが……」

「いや、いや、あんなカビ臭いところ僕には無理です」

「何だその言い草。変わってねーな、航。歴代の署長の写真ぐらい許してやれよ。あの頃みたいに怒鳴る気にもならない」

弓削は、わざと深澤航軌ではなく昔の通称で呼び、欠伸《あくび》まじりに悪態をついた。深澤は鼻で笑ってベンチから立ち上がり、弓削の隣に来てフェンスにもたれかかった。

「その呼ばれかたも久しぶりですね」

「俺から、ちょっとしたアドバイスが新任署長にあるんだが、いいか」

弓削が煙草を持っていた手を軽く上げる。

「どうぞ、ご遠慮なく。弓削さんが決めたここのルールです」

「いや、屋上のことじゃない。署内にはな、良きにつけ悪しきにつけ、前例主義ってルールがある。ここだけじゃない、警察組織内のほとんどの規則が、それで決められていると言ってもいい。官舎には住まない、新署長着任挨拶をドタキャンしてメールですませたり、署長室の前任者の写真を外させたりすることで署内にどれほどの波風が立つのか、わからないわけじゃあないだろ。お前がどれだけ出世をしたとしてもだ」

「そうですね……。でも、いいじゃないですか少しぐらいの波風。署内の淀んだ空気を入れ換えるのに丁度良い」深澤が悪びれもせずに言った。

「お前の目に入っているか知らんが、片山《かたやま》副署長は俺たちノンキャリアの出世頭だ。署内のもめ事を波風をたてずに納めることであそこまで昇り詰めた。よく言うだろ、戦場で生き残るのは勇気のある人間ではない、人より臆病な人間だってな。おまえも、あの用心深さは見習うところがある筈だ。あまり波風立ててると沈没するぞ」

「まさか、僕がそれぐらいで……」

「いやいや、誰が豪華客船の心配なんかするか。俺が気掛かりなのは、煽《あお》りの波を受けて沈没するタグボートの片山副署長の方だ」

「それなら、ここで僕が煙草を喫っても文句言わないでくださいね」

久しぶりに生意気な深澤に対して憤りを覚えた。

「このやろう、勝手なこと言いやがって。だったら、副署長を海の底へ沈めろ」

「……考えときます」口元だけで微かに笑った。

これで本人はまわりに迷惑をかけているという自覚がないから始末に悪い。場合によっては本当に副署長を沈めかねない。

深澤の父親は、N県を含めた近隣広域圏の財界の大物だ。警察庁へのパイプも太く、経営グループには警察官を退職した後の受け皿企業も多い。警察官僚出身の政治家への献金や選挙の応援も欠かさない。市長や県知事ぐらいならいつでも食事に同伴できる。所轄の人事をいじるぐらいは、食後のワインの銘柄を変えるように簡単にできる人物だ。

この調子だと県内どころか所轄内の関係各所に就任の挨拶まわりに行っているかどうかもあやしい。片山副署長の気苦労が絶えないことに同情すら覚えた。

「けれどそれでいくと、弓削さんは戦場で真っ先に死ぬ人間の典型ですね。もっと慎重に行動しないと……」深澤が、一瞬弓削を見る。「もう、手の方は大丈夫なのですか」

弓削が右手で握りこぶしを作る。腰を落とし、一回軽く左のジャブを入れてから、腰を回転させ深澤の目の前へ右ストレートを繰り出す。ゆっくりと拳を開いて、親指のつけねから白く引きつって伸びる傷跡を見せた。

「このあいだ手相占いがよく当たるというスナックのママに見せたら、この傷のおかげで二百歳まで生きると言われた」

降ろした手の傷跡をさすり、掌を開いたり閉じたりを繰り返した。

「何を聞いたか知らんが心配するな、徐々にだが握力も戻ってきている。飯を食ったり煙草を喫うのに何も困ることはない。なぜそんなに俺の右手のことが気になる」

「別に心配はしていません。けど、新任署長としては当然でしょう。大事な兵隊が前線で真っ先に死なれても困ります」

「兵隊ね、俺らは将棋の駒か」

「しかし、半グレ三人相手の立ち回りなんて、少しは年齢を考えてほしいですね。その中に政治家の身内がいたって聞きましたよ。相手にも怪我を負わせて、下手したら過剰防衛で訴えられてもおかしくなかった」

「俺はナイフで襲われて怪我まで負った被害者だよ。降り掛かる火の粉を払っただけ。それを弁護士が過剰防衛だって騒ぎ出した。火事にしたのはその政治家と警察の上の方だ。上から押さえつけて事件をもみ消そうなんて考えるから、マスコミに叩かれて大火事になった。俺に言わせれば身から出た錆だ」

フェンスに腕をかけて煙草を燻らしている深澤の横顔をじっと睨む。遥か雲の下にいる所轄刑事の身体トラブルまで知っていることに少し驚いた。頭が切れ、家柄も良く、見た目も悪くないのに、今ひとつ人間の底が摑めない。人を小馬鹿にしたような態度や嫌みな話し方は、研修のときから十年経った今も同じだった。

「年一回の射撃訓練も受けてないようですね」

「俺は、元々銃は嫌いなんだよ。まあ、署長在任中は、せいぜい大人しくしとくよ。お前の出世に響くといけないからな」

嘘をついた。襲われて傷を負ってから、いっこうに握力が戻ってこない。警察学校に併設されている射撃訓練場で銃を撃ってみたが、結果は散々なものだった。利き手ではない左と、ターゲットに当たる確率はほぼ変わらなかった。実際のところ、警察官が定年までの在任中に銃を撃つ機会は、訓練以外ではほとんどない。だから利き手の怪我で銃を撃てなくても実務には関係ない。——とは、ならないのが現場の実情だった。銃を握れない状態で背中をあずける相棒に弓削をとは、すんなりいかなかった。

煙に目を細め、喫っていた三本目の煙草を灰皿スタンドで消した。フェンスから離れて、大きく背伸びをする。

「おっと、まだ言ってなかったな。登坂警察署、深澤署長就任おめでとうございます。それでは失礼します」

わざと敬語を使って腰を折り、頭を下げて敬礼をする。まだ何か話したそうな深澤を置いて、屋上から資料室へ下りるドアへと向かう。

煙草の煙で燻《いぶ》された街から、車のクラクションの音が風に乗って聞こえてきた。

4

弓削は事件以来、政治家のもみ消しや県警本部の指導にも従わず、おまけにマスコミへの情報リークも疑われ、署内でも浮いた存在になっていた。右手を負傷してから、二年と半年近く様々な部署をたらい回しにされ、いつしか独りで行動するようになっていた。

それを刑事課へ拾い上げてくれたのが、捜査一課近藤《こんどう》班の近藤慎司《しんじ》警部だった。その近藤班は十日前に起きた女性会社員ストーカー殺害事件で多忙を極めていた。

ストーカー行為をやっていた男に、会社勤めの女性が自宅マンションで襲われ殺害された。生活安全課のＤＶ・ストーカー相談係へ幾度となく相談が有り、被害届も提出されている。それにも関わらず事件は起きた。それだけに世間からの警察への風当たりは強く、苦情の電話が頻繁にかかってきている。捜査は目立った進展の無いままに過ぎ、捜査会議ではすでに被疑者は県外に逃亡しているのではという意見も出てきていた。

二階の刑事部屋に戻ると、他の班の捜査員も出かけていて、ほとんどが空席だった。篠田博正《しのだひろまさ》警部補と机の上の書類を見て話しこんでいた近藤班長と目が合い、会釈をする。篠田とは同い年で同期、近藤班では班長をサポートする若頭的な存在だ。それだけに居候の弓削には厳しい。拾われた野良犬を見つけて眉間にしわを寄せた。

この四月に近藤班に配属された新人の野上蒼汰《のがみそうた》巡査が、パソコンで報告書を作っている。弓削の噂を知ってか知らずか、若さからの気軽さで話しかけてくる。「上の目もある、俺にあまり近づかない方がいい」それとなく注意をすると、「おっ、渋いっすねえ」と平気な顔で返された。冗談だと思われたのか、それからも気にもかけずにじゃれ付いてくる。さっそく椅子に座ったままキャスターを転がし近づいてきた。

「お疲れさまでーす。弓削さん、どう思いますこのストーカー殺害……。いてっ」

近藤班長が、丸めた週刊誌で野上の後頭部をはたいた。

「野上。人に聞く前にちょっとは自分の頭で考えろ」

荒らげた声が刑事部屋に響き渡る。弓削は自分の椅子に座って苦笑した。

「ちょっといいかい、弓削ちゃん」

近藤班長は弓削より年齢は六つ上の五一歳。髪はふさふさだが真っ白で、見た目には随分年上に見える。その髪がまだ黒い頃に、幾度か組んで張り込みをしたこともあった。週刊誌を机の上に放り投げ、近くの空いた椅子に座る。

「この週刊誌にいいように書かれてかなわん。どうだろう。ここらで、お前さんの見立てを聞かせてもらってもいいかな」

広げられた週刊誌には『警察の失態！　ストーカー殺人の救えた命』と派手な見出しが紙面に

踊っていた。部下には自分の頭で考えろと言いつつ、その部下の前で堂々と弓削に犯行の見立てを訊いてくる。表裏の無い言動は不思議と憎めなく、部下からは慕われている。日頃から「俺は凡庸な男だが、人の才能を見抜く力はある」と、豪語する近藤班からは、優秀な刑事が何人も育っている。その部下達が近藤班長をこの地位まで引き上げたといえる。人の足の引っ張りあいが横行するこの世界では、希有な人物だった。

「この事件、本当にストーカーの本田《ほんだ》広樹《ひろき》の犯行なんですかね」

「だがなー弓削ちゃん。被害者は帰宅直後、部屋に潜んでいた犯人に、背後から塩化ビニール製のケーブルコードで絞殺されている。レイプされた痕跡こそ無かったが、下着に付いていた唾液から検出されたDNAが本田のものと一致した。それに部屋から出た被害者以外の遺留指紋の中に、本田のものが見つかっている」

「班長、そこなんですよ。本田は指紋を部屋にいくつも残しているのに、肝心の首に巻かれていたコードからは指紋のかけらも出ていない」

「おいおい。そんなもん、首を絞めるときに手袋をしてただけだろ。難しく考えるな」

近藤班長が拾われた野良犬に事件の見立てを訊いたのに不満を持っているのが篠田の言葉の端々から伝わってくる。弓削はそれを無視して話を続ける。

「本田が犯行現場へ持ち込んだ物ならそれも考えられる。しかし、使われたのは被害者のパソコンに繋がれていたケーブルコードだ。マンションに元々あったものを使って犯行に及んだのなら、少なくとも被害者の指紋は残っているはずだ」

「部屋の指紋は残したまま、凶器の指紋は念入りに拭いたということか。確かに、ちょっとばかりちぐはぐだな」

「あと気になるのは、なぜ、やつは襲ったときにレイプをしなかったのかだ」

「急に被害者が帰宅し、慌ててレイプしようとしたが、モノが役に立たなかったんで殺してしまった、なんてことは良くある話だ。本田は小心者のインポ野郎ってことだろ」篠田が口を挟む。

「格好の獲物が目の前にぶら下がっているのにか。それに気になるのは殺害の手口だ」

「どこがおかしいんですか」野上が訊いてくる。

殺人捜査の基本中の基本だ。弓削が言おうとしていることは薄々気付いているのだろう、近藤班長と篠田が目を合わせて黙り込んだ。

「資料にあるあいつの性的嗜好を考えるとな、本田の犯行なら後ろからコードを使ったりしない。正面から苦しむ被害者の顔を眺めながら、そして自分の手で絞め殺す」

「弓削、いい加減にしろよ。生活安全課から、ストーカー行為で何度か警告をしている。本田は、被害者が警察に被害届を出したことにキレていたという証言もある。性欲よりも怒りの方を優先して殺したんだろ。それに、あの日犯行時刻の少し前に、本田が現場近くをうろつく姿がコンビニの防犯カメラにも映っていた」

おそらく捜査会議で上に押し付けられた見立てを、篠田がそのままなぞって言った。

「そうですよ。あいつが犯人じゃなかったら、事件以来、自宅のアパートにも戻って来ないのは何故なんですか」野上も口を尖らせて訊いてきた。

「あの日、近くで目撃され、指紋も残ってるとなると、本田が部屋に忍び込んだのは間違いない。そこで死んでいる被害者を発見して逃げた。もしかしたら、本田はこの事件の被疑者じゃなくて目撃者なんじゃないのか」

「そんなぁ、僕は昨日も徹夜で張り込んだんですよ。目撃者なら、なんで素直に出頭してこないかな。もしかして、犯人に顔でも見られてビビってるんですかね」

「いや、本田が怖がっているのは、俺たち警察だ」

「それじゃあ、下着に付いたＤＮＡは、どう説明するんですか」

「本田は変態野郎だ。死んでいる被害者を見つけて興奮し、思わず汚れている被害者の下着に顔を埋めたってことも考えられる」

「いい加減にしろ。ストーカーという格好の獲物を目の前にぶら下げられて目がくらんだのは、俺たちだって言いたいのか」篠田が週刊誌を摑んで机に叩き付けた。

「まぁ、弓削ちゃんの言うように、本田の犯行ではなくて警察に疑われるのを嫌がって隠れているだけだとしたら、本気で逃亡しているとは思えんな。まだ市内のどこかに潜伏している可能性があるってことか。今日の捜査会議にかけてみるが、出れるかな」

「すみません。今日は午後からちょっと」弓削が軽く右手を上げる。

「そうか、今日は病院だったな、まだ右手の握力は戻ってこねえのかい」

「まぁ、少しずつですね」

「お前さんも災難だな。だが、そろそろ吹っ切ったらどうだ」

近藤班長が椅子から立ち上がり、弓削の肩を軽く叩いて自分の席に引き上げる。一緒に席に戻ろうとする篠田を弓削が引き止めた。

「篠田、この犯人は被害者と親しい人間の可能性がある」

「そんなこと、お前に言われなくてもわかってる。被害者の背後から絞殺してんだからな。野上、もう一度、被害者の身辺を洗い直しだ」

野上が慌てて椅子から立ちあがり、自分の席へ戻る足を止めた。

「あっ、そういえば弓削さん。警務課の尾崎って女性から電話が……。いてっ」

篠田が持っていた週刊誌で野上の頭をはたいた。「野上、何度も言わせるな。そういうのは、まず先に報告するもんだ」

目の前の電話に〈警務、尾崎から連絡有り〉と野上の殴り書きの付箋が貼られている。机の上に置いていた携帯の着信のランプが点滅していた。

「なんだ、今度は尾崎か……」

尾崎は十年前、深澤が刑事課での研修のときに同じ班で弓削と一緒に組んでいた。短大時代に全日本女子剣道選手権大会五位の成績が上の目にとまり、刑事課に引っ張られた新人だった。

その尾崎は三年前、二人乗りバイクの自損事故で、運転していた婚約者を亡くしている。後ろに同乗していた尾崎も左足大腿部を骨折し、更に右眼を失明した。二ヶ月の入院と半年のリハビリを経て左足は完治し、今は普通に歩いたり走ったりできるようになったと聞いている。だが、右眼の視力は今も戻っていない。その身体的ハンデを考慮され、六年半在籍した刑事課を離れ警務課に配置転換になっていた。

ただ、バイク事故の原因に関して尾崎は納得していない。休日を使って事故のことを調べまわっていて、交通捜査課から苦情がきていると警務の同期から聞いた。何度か食事にも誘ってアドバイスや注意もしたが、会話も上の空で近頃は疎遠になっている。先程近藤班長に言われた「そろそろ吹っ切ったらどうだ」、同じ言葉を尾崎にかけてやりたいと思った。署内で顔を合わせれば会釈程度はするが、電話で話すのも久しぶりだった。

「はい、警務課です」受話器の向こうから懐かしい声が返ってきた。

「よう、電話したか」

「あっ、弓削さん。お久しぶりです。携帯にかけたんですけど繋がらなくて。お忙しい所すみません、私事なのに直接刑事課に電話してしまいました」

通話口から聞こえる思ったより明るい尾崎の声に、心が少し軽くなった。

「すまん。机の上に携帯を置きっぱなしで出かけてた」

弓削は、喫煙の時間を誰にも邪魔されないように、携帯は置いて屋上に上がっている。長い付き合いだ、尾崎もそれを知っていた。

「相変わらずですね。まだ、わざわざあそこに煙草を喫いにいってるんですか」

上で深澤にも同じことを言われたのを思い出した。

「相変わらずって、お前も俺に説教する気じゃないだろうな」

「えっ、誰かに説教でもされたんですか」

「さっきな、屋上で航に会った。お前ら二人して俺を年寄り扱いしやがって」

「航……。いえ、深澤署長に会ったんですか。元気にしていました？」

「署長になっても、人を小馬鹿にした態度と嫌みなしゃべり方は相変わらずだった」

「そうですか……。私も弓削さんに一度会って相談したいことがあるんですが」

「今日は、これから病院で無理だが、今は居候の身だ。いつでもいい、携帯に連絡をくれ」

「病院ってどこか具合が悪いんですか」

「まあ、ちょっとした検査だ。それより何の相談だ」

「電話ではちょっと、会ってから話します」

「そうだな、俺もお前と話がしたいと思っていた……」

三年前の事故のことまだ引きずっているんじゃないのかと、おもわず口から出かけた言葉を飲み込んだ。

「じゃあ、今度の日曜でいいですか。詳しい時間と場所は後で連絡します」

尾崎のまっすぐな声を聞いて、かえって気が重くなった。

5

地下鉄の出口からすぐに左に折れ、登坂中央公園の中を歩いた。半分以上を大きな池が占め、周囲に沿って椋の木や柳の木などが植えられている。池の周りのジョギングコースを走る市民ランナーが、弓削を次々に追い越していく。日曜日の午後、公園は犬を連れて散歩をしている老人や買い物帰りの家族など多くの人で溢れていた。

尾崎が指定してきたのは、公園の木々を借景にビルの一階部分と外に張り出した石畳のテラス席を持った老舗《しにせ》のカフェだ。気候が良いせいか屋外の席は、ひとつのテーブルを残して埋まっている。公園側の入口ドアには〈店内・テラス、全席禁煙〉のステッカーが貼られている。疎外感を感じたまま店内に入り尾崎を探すと、意外な人物が目にはいる。丸テーブル席に座る深澤が、弓削に気がつき、軽く手をあげた。「お疲れさまです」

「もしかして、お前も尾崎に呼び出されたのか」

深澤は「ええ」とうなずき、テーブルの上に開いていたノートパソコンを閉じた。休日の今日は、黒いシャツの前ボタンをかけず、下は白いTシャツに濃いグレーのパンツ。裸足にローファーを履いたラフな格好だ。署長官舎に入ってないとなると、自宅はこの近くの丘の上に建つ瀟洒なマンションの最上階だったはず。向かいの席に腰をおろし、ウェイターにコーヒーを頼む。

「このあいだ屋上で弓削さんと会いましたよね。あのちょっと後に、崎さんの方から電話がありました。久しぶりの挨拶もなく、いきなり三年前の十月八日は何してたって訊かれました。なんだか取り調べでアリバイを聞くような口ぶりで」

深澤がテーブルに置かれていた紅茶をひとくち飲んだ。

「で、お前なんて答えたんだ」

「三年前ではいくら僕でも覚えていませんと言いました。そうしたら、パソコンの中のスケジュール管理ソフトまで開かされました」

「アリバイはあったのか」メモを取る真似をし、からかい半分に問いつめる。

「その被疑者に尋問するような言いかたは、やめてください。三年前は他県からN県警本部に異動になったばかりで、その日は大きな事件もなく午後からの定例会議をキャンセルして、一時半に知人とここで待ち合わせしていました」

「誰だ、その知人てのは。女か」

「また、その取り調べ口調。知人は知人です。仕事とはまったく関係のない、完全にプライベートです」

「尾崎にもそう言ったのか」

「ええ、プライベートの知人ってところを念押しされて、聞き返されました。後日、弓削さんも呼ぶからと再度電話があって、今日の約束をさせられたんです。けど、弓削さんこそ内容を訊いてないのですか」パソコンを黒い手提げバッグに入れながらつぶやいた。

「まあな。電話では相談したいことがあるってだけだ」

「案外、結婚の報告だったりして。あの事故からもう三年ですよね」

当時深澤は、N県警察本部のどこかの部長だった筈。右手の怪我のことや尾崎の交通事故の件、研修が終わった後も少しは気にかけてくれていたということか。弓削は軽く笑って深澤を見た。

「何ですか、じろじろこっちを見て。気持ち悪いですよ」

視線を感じたのか、飲みかけた紅茶カップを口元で止めて嫌そうに言った。

「何でもねえよ」腕を組んで椅子に深く座り直す。

配属されたのは深澤よりも尾崎が五ヶ月ほど早かった。そのせいか、ふたりはどちらが先輩後輩になるのかでもめた。大して違いはないのに、体育会系の尾崎はそこに拘った。もともとオペラ鑑賞が趣味の深澤とでは水と油、ふたりは何かにつけて喧嘩が絶えなかった。

それでも研修の最後にはお互いに、通称で呼び合う関係にまでなっていた。深澤は名前の航軌から「航」、尾崎のことは「崎さん」と呼びあっている。深澤の方が年齢も階級も上なのに呼び捨てなのは、お互い「さん」を賭けてのテキーラのショットグラス勝負で深澤が尾崎に負けたからだ。ちなみにそのときの審判は弓削が務めた。

テラス席はほとんど埋まっていたが、店内はカウンターの席に三人と九つある丸テーブルは男女のカップルと弓削たちの二組だけだった。約束の時間に公園とは反対の道路に面した入口から、尾崎が小走りでカフェに入ってくるのが見えた。

髪はショートボブ、肩にバッグをかけてGパンと白いシャツにネイビーのジャケット。右眼の眼帯が目につく以外は、尾崎らしいさっぱりとしたファッションだ。

尾崎はアイスコーヒーをオーダーし、バッグと脱いだジャケットを椅子の背に掛けて腰をおろした。汗をハンカチで拭きながら、遅れた非礼を詫びる。

「お久しぶりです。遅くなってすみません、こちらから呼び出しといて」

「本当ですよ崎さん。元上司の弓削さんと署長である僕を待たせるなんて、ずいぶん偉くなりましたね」トゲを含んだ深澤の挨拶に、尾崎が鼻で笑った。

「あら、どなたかと思えば深澤署長、お久しぶりですこと。相変わらずな、上から目線の嫌みな話し方、十年経ってもお変わりありませんね」

敬語口調の皮肉で返して、互いに軽く笑う。「そう言う崎さんも――」弓削はふたりのあの頃と変わらないやり取りに少し安心した。

「何だ。久しぶりに逢ったそうそうに、角突き合わせなくてもいいだろ。それより尾崎、今日は同窓会でも始めるつもりか。航まで呼び出して」

尾崎は暫く考えた後、小さくため息を漏らした。口を引き締めたその表情を見て、結婚の報告でないことだけはわかった。心配そうに尾崎を見ていた深澤と目が合う。尾崎がおもむろにバッグから黒い革のシステム手帳を取り出し、中にはさんでいた一枚のメモ用紙をテーブルに置いた。そこには尾崎の字で登坂市郊外の住所と男の名前が書かれていた。

弓削は尾崎の右の袖口からチラリと見えた、男物の腕時計が気になった。

「それでは単刀直入に言います。このメモに書かれている人物を調べてもらえませんか」

「誰なんだ、こいつは」弓削は重い口調で尋ねた。

「この男は……。三年前の私達のバイク事故の犯人です」そう言って下唇を噛んだ。

犯人という言葉を尾崎から聞いて、弓削はその場で深いため息をついた。

「やっぱりその話か。尾崎、あれは事故だ。事件じゃないし犯人などはいない。お前が何にこだわっているのかは知らないが、身内の警察官が関わっている事案だ。交通捜査課にいっさいの手抜きはなかったはずだ」

「でも……」尾崎は反論できずに黙り込んだ。

「Nシステムの画像から直前に立ち寄った蕎麦屋の防犯カメラの映像まで徹底的に捜査された。現場に不審な点は見つからなかった。それに、警察は一度出した事故の結論を、簡単にはひっくり返さない。お前もそれぐらいわかってるだろ」

イライラして思わずポケットの煙草に伸ばしかけた手を止める。仕方なく、目の前のすでに温《ぬる》くなっていたコーヒーをひとくちで飲み干した。

尾崎が下を向いたまま震える声でつぶやいた。「でも……。実は私、思い出したんです。あの日、事故現場で何があったか」

それを聞いて弓削は椅子から立ち上がり、テーブルに手をついて尾崎を睨みつける。コーヒーのカップとスプーンがソーサーの上でカチャカチャと鳴った。

「尾崎。警察、いや俺をなめてんのか。三年前、お前と婚約者の生死を分けたのは、バイクの座席の位置とヘルメットの顎紐の絞め忘れだ。婚約者は頭蓋骨骨折による脳挫傷で即死、救急病院に着く前に亡くなっていた。思い出すも何も俺が病院に駆けつけたとき、お前は足の骨折と頭部外傷で意識不明の重体だった」

テーブルの上のメモ用紙をつかんで、尾崎の目前に突きつけた。

「たとえ事故現場で、お前に奇跡的に意識があったとしても、この犯人が耳元で自分の名前と住所をしゃべるでもしない限りあり得ん」

「弓削さん。そこまで言わなくても」深澤が声を荒らげた弓削をなだめた。

テーブルのカップルとカウンターの客が振り返ってこちらを見ている。ウェイターが尾崎にアイスコーヒーを運んで来た。「お客様。何かございましたでしょうか」

「お騒がせして申し訳ない。昔話で思わず興奮したみたいで……」

深澤はカウンターの中のマスターと店内の客に軽く頭を下げた。

ウェイターが離れると、話は終わってないと弓削は尾崎を睨んだ。テーブルに両手をつき尾崎に顔を近づけ、小声で問いただした。

「当時、病院での交通捜査課の事情聴取には俺も立ち会った。あのとき、お前は事故を起こすまでの記憶しかなく、事故直後のことは何も覚えてないとベッドの上で証言した」

反論する言葉が見つからないのか、尾崎が黙り込む。俯《うつむ》いてテーブルの下の震える左足をじっと見ている。

「……なのに三年後の今になってその記憶が蘇ったとでも言うのか」

弓削は、大きくため息をついて深く椅子に座り直す。自分がメモ用紙を握りしめているのに気がついて、くしゃくしゃになった紙をテーブルに置いた。

「あの時の事故でお前は、婚約者とその右眼の視力を失った。悔しいのはわかるが、事故だったんだ。あれからもう三年、お前もそろそろ……」

その言葉にかぶせるように尾崎が椅子から立ち上がり頭を下げた。

「すみません、違うんです。その……。私、嘘をつきました。事故のことを思い出したのではありません。本当は見たんです」

尾崎は下げた頭を左右に苦しそうに振った。

「いえ、そうじゃない……。一週間前、あの日の事故の全てが私には見えたんです。このこと……このことを、ふたりに話さずに事件を解決できればいいと考えて、思い出したって嘘をつきました。すみません」

「一週間前に見たって。崎さん、自分が何を言っているのかわかってますか」深澤が心配そうに下から覗き込む。「頭を上げて、事情を説明してください」

尾崎がゆっくりと椅子に座る。小刻みに震える自分の左足を両手で押さえ、うつむいたまま唇を噛みしめた。流れた涙がこぼれ落ちてGパンに染みを作り、右眼の眼帯を濡らしている。

「弓削さん、航。今から私が話すことを、信じてもらえますか。そしてこの後も私の味方でいてくれますか」充血した左目で睨むように弓削と深澤を見た。

「いいだろう、最初から詳しく話してみろ。俺たちがお前のことを信じるか、味方になれるかどうかは、その後だ」

「……わかりました」

尾崎はテーブルの上のアイスコーヒーをひとくち飲むと話し始めた。

「……一週間前。私はこの右眼で稲妻を見たんです」

6

明け方近くに、部屋の中で何かが光ったような気がした。尾崎はベッドから起き上がり、窓のカーテンを開け、暗い夜明け前の街を眺める。六階の部屋から見える遠く東の空が、少しずつ薄桃色に染まる。逃げ遅れた夜の空はいまだ星を抱えたまま黒から濃紺に変わろうとしている。暫く待ったが雷も稲妻も光らない。眠気が失せてベッドに腰掛けた。壁の時計を見ると五時少し前、秒針が時を刻む音が聞こえてくる。

「気のせいか……。昨日ちょっと飲み過ぎたかな」独り言が自然と口からこぼれる。

近頃、テレビを見て喋っていることは自覚している。ひとりでこの部屋に暮らし始めて、既に三年が経っていた。サイドテーブルには、バイク事故で壊れた腕時計が置かれている。去年の今頃、婚約者、岸本有介の三回忌の法要に参列した。そのときに有介の母親から形見分けとして渡された腕時計だった。

——過ぎ去ったことばっかし見とらんで、そろそろ前に向かって歩かないかん。そのときに伝えられた有介の父親の言葉を思い出していた。カーテン越しに鳥の鳴き声や車の音が聞こえ、既に外の世界が動き出している気配が伝わってくる。気がつくと長い時間、壊れた腕時計を見てぼんやりと考え事をしていた。

携帯から着信音が聞こえる。〈おはよう、昨日は少し飲み過ぎたね、頭が重い。ちょっと遅れるけど十時前にはそちらに着く予定です。着いたら連絡入れる〉霧島環奈《きりしまかんな》からショートメッセージが届いていた。

霧島は、尾崎が事故で入院していた大学病院の眼科の医師だ。失明した右眼の治療だけではなく、辛かった事故後のリハビリのあいだも、尾崎を支えてくれた。今でも半年に一回、定期検査を受けている。年齢は尾崎の五つ上の三十八歳で独身。さばさばとした性格で気が合い、今では互いの家でお酒を酌みかわす仲になっていた。

昨日は久しぶりに霧島のマンションで家飲み会だった。配信の始まった新作映画をつまみに、尾崎が持ち込んだチリ産のワインとチーズ、霧島の故郷から送られてきた地酒で盛り上がった。

酔いに任せて、有介と共通の趣味だったバイクや車の運転をやめていたことや、一年前の三回忌で有介の母親から譲り受けた形見分けの腕時計の話などをした。「あれからもう三年、これを機に気持ちの整理をするのはいいことかも」そう言ってマンションのベランダに場所を移し、飲み直した。メッセージが来たということは「明日は休みよね、事故の現場に花を手向けに行く気があるなら、車とドライバー付きで一緒に行ってあげる」と、酔ってした約束を霧島は覚えていたみたいだ。

とりあえずシャワーを浴びて出かける準備を始める。部屋着のトレーナーを脱ぐと汗から微かなワインの香りがした。少し熱めに調整したシャワーの刺激が眠気を覚ます。

「あの現場に……、私があの峠に行く」

自分は、いつでも行けるのだと納得していた。けど、事故の現場には何かと理由をつけて一回も行っていない。理由などは無い、いや無いはずだった。しかし心のどこかで、有介の死を突きつけられることから逃げ、意識を失い何もできなかった自分に向き合うことを恐れていたのかもしれない。有介の両親と霧島に言われたように、少し前に進んでみようと思う。シャワーの温度を下げ、頭から冷たい水を浴びた。

出かける準備を済ませて三十分もせずに、霧島からメッセージが届いた。〈今、下に着いた〉テーブルの上の有介の形見の腕時計をバッグに入れ、マンションの一階に下りる。停まっている濃紺のＳＵＶの助手席に乗り込んだ。

「おはようさん」霧島環奈がハンドルを握り、大きめの薄い茶色のサングラスを頭まで上げて挨拶をしてきた。「おはよう」尾崎は小さな声で返した。

「おー、どうした、どうした。事故現場へ行くのでナーバスになってる？」

「昨日はちょっと眠れなかった」

「気分が悪くなったら言って、すぐに中止にするから。リハビリも兼ねて行くのだから、気を楽に無理しないようにね」

「ありがとう。ナビ借りますね」尾崎は、黒い革のシステム手帳を開いた。

事故に関する情報は自宅のパソコンとこの手帳に詰まっている。ナビに事故現場の住所を打ち込みながら霧島に訊いた。

「環奈さん、途中で花屋に寄ってもらっていいかな」

「いいわよ。じゃあ、知り合いのフラワーショップが途中にあるから、そこに寄るわね」

車を走らせ、昨日一緒に飲んだ地酒について熱く語った。途中ナビの指示を無視してルートを外れ、フラワーショップに立ち寄る。店舗はさほど大きくはない。店先には店内から溢れ出たかのように、様々な花がブリキのバケツに入れられて並べられている。その中から、赤とオレンジのダリア数本を花束のメインに選んだ。ブバリアという小さな白い花とユーカリの葉を入れて出来上がった花束は、有介にぴったりだった。

学生時代からの知り合いらしく、店長と霧島の会話がはずんでいる。花束を後部座席に置き、霧島に目配せして隣のコンビニに行くことを伝える。コンビニでテイクアウトのコーヒーとペットボトルのミネラルウォーターを買って車に戻った。

「はい、環奈さん、砂糖なしのミルク入り」

「いいじゃない。その花束」カップを受け取り、後部座席の花束を見て霧島が言った。

尾崎は水をひとくち飲み、今朝がた稲妻が走るような光で目が覚めたことを打ち明けた。霧島がペンライトを取り出し尾崎の目に光を当て、軽く検診を始める。

「瞳孔に変化はないわね。今、右眼で何か光を感じる？」

「いいえ、今はまったく。けど環奈さん、もしかしたら右眼が見え始めることって……」

「稲妻ってどんな光だった？」

「部屋の中でフラッシュを焚かれたような感じだったかな。稲妻だと思って、しばらくカーテンを開けて空を見てたんだけど、それからは何も光らなかった」

「少し充血しているわね、寝不足からくる炎症かな。前も説明したけど、事故直後に検査したときもサエの右眼には異常はなかった。だから視力が戻らないのは目の網膜や硝子体の損傷ではないんだよね」

霧島が首を傾げている尾崎のこめかみを触り、説明を続ける。

「サエの場合、考えられる原因があるとすれば、視神経もしくは、大脳後頭葉の損傷なんだけど、前に二回ほど放射線科で頭部の検査をした時は、明確な障がいは見つからなかったのよね」

何度か聞かされた眼の診断結果はいつもと同じだった。霧島はペンライトを内ポケットにしまうとドリンクホルダーから取り上げたコーヒーに口をつけた。

「問題はその光ね。一時的にせよ右眼が回復したのかどうか、来月の定期検診のときに脳波も含めて、再検査してみてもいいかもね。でも、これだけは言っとく、過度な希望は持たない方がいいと思う。軽い気持ちで考えていて、いいわね」

「わかった……」それでも、右眼が見えるかもしれないと考えただけで、心臓の鼓動が早くなりわくわくする気持ちを抑えられなかった。

「それじゃあ、行きますか。渋滞もないしナビが正しければ、ここからあと三十分ぐらいで着くわ。ただ、正直、眼じゃなく脳の方の障がいだとすると、私の専門外なんだけどね。珍しい症例なので脳外《のうげ》の方からも問い合わせが来ているの」

「珍しい症例って、私はモルモットですか」尾崎は笑いながらシートベルトをした。

「問い合わせてきた脳外の江口《えぐち》准教授、ほらサエも一度、診察してもらったじゃない。彼はきっとサエに気があるわね。どう、つき合ってみたら。独身でそこそこ優秀らしいわよ」そう言いながらナビに誘導され、車をスタートさせる。

尾崎は、眼鏡をかけた神経質そうな脳神経外科の医師の顔を思い出した。

「そんなに有望株なら、環奈さんがつき合えばいいじゃない」

「いやいや、彼は、私の趣味じゃない」

霧島の好みの男性は、若くて筋肉のあるタイプ。必然的に映画のセレクトは、ほぼ俳優の筋肉で決まる。なんで恋愛対象の男を鼻や目の位置、大きさで選ぶのかわからない。あんなもの皮膚をはがせばみんな同じよ。少々乱暴だけどわかりやすい。

「どうせ、脳神経外科のそこそこ優秀な先生も、私に気があるんじゃなくて興味があるのは私の脳のシワなんでしょ」

「そうともいえる、でも良いじゃない。どこにその人の本当の魅力が、隠れているかわからない。サエの場合は脳ってこと。外見だけで選ばれるよりはずっとましよ」

「でも。普通、外見じゃない内面の魅力は心でしょう」

「そうともいうけどね。けど、脳内のニューロンやシナプスのネットワークで心ができているのなら、そんなに的外れでもないんじゃない」

ふたりで笑った。霧島が尾崎の緊張を少しでも解《ほぐ》そうとして、恋愛話を持ち出してきたのはわかっている。彼女の気遣いが伝わってくる。

車外の流れる風景を、助手席の窓に額をつけて眺めた。道沿いの木々の間から漏れる光が、尾崎の膝の上を通り過ぎる。平静を装ってはいたが、しだいに口数が少なくなっていく。事故の前に昼食をとった古民家の蕎麦屋が見え、事故現場に近づいているのを感じる。

　有介の腕時計をバッグから取り出し、右の手首に巻いて気持ちを落ち着かせる。峠の下り坂に入ると、木々の向こうにあの日行く筈だった青い海が見えてくる。しばらく走るとカーブへ差し掛かり〈目的地周辺です〉とナビが告げた。

「この辺りね。記憶はあるの？」霧島が車のスピードを落として訊いてくる。

　尾崎は小さく首を振る。〈目的地に着きました〉ナビが終了した。ガードレールの向こうは様々な木々が生い茂り、左側は丘になっていて側溝の近くまで草が生えている。三年もたっていては、道路やガードレールに事故の痕跡を見つけることはできなかった。

　尾崎が意識を取り戻したのは事故から三日後、気がつくと救命センター集中治療室のベッドの上だった。事故後の記憶はまったく無い。あのとき何もできなかったことが悔しくて、退院後休日を使って事故のことを調べまわった。救急車を呼んでくれた地元のタクシードライバーや、事故現場へ駆けつけた救急隊員に会って話を聞いた。ナビに入力した住所もそのときに訊きだした情報だった。

　ナビの指示があった地点から少し下った道路脇に駐車スペースを見つけ、車を駐める。ドアミラーに映る自分の顔をじっと見た。唇が震え、顔に血の気が無くなっている。

「サエ、大丈夫？　辛かったら代わりに私が花束だけでも手向けてこようか」

「いえ平気。寝不足で車に少し酔っただけだから。ありがとう、私ひとりで大丈夫。環奈さんは車で待っていて」

　もう一度右手首の腕時計を強く握りしめ、有介から勇気をもらう。後ろの座席から花束を取り上げ、ナビが示していたカーブへゆっくり歩いた。

ここに立ってもあの時の事故現場という実感は湧かない。どこからか鳥の鳴き声も聞こえてきて、死亡事故が起きた場所とは思えない長閑《のどか》な風景だ。ひざまずいて花束をガードレールに立てかける。木々の間を抜けてきた風が、花束に添えていたユーカリの葉をそっと揺らした。

「ごめんね有介、遅くなって。今まで何度か来ようとしたんだけど、勇気がなくて一歩が踏み出せなかった。やっと……、ようやくここに来れた」有介に話しかけ手を合わせた。

何気なく右手首にした腕時計を見た。一瞬、止まっていた時計の秒針が動き出したように見えた。直後に晴れ渡った空に稲妻が走る。背後からフラッシュを浴びせられたように感じて、思わず光の方角を振り返った。

木々のあいだに、スピードを上げカーブに侵入してくる二人乗りのバイクが見える。尾崎はふらふらと前へ足を踏み出す。突然、道路を挟んだ斜面の草むらから黒い影が飛び出してきた。不規則に羽ばたいたように見えたその影は、近づくバイクのすぐ前を横切り林の中に消えた。

ドライバーが急ブレーキをかける。バイクの後輪が空回りして滑った。ハンドルを切ろうとして車体が倒れ、横滑りをする。ドライバーが車体を立て直そうとしてアクセルを戻すのが見えた。タイヤが道路をグリップしたのがわかる。見えない何かになぎ倒されたようにバイクが横に転がる。その勢いで、乗っていたふたりが頭から投げ出された。

バイクの車体がアスファルトに激突する。その瞬間、ミラーやヘッドライトが粉々になって飛び散った。ドライバーと同乗者が四肢をねじ曲げられ、まるで壊れた人形のように道路を転がり目の前に迫る。尾崎は一歩も動けなかった。

「いやーっ、ああぁっ！」尾崎はとっさに頭を抱えて叫ぶ。

バイクの車体とドライバーが尾崎の身体を通り抜け、後ろのガードレールに衝突する。一瞬遅れて同乗者が、目の前の道路に転がった。尾崎はその場に茫然とひざまずいた。

一瞬の出来事だった。けれど、時間の流れが遅くなったかのように、尾崎には事故の様子が細部まではっきりと見えた。

横を向くと、バイクが見えない大きな力に引きずられているかのように道路の上を滑っていく。ガードレールに擦られ火花があがる。衝突で曲がり傷だらけになったガードレール。その横にドライバーが仰向けに倒れている。ヘルメットは最初の道路への衝突で外れている。右腕と右足があらぬ方向にねじ曲げられていた。黒いライダースジャケットがぼろぼろに引き裂かれ、傷口から血が流れ白い骨のようなものも見える。

事故で舞いあがった埃とバイクの車体から上がる白い煙で、まわりは霧がかかったようにかすんでいる。尾崎は幻覚を見ているのだと思った。なぜなら、あれほどの事故なのにバイクのエンジン音はおろか、転倒しガードレールにぶつかる衝突音も聞こえなかった。全てがサイレントの映像を見ているようだった。

ドクンっと自分の心臓の音が大きく聞こえ、頭の中で金属を叩いたような高音の耳鳴りがしていた。尾崎は恐怖で固まった身体を無理やり動かした。足に力が入らず、立ち上がることができない。這うようにして近づいた。

——ドライバーは有介だった。

「どうして……」尾崎の声が震えた。

声をふり絞り有介の名前を呼びかけたが、何の反応も示さない。有介の目はただ青い空を虚ろに見ているだけだった。

抱きかかえようと差し出した手が、手応え無く有介の身体に沈んだ。指先が日差しで暖められたアスファルトに触れる。何度繰り返しても、有介を助け起こすどころか、身体にさわることさえできない。頭部からの出血が酷く、アスファルトに落ちていた枯れ葉や小さな石ころを飲み込み、血だまりが広がっている。道路を這っていた蟻が血の海に浮かんで足をばたつかせていた。

「目の前に見えているのになんで……、どうして」

五メートル先に倒れて動かない同乗者を見た。オレンジ色の革ジャケットは擦り切れ、引き裂かれたライダーパンツの左足から出血している。

ふらつく足を踏ん張り、近くまで歩いた。右手のグローブがはずれ、小指と薬指が小刻みに痙攣している。ヘルメットがアスファルトに白く削られていた。顔は見えないが、側面に描かれていたＳＡＥＫＯの文字がかろうじて読める。前年の誕生日に有介からプレゼントされたネーム入りのヘルメット。恐るおそる、触れようとした指がヘルメットに沈む。心拍数が急激に上がり呼吸が荒くなる。「あぁーっ！」尾崎は叫び声をあげた。

既に完治しているはずの頭部に鈍い痛みを感じ、思わず左手で頭を抱え込む。震える手が右眼にかかり視界を遮る。すると目の前で起きていた悲惨な事故の光景が、まるで画面を切り替えたように一瞬にして消えた。

「これは……」思わず声が出る。

少し下った道路脇に停めていた車から慌てて走ってくる霧島の姿が見えた。

尾崎は右眼を押えたまま仰向けに倒れ込んだ。誰かの荒い息づかいが聞こえている。それが自分自身の口から発せられているのだとそのとき初めて気がついた。ガードレール横の木々の葉がザワザワと音をたてて風に揺れ、見上げる空は青く鱗状の白い雲がゆっくり流れている。三年前、道路に倒れる瞬間もこんな蒼い空を見た記憶が甦った。

「サエ、大丈夫？　しっかりして。ゆっくり息を吐くのよ」

霧島が尾崎の上半身を抱き起こし、ガードレールを背に座らせる。

「かっ、環奈さん……。わたし、私どうしちゃったの……、何が起きてるの」

尾崎はアスファルトの上で溺れていた。途切れ途切れにしか声が出せず、空気をどれだけ吸っても息苦しさは変わらず、荒い呼吸しかできない。霧島の声が、水面の上から話しかけられたように、こもって遠くに聞こえる。額から大粒の汗が流れ落ち、全身の血液が脳に集まる。頭蓋骨の中の脳が二倍にも三倍にも膨れ上がった感覚だった。

「わかった。わかったからまず、息を吸って、ゆっくり吐き出して。いやまだ、まだ、まだよ、十秒ぐらいかけて長く吐き出すの」

「……はっ、はい」

「いまは返事をしなくていい。今の状況を説明するから、落ち着いて聞いて。サエ、あなたはパニックになって過呼吸を起こしている。だから、ゆっくり、ゆっくりと息を吐くの。大丈夫よ、大丈夫。ゆっくり、ゆっくり。その調子」

右眼を覆っていた手を離し、両目を開けて見た。ヘルメットをかぶった自分が倒れている。徐々に首を振ると、道路に横たわる有介、その向こうにエンジンから白い煙があがる破損したバイク。その煙が空中で止まっているように見えた。隣には、心配そうに覗き込む霧島がいた。

今度は、左眼を震える手で覆い、右眼だけで見た。三年前に起きたバイク事故の光景はそのままだった。慌てて辺りを見回した。道路脇に駐車していた濃紺のＳＵＶは消え、隣で話しかけてくる霧島の姿がどこにもない。驚いたことに、尾崎の右眼には自分の身体さえも見えなかった。ある意味、失明したときの深い暗闇以上の衝撃だった。右眼に、いや脳に何かが起きている。突然始まった身体の不調と幻覚による不安が尾崎を支配する。しかし、ひとつだけわかったことがある。それは、右眼が見えていることだった。

「右眼が、右……」呟くような小さな声が尾崎の口から漏れた。

霧島に右眼が見えていることを伝えたいが、なかなか言葉が口から出てこない。耳から聞こえる音もすこしずつ聞こえにくくなり、目眩がして意識が朦朧となる。身体が重く、霧島の言葉に返事をするのも気怠くなってくる。尾崎はこのまま両目を閉じて、何も考えずに深い闇が支配する水の底まで沈んでしまいたいと思った。

ガードレールを背にして乱れた呼吸を繰り返す。だらりと下げた自分の腕が足の間に落ちる。右手首にしていた有介の腕時計が見えた。動き出したかのように見えた時計の針は、事故の時刻で止まったままだった。尾崎は左手でそれを強く握りしめた。

「有介……、有介」尾崎は荒い呼吸の中から自分の声を聞いた。あの日、有介を亡くし意識を失い何もできなかった。このままでは三年前と、……この時計と同じだ。右眼を失明して刑事の職からも離れ、何もかも失って気が抜けたようにベッドの上で過ごした日々を思い出した。あんなことは二度とごめんだった。少しでも実在する身体を確かめたくて、腕を上げて自分の肩を抱く。身体の温もりが伝わってきた。それだけで心臓の鼓動が落ち着いてくる。息を吸ってゆっくり長く吐く、腹式呼吸を繰り返した。大丈夫、自分はここにいると自分自身に言い聞かせた。

今は、何故見えているのか何故見えないのかは、考えないことにした。見えていることはどうしようもないし、わからないことは後で考える。とても受け入れ難い現実をむりやり納得させた。それよりもパニックを起こしていることにどう対処するのか、それに意識を集中させる。とりあえず手で右眼を覆い、不安材料である事故の光景をシャットアウトすることにした。

暫くすると徐々に耳が聞こえはじめ、少しずつ心拍も呼吸も落ちついてくる。尾崎は霧島に肩で支えられて車に戻り、助手席に倒れ込むように座った。大量の汗をかき、手や足が小刻みに震えている。完治したはずの左足大腿部に鈍い痛みまで感じていた。

「環奈さん。私どうしたの……」震える声で訊いた。

「どうもこうも、ガードレールに花束を置いて、祈っているのが見えていた。最初は有介さんのことを思い出して泣いているのかと思って、ひとりにしてあげていたんだけど……。暫くしたら急に叫び始めたのでびっくりした。サエがパニックを起こし泣き叫んでいるのがわかって、慌てて助けに行ったの」

「あ……、ありがとう。環奈さん、私、あそこで……」

尾崎は口から絞り出すように、突然見え始めた右眼のことや、バイク事故、道路に横たわる有介や自分を見たことを話した。それを聞いて霧島はペンライトを取り出し、診察を始めた。

「今のところ、右眼の瞳孔は光には反応していないわね。左眼を閉じて右眼だけでこれを見て、私の指が何本立っているかわかる」

言われるがままに左眼を覆って右眼だけで見た。「見えない……」そう答えるしかなかった。尾崎には、指どころか霧島の身体、乗っている車、自分の身体さえ見えない。

「右眼が本当に見えているのかは、病院で精密検査してみないとわからないわね。いい、冷静に聞いてね。おそらくサエは三年前の婚約者の有介さんを失くしたバイク事故で、心的外傷後ストレス障害つまりＰＴＳＤを患っている可能性がある。ここに戻って来たことが引き金になって、フラッシュバックを起こしたのだと思うの」

「……フラッシュバック」

霧島は手に持ったハンカチで尾崎の額の汗を拭った。

「そう、地震などの災害や事故、犯罪に巻き込まれた被害者は、稀につらい記憶が鮮明に蘇るフラッシュバックという幻覚症状が出ることがあるの。おそらくサエが見たのは、脳が造りだした幻覚だと思う。そのリアルさに三年前の事故を再体験しているような感覚に陥って、パニックを起こしたのだと思う。ごめん、私が事故現場に花を手向けようとか言い出さなければよかった。あなたがここに来るのは、少し早かったかもしれない」

霧島が尾崎の震える手を強く握り、頭を下げて謝った。

「いいの、環奈さん。もうだいぶ落ち着いてきた。大丈夫。それに、この現象はよくわからないけれど環奈さんのせいなんかじゃない」

ドリンクホルダーに入れていたペットボトルを手に取った。キャップを開けようとしたが、手が震えて開かない。霧島が見かねてペットボトルを取り上げキャップを開けた。尾崎はそれを受け取り、叫び続けてからからになった喉に水を流し込んだ。

「うちの大学病院でも、パニック症候群やPTSDでカウンセリングを受けに来る患者が最近は多いのよ。ちょっと待って。心療内科の同僚に電話してみるわ」

霧島が携帯を取り出し電話をかける。その話し声がまだ遠くに聞こえる。

尾崎は、自分に起きている症状の医学的な分析を聞いたが、納得できなかった。三年前のバイク事故の光景。あれは本当にPTSDによって引き起こされたフラッシュバックという幻覚症状なのだろうか。

——尾崎、よく見て、よく考えろ。目の前に見えているものだけで事件を追いかけるな。見えるものの中に手がかりが有り、見えないものの中に必ず答えが有る。と、不意に酔った上司の口癖がよみがえった。頭の中で事故の光景にパニックになる自分と、それを冷静に観察し答えを導こうとしている自分がせめぎあっていた。

尾崎は何度もつぶやいた。「よく見て、よく考えろ」

左目を覆い右眼だけで車の外を見た。ほんの十メートル先の道路に倒れている有介と自分の姿、壊れたバイクが確かに見える。尾崎には、脳が造りだしたフラッシュバックの幻覚とは到底思えなかった。これは三年前に意識を失い見ることができなかった、バイク事故現場の光景だった。

今度は、両目で冷静に観察する。自分の手を目の前に広げると、微かに事故の現場が透けて見える。右眼は事故を起こした三年前を、そして左眼は現在を、右眼と左眼がそれぞれ異なった時間の光景を見ている。両目で見ると、その二つの光景が重なって見えている。

それは自分の理解を超え、今は受け入れないといけない現実だった。そのことを伝えようと霧島に話しかけた。「……環奈さん」

「うん、そうね。でもそこまでの症状は出てはいない……」霧島は心療内科の医師から携帯でアドバイスを受けていて、手が離せそうになかった。

「少し外の空気を吸ってくる」そう呟くと霧島が頷いた。

「ちょっと待ってね」霧島は携帯を手で覆い子供に諭すように言った。「遠くに行っちゃだめよ」

「わかった」尾崎はペットボトルを持って車から降り、水をひとくち飲んだ。

ひとつ気になることがあった。三年前に退院した後も事故原因に関して個人的に調べた。当日の新聞やネット、交通捜査課の交通鑑識班が出した報告書もつぶさに読んだ。いつも慎重なライディングをしていた有介が、なぜあのとき運転を誤ったのかはどこにも書かれていなかった。カーブに入る直前に草むらから飛び出しバイクの前を横切った黒い影。あれは、とんび、カラス、いったい何だったのだろう？　尾崎には三年前の事故の直前、有介の背中越しにそれを見た微かな記憶だけがある。黒い影の正体を確かめようと、事故現場手前のカーブまで歩いた。また、どこか脳の奥底の方で高音の耳鳴りが始まった。

「確か……、この辺だった」

いきなりガードレールの向こうの枝が揺れ、茂みをかき分けて男が現れる。ブレザーの制服姿に眼鏡をかけ、場違いな釣り竿を持った高校生だった。その場で飛び上がり手を振る。携帯で誰かと興奮気味に話しながら、ガードレールを乗り越える。右手に持った釣り竿の糸の先には黒いビニールのゴミ袋が風に揺れていた。

尾崎は視線の先を追って振り返った。道路を挟んだ丘の斜面を、もうひとりの男が、片手にハンディカメラを持って降りてくる。極端に痩せたその男は、黒のタンクトップにライダーパンツ、先の尖ったブーツを履いて、肩まである長髪を後ろに束ねている。右肩から肘まで蜘蛛の巣にかかった蝶とそれを狙う女郎蜘蛛のタトゥーが見えた。持っていた携帯を切り親指を立てて、高校生に笑いかけた。

高校生は、竿のリールを回す仕草で釣りのテクニックを自慢して笑っている。長髪が高校生とハイタッチをし、右手に持ったハンディカメラのモニターで、撮影した動画を再生して見せる。そこには、尾崎たちの事故の瞬間と悲惨な現場が記録されていた。映像を見た高校生は驚き、一瞬で笑顔が消え目を見開いた。長髪に何かを咎めるように叫び、予想外の結果にショックを受けているように見えた。竿を投げ捨て、カーブの向こうの事故現場へ走った。

長髪はニヤニヤしながら頭を振り、高校生の後を歩いていく。尾崎も後を追う。事故現場を目の当たりにして高校生はその場に茫然とひざまずいていた。

「誰なのあなた達は。どうしてこんなことを……」

尾崎たちが巻き込まれたバイク事故は、高校生が仕掛けたトラップが原因だった。事故の真相を間近で見た衝撃で身体が震える。有介のドライビングミスではなく故意に起こされた事故、いや尾崎には事故に偽装した殺人にしか見えなかった。

高校生に怒りを感じ、一部始終を薄笑いで撮影していた長髪の男に恐怖を覚え、尾崎はその場に立ちすくんだ。

「何故、こんな酷いことを！」

尾崎は叫んだが、高校生と長髪には聞こえていない。尾崎は、持っていたペットボトルを怒りに任せて投げつけた。高校生の背中に消えたペットボトルが道路に転がる。キャップが外れ、中の水が日に焼けたアスファルトにこぼれた。長髪に駆け寄り摑みかかるが、尾崎の伸ばした手は虚しく男の身体を通り抜けた。

青い顔をした高校生が携帯を取りだし、通話ボタンを押し始める。手が震えていた。長髪がその携帯を叩き落とした。啞然とする高校生の胸ぐらをつかんで立ち上がらせ、事故の現場と自分の胸を指差し、何かを話している。高校生は長髪の顔から目を逸らせ、俯く。長髪の言い分を受け入れたのか落ちていた携帯を拾う。ふたりはカーブまで戻り、トラップに使った黒いビニール袋が付いた竿を摑んで走り出した。

「ちょっと、待ちなさい！」

尾崎は左足の痛みをこらえふたりの後を追った。車で通り過ぎたときには気がつかなかったが、カーブの手前に脇道があり森の奥へ続いている。草が伸び放題になっている林道を走った。百メートルほど入ったところでやっと追いついた。

長髪は黒い革のライダースジャケットを着て、オフロードの中型バイクに跨がりエンジンを始動させていた。高校生は原付バイクのエンジンをかけようとするが、慌てていて何度もキーを鍵穴に入れ損なっている。ふたりはこの場所から逃げようとしていた。

「待って、せめて救急車を！」聞こえないとわかっていても尾崎は叫んだ。

林道に立ち、迫ってくる二台のバイクを止めようと両手を広げ立ちふさがった。尾崎の身体を、長髪と高校生の乗ったバイクが走り抜けた。振り返って後を追いかけたが、林道の草に足をとられ転んだ。その場に仰向けになり木々のあいだから青空を見上げ、荒い呼吸を繰り返す。

結局、三年前と同じで何もできなかった。有介や自分を助けることも、そして逃げる犯人を捕まえることも。悔しくて涙が流れる。怒りで身体が震え、言葉にできずに叫んだ。その叫び声も三年前に逃げたふたりには届かなかった。

7

尾崎が話し終えると、客の会話とカップと受け皿が触れる音が静寂の中からじわじわと弓削の耳に聞こえてきた。今聞いたことをどう受け止めればいいのか戸惑い、尾崎を睨みつけた。深澤も同じだったのだろう、椅子に深く座りカフェの天井を無言で見上げている。

正直、事故を事件に結びつける無理筋な見立てを聞かされる覚悟はできていた。まさか尾崎の口から、こんな突拍子もない話を聞かされるとは思ってもいなかった。

一気に話し終えた尾崎が大きく息を吐く。喉が渇いたのか、氷が溶けて薄くなったアイスコーヒーをストローも使わずに飲んだ。グラスを持ち上げた右手首に、不釣り合いな男性用の腕時計が見える。

「動いているのか、その時計」

尾崎がアイスコーヒーのグラスをテーブルに戻し、右手首の腕時計をじっと見た。

「はい。峠から帰った後、修理に出しました。左手の腕時計は現在の時間。日付は違いますが右手にしているこの時計の針は、右眼に見えている三年前の時間をさしています」

弓削は尾崎の右眼の眼帯と動き出している腕時計を交互に見つめた。腕組みをほどき、テーブルの上の握りつぶされていたメモ用紙を両手で広げた。しわの寄った紙に、姫野《ひめの》亮太《りょうた》という名前と登坂市郊外の住所が書かれていた。

「どうやって犯人を捜し出した」

「右眼が見た原付バイクのナンバーからです。交通部の同僚から聞き出しました。バイクの登録者は高校生じゃなく社会人の姫野慎司《しんじ》という人物です。ただ、三年前のその日、姫野慎司は仕事で海外赴任をしていて日本にいませんでした。しかし、制服とネクタイの色が、当時高校三年生だった弟の姫野亮太の通う登坂第一高校の制服と一緒でした」

尾崎は、被疑者とその兄のアリバイまで調べ上げていた。

「そこまで調べてるってことは、もう自分で面通しをしたのか」

「はい、三日前に。今現在、姫野は高校を卒業し、実家から市内の映像の専門学校に通っています。髪型も変わり、コンタクトをして風貌も変わっていますが、三年前の高校生は、間違いなくこの姫野亮太です」テーブルの上のメモ用紙を手で押さえた。

尾崎はバイク事故を再捜査して、腕時計のように止まっていた時間を動かそうとしている。尾崎の右眼のことも含めて、果たしてそんなことができるのかと弓削は考えた。

「崎さん。そこに書かれていない、もう一人はどうしたのですか」

「それが、主犯格と思われる長髪の乗っていたオフロードの中型バイクは、ナンバープレートが泥で汚れていて読めませんでした。わざと汚してナンバーがわからないように細工をしていたのだと思います。でも、姫野を締め上げれば——」

「おい、ちょっと待った」話が前へ進むのを弓削が手で制した。

このまま尾崎の独白を信じて、バイク事故の再捜査を進めるわけにはいかなかった。

「尾崎。お前とは新人として刑事課にきたときからだからもう長い付き合いになる。だが、その右眼が見ている三年前の光景とやらを、俺たちはどうやって信じればいいんだ。でたらめな話を並べ立てる被疑者を何人も見てきた。それに、霧島先生が言ってたフラッシュバックが起こした幻覚だという線も捨てきれない」

「弓削さん、航。今からそれを証明します。それができたら、この事件の真相を再捜査していただけますか」

尾崎が、テーブルに座る弓削と深澤を睨むように見た。ここまで言葉少なに聞いていた深澤がにやりと笑い、指で顎の先を掻いた。考え事をするときの癖だ。

「面白いですね。いいでしょう、崎さん。ただし一度判断が下された事件です。再捜査するにあたっては、署長としての立場から条件があります」

「なんでしょう、深澤署長」尾崎が背筋を伸ばした。

「もし本当にその能力が崎さんにあるのなら、バイク事故の件が解決したあとの話になると思うのですが、登坂警察署管轄内の他の未解決になっている事件の捜査に協力してもらいます。いいですよね、弓削さん」

深澤は、同意を得ようと弓削に意見を求めてきた。

「航、お前が何を考えてるかわからんでもないが、浮かれて先走るな。こんな『後だしジャンケン』みたいな能力が本当にあってたまるか。三年前の光景がその目で見れるとなると、警察がやってきた事件捜査の常識がひっくり返る」

「だから面白いのですよ」深澤が目を細めて薄く笑った。

「勝手なことを言いやがって。まぁそれもこれも、尾崎の能力が証明されてからのことだ」

「分かりました」尾崎は頷いて手帳を広げ、スケジュールの頁を開いた。

心を落ち着かせるためか、大きく深呼吸をして長く息を吐いた。尾崎が右手の時計で時間を確認する。針は一時十五分をさしていた。

「私がここで、そしてこの時間にお二人に会う約束をしたのは理由があります。私は航に三年前のスケジュールを聞き、ここでの話し合いをセッティングしました。三年前に航がここで会っていた人物を右眼で見て証明します」

確かにそれは事前に調べても出てこない、本人だけが知っている個人的な情報だ。電話で深澤に、プライベートの知人というところをしつこく訊いて念押ししたのはこのためだったのか。尾崎はそれを見ることができると言いきった。

「お前、三年前のその日のことをSNSに上げたことはないだろうな」

「まさか、僕はツィッターもインスタもやっていません。しかし……、えっ、ちょっ、ちょっと待った。崎さん、それは困る」

今からやろうとしていることに深澤が気付き、慌てて椅子から立ち上がった。

「なんだ、そんなに知られたら困る相手なのか」

急に慌てだした深澤の態度に、弓削はその相手を知りたくなった。

「いや、そうじゃ無いのですが、非常にプライベートな相手なので、ちょっと……」

「航、お願い私を助けて。絶対にプライベートの内容は、他の人には言わないから」

「参ったな」深澤が頭をかいて席に戻った。

尾崎は眼帯をゆっくり外し、テーブルの上に置いた。前髪の奥に見える右眼は、わずかに赤く充血していた。

8

両目を使って二つの時間の光景を見ると、眼に負担がかかる。目眩がし、心拍数も上がり呼吸も荒くなる。あの日以来、尾崎は眼帯を右眼にして過ごしていた。はずした瞬間に店内が一瞬明るくなる。長く闇しか見てこなかった右眼には、カフェのおさえた照明でも最初はまばゆく感じた。いっきに現在と三年前の時間が重なり、二つの時間の客でカフェが混雑して見えた。

左眼を手で覆い、右眼で三年前の店内を見渡した。カウンター近くのテーブルに座っている女性に会釈する深澤の姿が見える。

「今、航がカフェに入って来たわ。観葉植物の横のテーブルに三十歳前後の女性が座り、航に気づいて手をあげている。髪は肩までのセミロング、左目の横にホクロがあって、オレンジのワンピースに茶系のパンプスを履いている。優しそうで、きれいな女の人ね」

いまは誰も座っていないテーブル席に、右眼だけが見える三年前の人物像を重ねて弓削と深澤に伝えた。

「おい。航、どうなんだ」弓削がせかすように問いかける。

「僕も三年前ですから記憶が曖昧で、茶色のパンプスは覚えてないですけど、ホクロと髪型、洋服はあっています。これでいいですか」

「何を話しているんだ」

「会話の内容までは関係ないじゃないですか」深澤が慌てて弓削の言葉を遮った。

「何か二人で話し込んでいますが、すみません、三年前の光景が見えるだけで、会話や音を聞くことはできません」

　女性が手元のコーヒーをひとくち飲んだ。深澤がウェイターに飲み物を注文し、彼女に手振りも交えて何か話をしている。深澤は終始笑顔で会話しているのに対して、緊張した面持ちの女性のくもった表情が気になった。

「はいはい、わかりました。もういいでしょう。崎さんの能力はわかりました」

「女性は少し緊張した様子です。えっ、何で。いえ、急に航が不機嫌になって怒りだしました。彼女に怒鳴っています」

　三年前のカウンターの中のマスターも怪訝そうにテーブルの二人を見ている。深澤の手がテーブルの上で震えていた。紅茶が運ばれてきても、暫くその言い争いは続いた。

「女性がなにか必死の面持ちで話しています。あっ、航が椅子から立ち上がってカフェから出ていきます」

　女性は立ち上がることなく深澤が出ていく後ろ姿を黙って見送った。テーブルの上には手が付けられなかった紅茶が残されている。

「何があったの」尾崎は振り返り、左眼を押さえていた手を外した。

「お前しかこのテストの答えを知らないんだ。思い出せ」

弓削が、公園の方を向いてふてくされている深澤を問い詰めた。

「もう、わかりましたよ。よりによって何で三年前のこの日なんですか。彼女は早川瑞希《はやかわみずき》、大学時代から交際していた女性です。あと何年かしたら当然、結婚するものだと思っていた相手です。けど、それを考えていたのは僕だけで、急に彼女からあなたとは結婚はできないと告げられました。……そうですよ、あの日僕はあっさり振られたんです。良いですかこれで」

しぶしぶその日のことを説明し、ふてくされた表情で俯いた。

「ごめんなさい、航。そんな事情があったって知らなくて」尾崎は頭を下げた。

「崎さん、そんなに謝らなくてもいいですよ。もう三年前のことで、心の整理はつけていますから。けど格好わるい所を見られちゃったな。それに……」

深澤は振り返り、今は誰も座っていない観葉植物の前のテーブルをじっと見ている。

「それに、あの日僕は……。すみません、煙草を喫ってきていいですか」

尾崎は席を立って出て行こうとする深澤を止めた。

「待って航。彼女が泣いている」左眼を手で隠して言った。

「いや、あの日振られたのは僕の方ですよ」

「そうじゃない。さっきまであなたの座っていた椅子に、別の男性が座っているの」

「おっと、浮気相手か」

「弓削さん、ふざけないでください！」尾崎は弓削を睨んだ。

弓削が教師に叱られた子供のように舌を出して首をすくめた。

「浮気相手にしては年齢がいきすぎているような。スーツを着た六十歳前後の男性、細面の顔に口ひげ、丸い眼鏡をかけているわ」

「口ひげに丸眼鏡……」深澤は椅子に座り直し、顎の先を手の指で掻いた。「崎さん、その男のスーツの襟にバッジはないですか」

風貌から心当たりがあるのか訊いてきた。尾崎は、もう一度左眼を手で隠して椅子から立ち上がり、ふたりのテーブルに近づいた。

「なるほど。弁護士ね。襟に向日葵《ひまわり》に天秤《てんびん》の弁護士バッジが、しかも金メッキがだいぶ擦れて剝がれている。スーツと革靴はオーダーメイド、時計も海外のブランドもの、年齢からして大きな事務所のベテラン弁護士ってところね」

丸眼鏡が瑞希と何か話している。スーツの内ポケットから白い厚めの封筒を取り出し、瑞希の前へ差し出すように置いた。

「丸眼鏡が彼女に封筒を渡してる」

尾崎は、腰を屈めて封筒の中を覗き込んだ。

「えっ、航……。お金よ。丸眼鏡の男が彼女に封筒に入ったお金を渡している」

「ちょっとすみません。電話してきます」聞いた情報から何かを悟り、深澤が慌てて外へ出る。

観葉植物の前のテーブルでは、まだ弁護士の男の話は続いている。瑞希は気が抜けたように、テーブルに置かれ冷めていく紅茶をじっと見ていた。

テラス越しに公園のベンチでは、誰かと携帯で言い争っている深澤の姿が見える。

「尾崎。しかし、なんだ……。俺は今日この話を聞くまでは、もうバイク事故の件は忘れて、そろそろ吹っ切ったらどうだと、お前に声をかけるつもりだった」

「私こそ、事故のあと食事に誘ってもらい、いろいろアドバイスもいただいたのに……」

尾崎は軽く頭を下げると自分のテーブルに戻り椅子に座った。

「弓削さんだけじゃないんです。家族や友人からもたくさん励ましの言葉をもらっていたのに……。あの頃の私の耳には入ってきませんでした。聞こえているのに、私はそのことを素直に受け入れることができなかったんです。すみません」

「すまなかったのはこっちだ。もう少しお前の話を深く聞いていれば、事故の裏にある何かに気づけたのかも知れない」

「いいえ、事故に関しては、私も何か確信があったわけではないんです。ただ事故の原因を知りたかっただけなんです。この右眼で三年前の光景が見えてなければ、あんなことで事故が起こされたなんて思いもしませんでした」

弓削がじっと尾崎の右眼を見据える。

「ただな、本当に三年前の光景をその右眼が見ているのだとしたら、なんというか……。お前は、怖くはないのか」

「……少し怖いです。でも眼が見える喜びの方が大きいんです。たとえそれが三年前の光だったとしても」

「そうか……、そうだな」

暫くして深澤が戻ってくると、彼女がいたテーブルを見て大きくため息をついた。

「わかりました。父の顧問弁護士の吉村《よしむら》でした。三年前に瑞希に別れ話をするように説得したそうです」そう言って椅子に座った。

「ひどいわね」尾崎は顔をしかめる。

「いえ……。悪いのは僕なんです。瑞希とのつき合いを真剣に考え出した頃、両親に紹介しました。吉村は父に彼女の身辺調査を依頼され、事務所専属の調査員が彼女の経歴を調べました。瑞希には五歳年の離れた兄がいて、未成年のとき起訴までにいたらなかった犯罪歴があり、就職していた会社が指定暴力団の幹部が重役に名を連ねているフロント企業だということがわかったんです。三年前にその報告書を吉村から見せられました。そのことが、ずっと心のどこかに引っ掛かっていました」

深澤が天然のくせ毛の髪を掻きむしり、ため息をつく。沈んだその表情には悲しみと怒りと少しの後悔が見えた。

「警察官としての将来を捨ててでもと考えた時期もあったんです。瑞希に別れを告げられ、そのまま飲屋街で酔いつぶれ、公園で夜を明かしました。当時は彼女を恨みました。しかし、いちばん恨んだのは卑怯者の自分自身です。あの日、別れを告げられた時、少しホッとした自分がいたのも事実なんです……。瑞希にふられたけれど、僕も彼女から逃げました。それもまんまと父に操られて」

眼鏡を外しテーブルの上に置いて、両手で目頭を押えた。

「瑞希が僕と別れることを天秤に掛けられて、お金で説得されても仕方ないと思います。小さい頃から、父の周りで金と権力に操られる人間をたくさん見てきました。まぁ、その最たる人間が僕なんですけどね」

テラスからの風を受けてテーブルの横の観葉植物の葉が揺れた。その風に押されるように瑞希が椅子から立ち上がった。涙を拭うとバッグをつかみ足早にカフェを出ていく。テーブルには現金の入った封筒を残したままだった。

「でも、彼女、その天秤に乗っていたお金は受け取らなかったみたいよ。どうするの」

尾崎は引き止めようとおもわず腰を上げた。が、自分が見ているのは三年前の光景だと気づいて椅子に座り直した。

「彼女から勝手に逃げた、それはあなたの自由。だけど航、彼女が天秤に掛けたのはお金なんかじゃない。ひとつは自分の幸せな結婚、もうひとつは自分の兄のことで狂わされるかもしれないあなたの将来よ。彼女には何も責任はないのに」

両目で見ている時間が長くなり頭痛と軽い目眩がしていた。尾崎はテーブルに置いていた眼帯を摑んで右眼にかける。公園を歩いている三年前の瑞希の後ろ姿が消えた。

9

弓削は、眼帯を右眼につけ直している尾崎を宥《なだ》めた。

「尾崎。そう責めるな、お前も警察官ならわかるだろう。職務上、犯罪者や反社会勢力などと距離を置く必要がある。ましてや航はキャリアの身だ」

尾崎はまだ悔しそうにカフェの扉を見つめていた。

「そんなの、彼女には関係ない……。でも、ごめんなさい。私の事情で、あなたの過去のプライベートを勝手に見たのは謝る」

「いいんです。僕が瑞希から逃げたのは、本当なのですから。責められても仕方ありません。先程、吉村から聞きだしました。今年の春に再度身辺調査をしたそうです。彼女はあれから故郷へ帰り、お見合いをして今年の春に結婚してました。来年には子供も生まれるそうです。彼女の兄も地元の大手の運送会社に転職していました」深澤はテーブルに置いた手を広げじっと見た。

「……そのお見合い相手と兄の就職先は、父が吉村をとおして手を回したそうです」

幼い頃から父親の周りで、どれほどの真実と嘘を見てきたのか。そして、この事実を知って悲しいのかスッキリしたのか。深澤の冷静な表情からその心情を推し量ることはできなかった。

「しかし、徹底してんなお前の親父さんも」

「やるなら最後まで気を抜かず『慎始敬終《しんしけいしゅう》』が父の座右の銘です」

深澤は東大受験に一浪している。在学中に二年海外留学して、三年遅れて国家公務員採用Ⅰ種試験を受け警察庁に採用された。「僕は、エリートなんかではありません」が酔った時の口癖だ。三十七歳、警視正で所轄の警察署署長。それが出世コースに乗ったエリートなのかどうかは、弓削にもわからない。能力さえあれば、学歴や年齢は関係のないノンキャリアとは違う。出身大学や渡り歩いた部署の経歴が物を言うキャリアの世界では、少しの傷が出世に響くのも確かだ。

「ですが弓削さん。これで崎さんの右眼の能力は証明されました。これからどうするかです」

深澤がこれまでの話の流れを断ち切るように、椅子から立ち上がった。

「それでは、ここからは署長としておふたりに言わせてもらいます。尾崎君、まずは事故に関して今まで調べた資料と正式な被害届を出してください。ただし、被害者であり、婚約者とはいえ身内が絡んだ事件でもあります。申し訳ないが、この捜査には君を参加させることはできません。この件の再捜査は弓削君に一任します。明日にでも、近藤班に協力して動くよう私から連絡しておきます」

「……わかりました。おまかせします」尾崎が目を伏せて了解した。

「問題は、先程話した他の未解決事件への捜査協力です。おそらく、尾崎君の右眼を使った目撃証言を正式に証拠採用することはできないでしょう。ただ、この能力を使えば、時間と労力を減らし効率よく、そして確実に犯人を逮捕することができるはずです」

たしかに、犯人を特定する目撃証言が有ると無いとでは、その後の事件解決に使われる警察官の労力に雲泥の差がある。そのことは弓削にも理解できた。だが、この能力に頼るということは、深澤の警察機構全体への信頼の薄さの証でもあった。

「それと、尾崎君の右眼の能力に関する情報は、扱いに細心の注意を要します。とりあえずこの三人だけで納めて、他言無用でお願いします」

尾崎が椅子を後ろに引いて立ち上がり頭を下げた。「航、ありが……、いえ署長、ありがとうございます。弓削さんも、よろしくお願いします」

「まずは、共犯者の割り出しと動機だ。トラップに使われた釣り竿と黒いビニール袋などの証拠が見つかれば良いが、難しいだろうな。三年前の事件だ、事故現場を撮影したデータも残っているかどうか。とにかくこの姫野亮太を任意で呼んで、何らかの自供を引き出すしかない」メモ用紙をつかんで立ちあがる。「それじゃあ、これは俺が預かる」

三人がカフェを出ると、日は傾き公園のまわりは夕暮れの匂いがしていた。尾崎は弓削と深澤に対して何度も頭を下げて帰っていった。「じゃあな」と、手をあげて歩き出そうとする弓削を深澤が引き止めた。

「弓削さん。先程も言いましたが登坂警察署管轄の未解決事件を、崎さんの右眼でもう一度さらうことになります。ここまで関わったのですから、きっちり最後までつき合ってもらいますよ」

「わかったよ、お前の親父さんと同じで『毒を喰らわば皿まで』が俺の座右の銘だ。だがな……」

弓削はじっと深澤を見据える。

「……なんですか」沈黙に耐えきれずに訊いてきた。

「だがな、航。これだけは言っておく。尾崎は警察官であり、ひとりの人間だ。モルモットでもないし、ましてや、お前の出世の操り人形でもない」

「考え過ぎですよ。僕は父とは違う」深澤が首を振り、自嘲気味に笑った。

「だといいんだがな。未解決のままの事件の再捜査だが、やるかやらないか最終判断は尾崎自身にさせることを約束しろ」

「わかりました」深澤は顎を触り、薄く笑った。

「それと明日、近藤班長にはメールとかじゃなく、お前の口から直接電話をかけて協力を命じといてくれよな」

内ポケットから煙草を取り出すと口に咥え、深澤を振り返らずに手を振った。煙草に火をつけながら歩く弓削を見て、ジョギング中のカップルが眉をひそめてすれ違った。

10

登坂警察署の一階、受付と交通課の奥に署長室はある。弓削は来客者用のソファーに座って報告書の書類を読み返していた。オーク材の重厚な扉がノックされた。

「尾崎冴子入ります」扉の向こうから声が聞こえた。

硬い表情で入ってきた尾崎に弓削が軽く手をあげた。深澤は奥にある大ぶりの机に座り、先程から文書業務を続けていた。高く積み重ねられた書類ひとつひとつに目を通し、気づいたページに付箋を貼り次々に印鑑を押している。

「尾崎君、悪いがこれが終わるまでちょっと待っていてくれ」顔もあげずに深澤が言った。

研修のとき、あんなに嫌っていた書類仕事を黙々とこなしている深澤を、尾崎が好奇の眼差しで見ている。

「人は成長するもんだ」弓削が小声で言った。

尾崎も同じように思ったのか、弓削と目を合わせて軽く笑った。

「弓削さん、聞こえていますよ。上にあがればこんな書類作業は人に任せて楽ができると思っていた僕が愚かでした。上がれば上がるほど書類の量が増える」

深澤が作業を止めることなく小言を言った。

弓削と尾崎は先週末、時期外れの配属転換で新設される『継続捜査支援刑事部別室』への異動が命じられ、人事通知書が署内の掲示板に張り出された。未解決のままになっている事件を新しい視点で捜査するのが新設理由とされている。室長は多忙な署長の深澤が兼任するため、実働捜査員としては弓削と尾崎の二名だけの弱小部署だった。

早くも口の悪い署員からは、署長直属の玩具箱などと嘲笑されている。支援室用に七階の旧資料室のリフォームも始まっていた。右手を負傷し、腫れ物扱いで、まともに銃を握れない弓削、それに右眼を失明している尾崎が加わったことで、旧資料室のガラクタを片付けてそこにポンコツの二人を入れてどうすんだと、陰口を叩かれていた。

一課の捜査員のあいだでも、手が足りないときのサポート的な部署の認識でしかなかった。準備期間中のため、弓削の机は未だに近藤班の中にある。

尾崎の能力に関しては慎重に扱われ、知っているのは、継続捜査支援室の三人と外部では眼科医師の霧島環奈だけ。尾崎はたちあげ準備の仕事をしつつ、この三週間病院で再検査を受けている。霧島は深澤の要請を受け入れ、大学病院の医師や看護師にも尾崎の右眼のことを一切漏らさないという約束が交わされていた。

静かな署長室に、壁の時計が時間を刻む針と書類をめくり次々に印鑑を押すかすかな音だけがしている。歴代の署長の厳つい写真は、まだ壁に掛けられていた。それを言い訳にして、深澤は今でも煙草を喫いに屋上に来ている。

あらかたの書類仕事が終わると、深澤は担当者と警務課から片山副署長を呼んで、一緒に付箋を貼った部分の説明を受けた。警務課長に次の面談までの時間を聞いて、電話は折り返しかけ直すと伝え、取り次がないよう指示を出して署長室のドアを閉めた。

「お待たせした。尾崎君を呼んだのは、他でもない。偽装バイク事故の捜査に関して、弓削君から捜査の経過報告がある。そこへ座って」

「はい、失礼します」尾崎がかしこまって来賓用のソファーに座った。

「えー、これが姫野亮太の取り調べ調書と捜査報告書です」

調書と報告書を深澤と尾崎に配る。署長室の中では弓削も深澤には敬語だった。

「では報告致します。九月二十日署内第二取調室において姫野亮太二十一歳を任意で……」

「弓削さん、すみません。この会議には三十分しか有りません、肩苦しく報告書を全部読んでいては時間が足りない。捜査経過をかいつまんで、崎さんに話してもらえませんか。調書と報告書は移動中の車の中で読んでおきますので」深澤が腕時計を見た。

「はやく言えよ、こっちも肩が凝ってしょうがない」

弓削が報告書を見ながら事件の捜査経過を話し始めた。

三年前の峠でのバイク事故について訊きたいことがあると専門学校の前で姫野亮太に声をかけると、すんなり任意に応じて署まで同行した。最初こそ、ヘラヘラした態度でそんな前のことは記憶にないとシラを切っていた。あのとき生き残ったバイクの同乗者の記憶が戻ったことを説明すると急に黙り込んだ。「そもそも、お前にたどりついたのも、同乗者が記憶していた兄貴の原付バイクのナンバーからだ」そう揺さぶると姫野はかなり動揺を見せた。

そこで一気に犯行当時の服装から釣り竿に黒いビニール袋をつけたトラップの正体、事故現場を動画撮影していたことなど犯行状況の目撃証言をぶつけた。最後に右腕に蜘蛛の巣のタトゥーのある髪の長い共犯者のことを訊くと、姫野は震えあがりあっさり落ちた。

参考人としての事情聴取から被疑者取り調べに切り替え、そんなに粘ることなくバイク事故を故意に起こさせたことを自供した。とりあえず、道路交通法違反の往来妨害罪で逮捕し、傷害致死罪まで持ち込めるかはこれからだ。姫野の自供だけでは慎重にならざるを得ない。

全ての始まりは姫野が作った自分のホームページからだ。趣味で撮っていた動画をアップし、誰でも自由に閲覧できるようにしていた。多くはたわいもない動画の寄せ集めで、閲覧数も少なかった。偶然撮れた高速道路の事故で、イタリアの車が激しく燃える三十秒ほどの動画をアップすると、その動画一本で閲覧数がいっきに増えた。

それを見て声をかけてきたのが高校の映像研のOB瀬戸山大輔《せとやまだいすけ》。海外や日本のドキュメンタリー映画やテレビの事件報道等の共通の趣味に話が盛り上がった。瀬戸山が映像プロダクションを自営していると聞いて、姫野は瀬戸山に心酔した。

ホームページにあげている動画を瀬戸山に散々けなされたが、あの炎上した車の動画だけは褒められた。ある日、瀬戸山がこんな動画を集めて、会員制交流サイトを作ろうと提案してきた。瀬戸山が資金を出し、高校生だった姫野も加わり、WEBデザイナー、プログラマーなどを集め、その交流サイトは制作された。

「それで作られたのがこの『ダイス』だ」

弓削がノートパソコンでダイスを開き、オープニングページの中央にある赤い透明な樹脂のサイコロをクリックする。白い大理石の上をサイコロが転がり始め、最後にタイトルの『Dice』のiの点にサイコロが重なるムービングロゴが現れる。パスワードを打ち込むと事故、火事、喧嘩、事件、ハプニングなど様々なアイコンでカテゴリー別に分けられた動画の閲覧項目が出てきた。

弓削は画面をクリックして掲載された動画を再生して見せた。高速道路でわざとドライバーを煽って、危険な運転走行をしているドライブレコーダーの録画データ。路上で見知らぬ通行人にクリームパイを投げつける防犯カメラの動画、エアガンで猫や鳩を撃つ動物の虐待動画。デパートでエスカレーターから階下へ空のカートを落とす動画。サイトには些細なハプニング動画から、悪戯、事故、事件に発展するような過激な動画まで何百と網羅されている。ほとんどの動画が三十秒から長くて一、二分程度の長さだ。

「誰かが吐き出した黒い欲望に、次々に同じ欲望を持つ者が涎《よだれ》を垂らし群がって来る。人間の中にある醜悪な部分を集めて作った胸くそ悪いサイトだよ」

始めは会員間で動画をまわして気軽に楽しむ、ごく普通のドキュメント動画マニアのサイトだった。姫野が動画を整理しサイトにアップし、瀬戸山が会員からの集金などサイトの運営業務をしていた。変わり始めたのは、瀬戸山のある提案からだった。

動画を気にいった会員からの評価のポイントがカウントされ、その下にコメントを書き込めるようになった。評価ポイントでカテゴリー別にランク付けがされるようになり、競うように会員が増えた。好評価ポイント欲しさに投稿件数も増える。当然、ポイントに添えられるコメントも日増しに激しくなり、その抑えられなくなった欲望に応えるように、会員から犯罪スレスレの過激な内容の動画が集まるようになった。

「これを見てみろ。デジタル分析室が見つけた動画だ」

パソコンのモニターに真っ黒な画面が現れる。街灯やそれに照らされたベンチ、植栽がぶれながら斜めに映る。これが夜に公園を歩きながら撮影されたものだとわかる。若者らしき姿と笑い声と話し声が聞こえてくる。「おい、あれ何だ」という声がして、前方の暗闇に光が見えた。

画面がぶれ始め撮影者が走り出した。見えた光の正体は赤々と燃えているブルーシートだった。住人のホームレスが何か叫びながら木の枝で火を消そうとしている。「すっげー」「ワオー、おじさん危ないよ」動画を撮影していた若者が、ホームレスに加勢して消火を始める。各々持っていたペットボトルの飲み物や傘などで火を消している。テントの火はやがて消え白い煙が上がる。ホームレスの男が涙を見せながら若者と握手をし、何度も頭を下げている。ここで動画がブツリと切ったように終わる。

「これから見せるのはサイトには載らなかった映像と音声データだ」

さっき見た動画がもう一度流された。ホームレスと別れ、砂利の敷かれた暗い道を歩く若者達の話し声と嘲笑が暗闇の中から再び聞こえてくる。「見たかあの慌てよう」「なっ、うまくいっただろ」「こりゃー傑作に……」音声と画像がプッツリと途中で切れた。

「この動画は、偶然に撮れた、ハプニング映像じゃないってことですか」深澤が驚いた。

「これはホームレスのテントを狙った放火動画だ。『ダイス』に送られていた動画の中から怪しい動画をピックアップしてデジタル分析室で解析した。後半の暗闇の中の話し声はノイズの中から音声部分をデジタル増幅して声が聞こえるようにしたデータだ。こいつらは面白がってホームレスのテントを狙って火をつけた。それを、何の罪悪感も無く撮影し、思いがけず撮れたハプニング映像としてこのくそサイトに投稿している」

人間の奥底の本質を見せられたようで、何度見ても吐き気がする。ランク上位の何本かが、ドキュメンタリーといいながらなにがしかの法に引っ掛かる犯罪動画だった。動物や被害者の叫び声と共に、それを撮った人間の緊張感の無い話し声や笑い声が入っていた。

自分たちが犯罪を犯していることにさえ気づいていない。何気ない日常で起こされた卑劣な悪意がそこにあった。

「自己表現によって、多くの人から認められたいという『承認欲求』は誰しもが持っているものです。しかしこれは……」深澤が顎の先を手の指で掻いた。

サイト運営側の姫野や瀬戸山も、その真っ黒な欲望に飲み込まれるように倫理観が麻痺していく。荒れた会員のコメントに呼応し、さらに過激な動画の素材を捜すが、そんなに都合良くハプニングが起きるわけがない。

次第に自分たちで自作自演のハプニングを起こし、撮影するようになっていく。そんな中で撮られたのが、尾崎と婚約者の岸本有介が巻き込まれた三年前の偽装バイク事故だった。

「姫野は取調室で泣き崩れていたよ」弓削が捜査報告書をめくった。

取り調べ調書には「事故のハプニング動画が撮れればそれで良かった。まさか人が死んでしまうなんて思わなかった」など、姫野の生々しい供述が記されていた。

尾崎はソファーに浅く座り、前屈みで弓削の報告を静かに聞いている。足の間で強く握られた両手が、小さく震えていた。「私たちはこんなもののために……」

「撮影された崎さんのバイクの事故動画は見つかったのですか」

「いや、翌日のニュースで死者が出たことを知って、データは瀬戸山が消去したらしい」

「弓削さん、その瀬戸山が、長髪の男なんですね」尾崎が尋ねた。

「写真を用意した。お前が見たその長髪の男はこの中にいるのか」

近藤班が隠し撮りで撮影した瀬戸山の写真と、無関係な九人の写真をテーブルに並べて見せた。尾崎がすぐに一枚の写真を手にとった。

「こいつです。髪は短くなり、多少体重が増えたように見えますが、あのときの長髪の男に間違いありません」尾崎は両手で写真を破れんばかりに握りしめて言った。

渋い焦げ茶色のアロハシャツを着た男が、コンビニを出てきたところの写真だった。弓削は深澤に向かってうなずいた。

「瀬戸山大輔。現在三十六歳、会社や観光案内用の動画撮影や編集を主にやってる『セットアップ』という有限会社の社長だ」

資料をめくり建物の写真と別の瀬戸山の顔写真をテーブルの上に並べた。

「近頃は仕事も減り、いかがわしい映像プロダクションと組んでＡＶまがいの撮影にまで手を出している。近藤班の聞き込みでも悪い話しか聞こえてこない。それと、この業務書類を見ると、サイトの会員からの会費以外にもばかにできない金額が瀬戸山の個人口座に入金されている。もしかしたら、投稿されたが『ダイス』にアップされてない動画を使っての、強請《ゆすり》や恐喝などの犯罪も絡んでいるかもしれない」

深澤が時計を見て立ち上がった。

「時間が来ました、今日はここまでにしましょう。継続捜査支援室たちあげの準備も有りますが、弓削さんは近藤班と瀬戸山の逮捕に向けての詰めの捜査をお願いします。崎さんは、この捜査の現場には出せませんが、二階のデジタル分析室と協力してこのサイトに送られてきた動画の精査、分析をお願いします」

「はい……」

尾崎の手の中には、くしゃくしゃになった瀬戸山の写真が握られていた。

11

署長室で途中経過の捜査報告をしてから三日後、瀬戸山が海外渡航の準備をしているという情報が入った。行きつけのクラブのママが、酔った本人から聞いた証言だった。CM撮影のロケハンが渡航理由だったが、仕事まわりの情報では、ここ最近撮影依頼はない。海外への高飛びのおそれもあるとして裁判所から逮捕状がとられた。

セットアップのビルは住宅街の一角にある。狭い土地に無理やり上に延ばしたような五階建てのビルで、一階は車のガレージとカメラ機材などの倉庫、二階と三階が事務所兼撮影スタジオ、四階と五階が自宅になっている。一階のガレージのシャッターは閉まったままで、ビルの横壁には二階まで続く外階段が取り付けられている。

瀬戸山が在宅しているのは、確認がとれている。近藤班との捜査会議で、瀬戸山がビルから出てきたところを逮捕することになった。深澤からは、事件の捜査に尾崎を加えるなという指示が出ていた。弓削は、せめて瀬戸山を逮捕するところに立ち会わせようと考え、近藤班長に頼み込んで尾崎をむりやり現場に引っ張り出していた。

その尾崎は車の助手席に座り、単眼の望遠スコープでビルへの人の出入りをチェックしている。早朝からこの場所に張り付いて、もう三時間が過ぎていた。

「弓削さん、航空機の出発時間から考えると、そろそろ動きだしてもいいはずですよね」

「そう焦るな」座席を倒し、掌に収まるサイズの小さな赤いゴムボールを、ポケットから取り出し右手で握る。胸ポケットで携帯が震え、見ると近藤班長からだった。

「ちゃんと、見張っとけよ。――はい、弓削です」

〈弓削ちゃん。ストーカーの件なんとか片付いたよ。市内のネットカフェを転々としていた本田を、家宅侵入で引っ張って吐かせた〉

「早かったですね」

〈事件の日、近くのビルの外階段から被害者の部屋を覗いていたら、女が出てきた。その慌てぶりを不審に思って、被害者の部屋に侵入して死体を見つけたってことだ。てめぇの方がよっぽど不審者だってのにな。まぁ、弓削ちゃんの読みどおり、あいつは目撃者だったってことだ〉

「下着に付いたＤＮＡはどうして」

「本田は被害者の部屋の合鍵を持っていた。ちょくちょく部屋に侵入し、被害者の下着を舐め回していたらしい」

「典型的なストーカーだな。逃げた女って誰だったんですか」

〈本田の写真コレクションに被害者とカフェでお茶してる犯人の写真があったよ。この件で相談していた被害者の幼なじみの友人で、うちのストーカー相談係に付き添いで来ていた。あのいまいましい週刊誌にもコメントが載せられてるよ〉

「あの女ですか、ワイドショーでも路上インタビューが流れてましたね」

涙を拭きながらストーカーの被害と警察の怠慢を訴えていた女の後ろ姿を思い出した。

「動機はいったい何だったんですか」

〈男をはさんで、盗った寝ただのの痴情のもつれってやつだ。しかし、被害者も親身に相談相手になってくれた友人のつき合っている彼氏とできるこたぁないのにな〉

「それだけ本田に精神的に追いつめられていた。手っ取り早く身近な誰かに頼りたかったんですかね。それも言い訳にしかならないが……」

〈まともな事件なら、被害者をよく知っている家族や友人に事情を聞けば犯人の姿が見えてくるもんだ。なのに、今回一番被害者のことを知っていたのがストーカーだってんだから、世の中どうなってんだ〉

「まあ、早く解決してよかったです。おかげで、こっちに人をまわしてもらえる」

〈しょうがねぇだろう。今回は署長の『玩具箱』と噂になっている、継続捜査支援室がしきってんだからな。署内ではあんまりいい話は聞かないが、弓削ちゃんがそこに引っ張られてんだ、俺は期待してるよ〉

「ありがとうございます」

〈この事件、署長がえらい張り切ってるそうじゃねえか。大きくなるのかい〉

「まだ何ともいえないですね、瀬戸山を引っ張ってみないと。今日はお願いします」

〈おうっ、こっちこそだ。弓削ちゃん、今度一杯やろう。ストーカー事件解決の礼だ。俺が奢る。そん時には、隣にいるお嬢ちゃんも一緒にな〉

「えっ、こいつもですか」

〈うちの野上が気に入ってる。是非誘ってくれって必死に頼み込まれた〉

「わかりました、楽しみにしています」

弓削は電話を切ると運転席の座席を起こした。尾崎の肩越しにセットアップのビルを見た。

「まだ動きは無いか」

右手の中の赤いゴムボールを、強く握ったり緩めたりを繰り返す。

「はい、社員ですかね、男性がひとり入ったきりです。弓削さん、そのボール何ですか」

尾崎が弓削の方を見て訊いてきた。

「これか？　あの事件で右手親指と人差し指の腱を痛めて、医者からリハビリで勧められた。なんか癖になって、こうしてゴムボールを触ってると落ち着くんだよ」

「いろいろ部品にガタがきてますね」

「うるさい、ひとを中古車扱いすんな。黙って見張ってろ」

フェイントでゴムボールを投げるふりをする。

「はいはい、わかりました」尾崎がぶつぶつ言いつつ、監視の態勢に戻った。

弓削はダッシュボードにボールを置いて、煙草を取り出し火をつける。ライターを擦る音と漂ってきた煙草の煙に気づいて、尾崎がクレームをつけてきた。

「弓削さん、せめて車の外で喫ってもらえませんか。髪とスーツに匂いが付いてなかなか消えないんです。しかもその煙草、私の祖父が喫ってたのと同じ銘柄です」

「なるほど、お前が俺に優しいのはそのせいか」

「冗談言わないで下さい。祖父は厳しい人で私に剣道を教えているときは、ほんと鬼のような人でしたから」

「鬼は言い過ぎなんじゃないのか」

「祖父は庭先のプレハブ小屋で道場を開いていて、勤務外で子ども達に剣道を教えていました。中学のときだったかな、仮病を使って練習をさぼり友人とショッピングをしたのがばれたことがあったんです。十年早いって叱られて、道場の板の間に三時間正座させられました。三時間ですよ。おかげで小・中・高と私の青春は剣道一色でした」

「なるほどな。お前が、俺に厳しいのはその祖父さんのせいか」

「剣道以外は無趣味だった祖父が唯一楽しんでたのがその煙草なんです。母がいつも祖父にやめるように小言を言っていたのが耳に残ってて、私は小さい頃からずっと祖父は肺ガンで死ぬんだと思ってました」

弓削は車の窓を開け、ふーっと煙草の煙を吐いた。

「勤務外って、お前の祖父さんは警察官だったのか」

「いいえ、祖父は水道局の機械や電気設備の保守管理を担当する普通の公務員でした」

「警察官も市民に奉仕する普通の公務員だよ。じゃあ何でお前は、警察官になったんだ」

「短大の剣道部の先輩達は警察官になった人が多いんです。それに私、美人だし、なにしろ、全日本女子剣道選手権大会個人五位ですから」

「美人は余計だけどな」

「けど、警察の世界がこんな男社会だとは思ってもみませんでした。知ってますか、上は能力や適性を持っている女性警察官の積極的な採用と登用を――なんて大きな声で言ってますけど、全国の女性警察官の割合は十パーセント未満。警部以上の階級についている女性は、わずか〇・一パーセント程なんですよ。……けど、その大きな声と全日本女子五位と美人のおかげで念願の刑事課にひっぱられたから、文句がいえる立場じゃないんですけど」

弓削は警察機構内の女性の地位向上についての話と、ちょいちょい挟まれる美人という単語を無視してハンドルにもたれかかる。

「その剣道を教えてもらった祖父さんは、元気してるのか」

「祖父は私が短大の時に、亡くなりました。家の近くにキャンプ場があって、そこに来ていた若い家族の子供が川に流されたんです。犬と散歩をしていた祖父がそれを助けようとして……」

望遠スコープを覗き、淡々と話す尾崎の表情は読みとれなかった。

「でも、子供が助かって良かった。お墓にはいつも線香がわりに好きだった煙草を供えるんです。うちは祖父以外、誰も喫わないので、私が家族を代表して火をつけてちょっと吹かしてみるんですけど、やっぱり不味くて」

弓削は運転席の窓から煙草の煙を思いっきり吐き出すと、まだいくらも喫っていない煙草をポケットから出した携帯用灰皿で消した。

「祖父さんの言った通り、お前には十年早《は》えーよ。煙草は美味い、不味いで喫うもんじゃない。そもそも煙草っていうもんはな――」

「弓削さん、出てきました」会話に被せるように尾崎が緊張した声で言った。

二階の外階段のドアが開き、旅行用スーツケースにサングラスの男が出てきた。ジャケットを肩にかけ、先日尾崎に見せた写真と同じ、焦げ茶色の地に花柄のアロハシャツを着ていた。ドア横の踊り場で電話をかけている。

イヤフォンから近藤班長の指示が流れる。〈――ビルから瀬戸山が出てきたぞ。ビル内に逃げ込まれても面倒だ、打ち合わせどおり階段を下りてから確保する。指示があるまで全員待機だ〉

「どうだ、尾崎、瀬戸山か？」

「身長と体格は近いんですけど、ここからではサングラスと帽子で人相がわかりません」

男が電話をかけ終わり、旅行用スーツケースを抱えて階段を下り始める。

「お前はここにいろ、いいか動くんじゃないぞ」

「わかってます、子供じゃないんだから」

「弓削です、こっちからは、サングラスと帽子のため被疑者かどうか特定できません。場所を移動して近づきます」弓削は車から降りて、目立たないようにゆっくり歩いた。

　襟の内側に付けた小型マイクで報告する。〈こちらも同じく〉ビルのまわりで待機していた捜査員からの報告が飛び交う。一階に降りた男が、旅行用スーツケースを曳いて歩き出した。アスファルトの道路を転がるキャスターの音が住宅街に響く。

　午前中の通勤・通学の時間帯を過ぎ、ビルの前の通りに人影はなかった。〈人通りの多い道路まで出られても面倒だ、本人確認後、逮捕しろ〉篠田を含む刑事三人が前方の車から降りて男に近づいた。それに気付いたのか男がポケットから携帯を取り出して誰かと電話する振りで引き返そうと反転する。〈そっちに行ったぞ〉ビルの裏手にまわっていた野上たちと弓削が合流し、男の前を塞いだ。

「瀬戸山大輔さんですね。お出かけですか」野上が声をかける。

　六人の警察官に囲まれた男は、まだ通話中の振りをして会話を続けている。

「瀬戸山さん、道路交通法違反の往来妨害罪と傷害致死罪容疑で逮捕状が出ています。おとなしくご同行お願いします」篠田が逮捕状を提示し、静かにだが強い口調で言った。

　男がいきなり奇声を発し、スーツケースを篠田に向かって投げつけた。肩にかけていたジャケットをかなぐり捨てて、空き地の方向に走り出す。「待てっ、この野郎」「おいっ、止まれっ」追いかける篠田と近藤班の刑事たちから次々と殺気立った怒号が飛ぶ。

「おいおい勘弁しろよ。手間かけさせんなって」弓削もぼやきながら後を追う。

胸ポケットの携帯が震えた。「何だ尾崎、こっちは取り込み中だ」

〈弓削さんその男、瀬戸山大輔ではありません。スーツケースを投げたとき、見えた右腕に蜘蛛の巣のタトゥーがありませんでした〉

弓削は逃げる男を無視して立ち止まり、セットアップのビルを振り返った。

「クソっ、俺たちを欺くための囮《おとり》か。尾崎、ビルのまわりを見張れ、それから――」携帯が途中で突然切れた。「おい、尾崎っ！」

「班長、弓削です。今追いかけている男は瀬戸山じゃない可能性あり、ビルの周りを要警戒」

マイクで報告する。囮の男を近藤班にまかせ、走って戻る。さっきまで乗っていた張り込みの車が見える。中に尾崎の姿はなかった。

「勝手に動きやがって」

助手席に落ちていた尾崎の眼帯を拾い上げ、男が出てきたセットアップへ向かう。

「尾崎ーっ」弓削が大声で叫んだ。

ビルの裏手にもまわったが、瀬戸山も尾崎の姿も見あたらなかった。どこかで犬が吠えている。弓削は角を曲がり、いちかばちか犬が吠えている方向へと走った。二股に分かれた道で立ち止まり、携帯で尾崎に電話をかける。携帯からは呼び出し音が流れ続ける。

〈弓削ちゃん、なにがあった――〉近藤班長の声がする。

大きく深呼吸をして、走って荒くなっている呼吸を静める。イヤフォンを外して、耳を澄ました。雀のさえずり、赤ん坊の泣き声、掃除機の騒音、配達のバイクのエンジン音。午前中の住宅街から様々な音が耳に入ってくる。

どこからか映画音楽をアレンジした携帯の着信音が風に乗って聞こえてきた。音のする方へ走った。角を曲がると、路上に倒れた旅行用スーツケースとサングラスが落ちている。すぐそばに携帯が転がり、着信音が鳴っていた。弓削は電話を切って携帯を拾う。

「尾崎どこだ！」弓削はあたりを見回し叫んだ。

返事をするように、住宅街には不似合いな女と男の争う声が聞こえ、つづけて何かが倒れ、ガラスの割れる音が聞こえた。二棟向こうの借り主募集のプレートがかかった青い屋根の空き家からだった。マイクで近藤班長に家の場所を知らせ、半分開いている門扉から中へ入る。建物の裏手に回り込むと、そこは草が伸び放題の荒れはてた広い庭だった。尾崎が錆びた鉄パイプを竹刀のようにかまえて立っていた。

「わかった、わかったって言ってるだろうが」仰向けに倒れている瀬戸山が叫んだ。

瀬戸山の顔の頬骨と唇に赤い痣ができ、白いTシャツが流れた鼻血で汚れている。片手をあげて、後ずさりで逃げようとしていた。それを見て尾崎が鉄パイプを振り上げた。

「待て、尾崎っ！」弓削は思わず叫んだ。

荒い呼吸にあわせて上下していた尾崎の背中が固まる。鉄パイプをゆっくり肩に担いで振りかえった。眼帯が外された右眼が据わり、赤く充血している。埃だらけの顔に汗で前髪が張り付いている。尾崎も顎に痣ができ唇から出血していた。

「やめろ尾崎。……やめるんだ。そこまでだ」

「でも……。でも、こいつは」尾崎の震える唇から声が漏れる。

会話の隙をついて瀬戸山が四つん這いになって逃げた。尾崎が投げた鉄パイプがすぐ側の草むらに突き刺さり、瀬戸山が悲鳴をあげる。

後ろから追いついた尾崎が、肩と腕をつかんで引きもどした。「この野郎！」瀬戸山が振り向きざまに殴りかかってくる。その手首を両手でつかみ捻り上げ、そのまま地面に投げ飛ばした。乾いた地面から土埃が上がり、衝撃で瀬戸山の口からうめき声が漏れる。俯せに組み伏せたまま、暴れる瀬戸山の首の後ろを尾崎が膝で押さえた。

「あいててっ腕が折れる。てめえっ放せ、この野郎」

顔を地面に押しつけられ、瀬戸山が悪態をつくたびに地面の埃をまき上げる。

「うるさい。抵抗するなら、連行する前に腕の一本や二本折ってやってもいいんだけど」

尾崎が捻り上げた腕に蜘蛛の巣のタトゥーが見えた。

「おい、怪我はないのか」

尾崎が荒い呼吸のまま振り向き、黙って頷いた。

「お前な、俺は車で待ってろと言ったよな」

弓削は、両手を膝について呼吸を整える。腰から手錠を取り出した。

「すみません。電話で話してたときに……、ビルの裏手から瀬戸山が出てきたのが見えて、思わず追いかけてしまいました」

謝る尾崎の肩を叩いて、手錠を渡した。「これは、お前が掛けろ」

尾崎が渡された手錠をじっと見た。黙って頷くと押さえていた膝を離し、後ろに捻り上げていた瀬戸山の右手に手錠をかけた。しぶとく腰を上げて逃げようとする瀬戸山の首の後ろを、弓削が足で踏みつける。

「はいはい。無駄なことはしなーい」

尾崎の顎を指であげ、横を向かせて唇の怪我をチェックした。

「おとなしくしろ、瀬戸山大輔。公務執行妨害ならびに道路交通法違反の往来妨害罪で逮捕する。

暴れても余罪が増えるだけだぞ」

足で押さえつけたまま内ポケットから手帳を取り出し、逮捕の時刻を声に出してメモした。

尾崎が手錠を両手にかけ終え、ふーっと息を大きく吐き出して瀬戸山から離れる。着ていたスーツが汚れるのも気にせず、草が伸び放題になった庭に仰向けに転がった。

「気は済んだか」尾崎を上から覗き込んだ。

荒い呼吸のまま草むらに横たわる尾崎が、唇の血を手の甲で拭った。

「無茶しやがって……。だが、よくやった」

声を荒らげて抵抗する瀬戸山を、弓削は強引に引っ張って立ち上がらせる。

「弓削さん、煙草一本貰えますか」スーツについた埃を払いながら尾崎が言った。

「ばーか。お前には、百年早えーよ。ほらっ」

眼帯と携帯をポケットから出して尾崎に渡した。

「あっ、ありがとうございます」尾崎が礼をいって眼帯を右眼にかけた。

弓削は、駆けつけてきた近藤班に瀬戸山の身柄を引き渡した。

第二章　追跡

1

照りつける日差しと咥えている煙草の煙に目を細めた。屋上の床に座りこみ、何も考えずに赤いゴムボールを投げる。床と壁にあたって跳ね返ってきたボールを右手で受けた。乾いた音と単調な動作が、一度やりはじめるとクセになって止められない。弓削の視界の隅にローヒールの革靴が見えた。太陽の光を遮った尾崎の影が弓削にかかる。

「やっぱりここに居た、弓削さん携帯電話は常に持っていて下さい」

弓削はその言葉を無視して壁にボールを投げ続ける。

尾崎が壁に手をついて上から睨んでくる。「聞いてますかぁ」弓削の口に咥えていた煙草を奪い、近くにあった灰皿スタンドに捨てた。

「おいっ、なにすんだ」弓削がめんどくさそうに呟く。

リズムが崩れ、ゴムボールが手からこぼれ落ち屋上を転がる。

「こんなところで拗《す》ねてボール遊びって『大脱走』のマックイーン気取りですか」

「また古い映画出してきたな。お前、歳幾つだ」

「あの映画は、録画したビデオをすり切れるまで祖父と見てました。ちなみに、私のおすすめ映画の中の一本です。いけませんか」

尾崎がゴムボールを拾い、弓削に渡す。

「けど、よりによって何で資料室なんだ。航のやろう、あいつの嫌がらせだ」

弓削は床から立ち上がり、埃を払ってベンチに腰かけた。

「仕方がないですよ。継続捜査支援室の開設は急で、予算も取れないそうです。刑事部の別室なので二階に机を置いても良かったんですけど、署長が頻繁に刑事部屋にいると息が詰まるって、やんわり反対されたそうです。それに、右眼のこともあるので、署内であまり大声で話すわけにもいきませんから。がらくたは片付けてリフォームもしてます。階段を駆け上がる必要も無ければ、こそこそと煙草を喫うこともない。これ以上、何が不満なのですか」

「わかんねえかな。こんなにオープンになったら、自由もへったくれもないんだよ。隠れてこっそり喫うから煙草も美味いんだ」

「四十過ぎのおじさんが、なに中坊みたいなこと言ってへそを曲げてるんですか。見苦しい。霧島先生がいらっしゃってます。ブリーフィング始めますよ」

「見苦しいってお前、言い過ぎだろ」


登坂警察署証拠管理室は、元々地下駐車場の奥にあった。十年前の水害で地下が水浸しになりかけて、三階にある第三会議室に膨大な事件資料などが急遽運び込まれた。その後、仮の保管スペースを確保するために七階と屋上の間の踊り場に資料室が建て増しされた。現在では、証拠品などは三階の新しい証拠管理室へ移され、大量にあった重要書類等の紙資料はデータ化され二階のデジタル分析室横のデジタル資料室に移動している。

ほとんど物置にしか使われていなかった資料室の一部が「継続捜査支援刑事部別室」としてリ

フォームされた。処分しきれなかった資料やイベント用の着ぐるみなどは箱に入れられ棚に収まり、L字型の部屋の三分の一を占めていた。通路の壁にはり付くように屋上へ続く階段が延び、高い天井から下がった三本のペンダントライトが打ち合わせのテーブルを照らしている。他には来客者用のソファーと三つの事務机、隅には給湯スペースがあり、小さな冷蔵庫も置かれている。

「弓削さん。いい加減、机の上を片付けてもらえませんか」

尾崎が階段を下りながら、小言を言った。弓削の机の上はいまだに段ボールの箱が積み重なり、ガムテープや書類が散らかったままになっている。

屋上から戻ると、深澤と眼科医師の霧島環奈が名刺交換をしているところだった。ベージュのジャケットにタイトスカート。目尻の部分が上がった赤いフレームの眼鏡が、きりっとした霧島の顔に似合っていた。

「今日は、お忙しいところ、ご足労頂きありがとうございます。弓削さんとは、面識があったのでしたね」深澤が名刺をテーブルに置いて霧島に尋ねた。

「尾崎が事故で入院したときに何度か顔を合わせている。その節はお世話になりました。おっと、また一段と大人の色気が増しましたね」

「弓削さん、それってセクハラですよ」尾崎が注意する。

「おひさしぶりです。サエから、お話は今でもちょくちょく聞いています」

「良からぬ話じゃなければいいんですが、おい尾崎、先生に何言った」

弓削は尾崎に持っていたボールを投げる仕種をして睨んだ。

「別に、酔っぱらうとしつこいって話なんてしてないですよ。ねー環奈さん」

尾崎が冷蔵庫から出したミネラルウォーターを配る。弓削の座ったテーブルの前にペットボトルを乱暴に置いた。それを見て霧島が軽く笑い、椅子に座って足を組んだ。

「それでは、今日は尾崎君の主治医の霧島環奈先生にアドバイザーとして出席していただきます。先生には、この半月近く尾崎君の右眼の精密検査をお願いしました。私や弓削さんも話を聞いて、右眼の能力についてある程度理解してはいます。が、今日はご専門の立場から発言して頂けたらと思い、お呼びしました。ただ、警察内部の事情もあります。先生には、これからも尾崎君の能力に関しては内密にお願いいたします」

霧島がゆっくりと椅子から立ち上がった。

「患者と医者のあいだには守秘義務があります。それに彼女は私の友人です、病状を外部に漏らすことはありません。仮に私がこの症例を論文等で発表したとしても、どれだけの人に信じてもらえるか。場合によっては大学病院を辞めることになるでしょう。それでもご心配でしたら、秘密保持誓約書みたいなものがあればサインでもなんでも致しますが」

霧島が赤い眼鏡のフレームを中指で持ち上げ、なかば叱るように返した。

「いえ、そこまでは……」深澤が手をあげて小さく呟いた。

「深澤室長からは尾崎さんの主治医として紹介されましたが、そもそも医者の立場から彼女の右眼のことを科学的に説明することは困難です。しかし、この半月、診察を通して、わかってきたこともあります。今日はそれをお話ししようと伺いました」

霧島は用意されていた黒のペンをとると、おもむろにホワイトボードに眼球の断面とそれにつながる視神経と脳の絵を描き始める。普段から描き馴れているのか、部位の名称を含めても描きあげるのに三分とかからなかった。

「皆さんも中学の頃に理科の授業で習ったと思いますが、これが簡単に描いた人間の眼球と脳の相関図です。まず、角膜を通った光を、この瞳孔でその量を調節し、ここにある水晶体がピントを合わせます。それから、硝子体を通って網膜に映し出された像を、光受容体という細胞が電気信号に変えて、視神経を通って脳に伝達されます。そこで初めて人は目が見えるということになります」

霧島は赤ペンを取り上げてホワイトボードの眼球の断面にさし込む「光」と「目が見える」の文字を丸で囲んだ。ペンを強くこするキュッという音が響いた。

「彼女の場合、三年前の事故で右眼の視力を失いました。ただ、右眼の失明の原因となる眼球の網膜や硝子体などに、損傷は見つかりませんでした」

弓削は小学生のように手を上げて霧島に尋ねた。「それじゃあ先生、尾崎の右眼の失明の原因は、まだわかっていないのかい」

「医者としてはお恥ずかしい限りです。当初疑われたのは眼底のこの部分の網膜、カメラで例えるとフイルムにあたる部分です。その網膜に大きな衝撃を受け穴や亀裂ができるのが『網膜裂孔』といいます。その亀裂から網膜がはがれる症状を『網膜剝離』といって、よくボクサーなどの失明の原因となっています。しかし、眼底検査や赤外線を利用した三次元画像解析による検査では、事故によるそれらの損傷は見つかりませんでした」

霧島が、図の目から脳につながる部分を指し示して説明した。

「あとは、この部分の眼から入った情報を脳へ運ぶ視神経管骨折による視神経の損傷もしくは、眼からの情報を映像化する大脳後頭葉の視覚野の障がいが予想されました。過去二回ほど頭部CT検査やMRI・MRA検査をしていますが、未だに視神経や脳内の障がいは見つかっていません。放射線科の技師、画像診断専門医や同僚の脳神経外科の医師も頭を抱えています」

「しかし尾崎君の失明の根本的な原因はわからないにしても、右眼の能力はバイク事故で受けた目及び脳の障がいが原因で起こっているのは間違いないですよね」

「そうですね。この症状が始まったタイミングや場所、状況をふまえると、そうとしか考えられません。最初、彼女から三年前の事故の光景が見えたと聞いたとき、心的外傷後ストレス障害・PTSDを発症したのだと思いました。事故の記憶が突然鮮明によみがえる、いわゆるフラッシュバックを起こしてパニックになったのだと――」

「尾崎君の見ているものが、そのフラッシュバックが引き起こす幻覚だという可能性はまったく無いのですね」念を押すように深澤が訊いた。

霧島は首を振りつつ説明を続ける。「体験した心的外傷によって、症状が起きるのがPTSDです。ごく稀に、似た場所や事例を見て症状が出る患者もいます。ただ、過去に全く自分が体験していないことや行ったこともない場所で、しかも三年前の光景が右眼にだけ見える。そんな症例は聞いたことがありません。それが、私の不注意なアドバイスで、事故現場に行ったばかりに……。サエ、あらためて、ごめんなさい」

「そんな、頭を上げてください、別に環奈さんが悪いわけじゃありません。あの場に環奈さんがいなかったら私どうなっていたか」

「あのとき……」霧島が気を取り直して頭を上げた。

ホワイトボードに描かれている赤丸で囲まれた『光』の文字をペンでさした。

「彼女が右眼に受けたフラッシュのような光、おそらくこれは、長く使われていなかった虹彩の筋肉器官が弱っていて、入ってくる光の量をうまく調節できていないことで起きていると思われます」後ろのホワイトボードを指で叩いた。「あれから、彼女の脳波を計測しました。右眼から入った何らかの光が大脳の視覚領野を刺激していることは確認できました。しかし、まさか彼女の右眼が三年前の光を見ているとは思ってもみませんでした」

「なんらかの光を右眼が見ているのは脳波を調べてわかった。そこまでは良いとして、先生は、どうやって尾崎が三年前の光景を見ていると納得したんだ」

「納得……。正直なところ、自分でこんな説明をしている今になってもまだ、納得はしていません。ただ、検査の時、彼女は三年前のその日、その時間帯に私の診察室を訪れた五人の患者の顔や容姿、それに名前と病名を言い当てたんです。当てたって言い方はこの場合、適切じゃないですね。彼女は三年前の診察にきた患者と診察カルテを覗いて克明に答えたのです。それは私自身もパソコンに残っていた過去の診療スケジュールの記録と患者のカルテを調べなければ、思い出せなかった情報でした」

「僕のときと一緒だ。やはり尾崎君の右眼の能力は本物です」

深澤が顎の先を手の指で掻き、興奮ぎみに声を震わせた。

「ひとりで舞い上がるな」弓削が咎めるように言った。

「けど弓削さん。あなたもわかっているはずです。尾崎君の能力が警察の捜査にどれほどのインパクトをもたらすか」

「だがな……」弓削は深澤の考えに簡単には賛同できなかった。

はたしてこの能力は警察にとって、いや尾崎にとっていいことなのか、未だに考えあぐねていた。霧島も不安な表情で横に座る尾崎を見ている。

まわりから不安げな表情で見られていることに尾崎が気付いた。

「私なら大丈夫です。たしかに右眼に見えているのが三年前の光景だと気づいたときは、不安になりました。けど今では、悪い事ばかりじゃないんだと思うようにしてます。この能力のおかげで『ダイス』のふたりを逮捕することができたのですから」

悪い事ばかりじゃないと言った尾崎の肩が少し震えている。その肩に霧島が優しく手をかけた。尾崎の能力を警察が使うことに、霧島が漠然とした不安を感じているのがわかる。

「私は警察が、彼女に何をさせようとしているのかは知りません。でも、彼女の右眼に起きている症状が、警察の捜査にどれだけ役に立つかは想像できます。おふたりにお願いしたいのは、この症状を正しく理解し、そして彼女を守って欲しいのです」

霧島がゆっくりと腰を折って頭を下げた。

「環奈さん……」尾崎が隣の席から霧島を見上げた。

「私たちがバックアップします、尾崎君のことはお任せ下さい」深澤が言った。

霧島が唇を噛み締め、自分を無理やり納得させるように小さくうなずいた。

「わかりました。しかし、深澤室長のその興奮に水を差すようですが、彼女の右眼の症状は、先程から言っている能力というのとは少し違います。本来の眼の働きを考えると『見える』という能力は、皆さんの眼となんら変わりません」

「それは……」深澤が言葉を詰まらせる。

「先程ボードで、眼からの光を置き換えた電気信号が脳に伝わって初めて目が見えると説明しました。人は通常、眼から入った視覚情報を脳で情報処理するのに〇・一秒から〇・五秒かかります。そう考えれば私達が見ている現在と思っているこの光景は、既に零点何秒か前の過去なのです。彼女の右眼は三年前の過去を見ている。ただ、それだけです」

「先生、だとすると尾崎のこの能力はいったい何なんだ」弓削が尋ねた。

「……わかりません。でも、強いて言うならば、これは頭部や眼部に受けた強い衝撃によって起きる『外傷性斜視』に似ています。眼球を動かす筋肉や神経が損傷を受け、右眼と左眼にそれぞれ違う空間の光景が入ってくる眼の障がいです。物が二重に見える混乱視や複視を起こします。外傷性斜視が空間だとすれば、彼女の場合は時間。左眼は現在、右眼は三年前、それぞれ別々の時間の光景を見ている。そう考えるとこれは能力というより、バイク事故が引き起こした一種の眼の障がいに近い症状だといえます」

「そういえば、尾崎君はバイク事故を見たときにも両目で見ると、物が二つにだぶって見えるって言っていましたね」

「そうです。私の場合、眼帯を外し、両目で過去と現在の両方を見ている状態だと、三年前と現在の光景が重なった状態で見えます。でも、どちらか片方の光景がはっきり見えているせいで、思っているより違和感はありません」尾崎が答えた。

　霧島は、ホワイトボードに描かれた視神経の延長にある脳の断面図を円で囲んだ。

「私の専門は眼科ですので脳に関しては素人に毛が生えた程度の説明しかできません。ここからは、あくまでも私個人が考える見解だと思って聞いて下さい。『人は、自分の見たいものしか見ない』といったのは古代ローマのカエサルです。意味は少し違いますが、それが人間の脳の不思議なところです。先程説明したように、脳は眼から来る光の電気信号を視覚野でイメージに変換処理しています。しかし、眼から入ってくる膨大な量の情報全てを処理しているわけではありません。そんなことをしていたら私達の脳はパンクしてしまいます。人の脳には眼や耳などから入ってくる情報を認識するか否かを無意識に判断するフィルターがあります。二重に見える光景も、脳がフィルターを通して、より印象的な視覚情報の方を彼女にくっきりと見せているのだと思われます」

ピッという電子音が鳴る。尾崎がリモコンを使ってエアコンをつけた。送風口から吐き出された乾いた風が部屋の温度を下げる。霧島はペンを置き、机の上にあるミネラルウォーターをひとくち飲んだ。

「それでは、まず先に彼女の右眼についての基本的な情報をお話しします。わかっていると思いますが、まず眼だけの能力なので三年前の光景は見えますが、音は聞こえていません。それに彼女の眼は自由に空間を移動することはできません。つまり今、左眼が見ているのと同じ場所の三年前の光景が右眼に見えるということです。三年前で見たい場所があれば、そこへ彼女が移動するしかありません」

「尾崎は右眼だけとか両目を開けたままの状態で、行動することはできるのか」

弓削が手の中のボールをもてあそびながら訊いた。

「彼女が右眼だけで行動するときはサポートが必要です。左眼から入る現在の情報がいっさいない状態で動くのは危険です。目を閉じて行動するのと変わりません。また両目の場合でも、見えている障害物が現在のものなのか三年前のものなのかは判断がつきません。右眼を覆って判断するしかない。その判断の遅れが危険なときもあると思います」

尾崎がそれを補足するように言った。「先程のフィルターは私がコントロールしているわけではないんです。例えば、向こうから来る車が三年前の車か、現在の車か判断がつきません。三年前の車はそのままでも私の身体を通り抜けるだけですが、現在の車だと私は轢《ひ》かれてしまいます。しかも、長い時間両目を使うことはできません」

「時間制限があるのか。先生、どういうことだ」

「脳には人間が持つ五つの感覚、つまり視覚、聴覚、嗅覚、味覚、触覚の情報が常に入ってきています。そのうち九十パーセント近くは視覚器官からの情報だといわれています。しかも彼女の場合、両目を使って時間の異なる二つの光景を見るということは、通常の眼の二倍の情報が脳に入ってくることになります。コンピュータに例えるなら、ＣＰＵの処理可能な限界を超えオーバーフローを起こしている状態です。脳が情報を処理しきれず、意識障がいを起こします」

「意識障がい……、ですか」深澤が呟いた。

　霧島は間を空けると言い含めるようにゆっくり説明を続けた。「最初は耳が聞こえにくくなり、眼に見える色が無くなり、次に頭痛や、目眩、吐き気がひどくなります。長時間両目を使い続けると呼吸が荒くなり、過呼吸状態で手足の震えから痙攣が始まります。それ以上だと意識を失うことになります」

「おいおい、大丈夫か。さっきの脳のフィルターはどうした」

「いえ、この症状はおそらくフィルターが脳内で働いているせいで起きるのだと思われます。例えば、寝ている人を起こすときに声をかけたり肩を揺すったりしますよね。その聴覚や触覚から来る刺激が、脳内のノルアドレナリン神経を活性化し、脳波がβ波に変わる。それにより血圧や脈拍があがり人は目覚めます。これの逆のことが身体で起こってる。簡単に言うと、脳に入ってくる多すぎる情報を抑えるために、緊急避難的に身体の感覚機能に制限をかけているせいで起きているのだと思われます」

「意識障がいは、右眼の能力が尾崎の身体に引き起こすダメージではなく、逆に尾崎の脳を守るために起きているってことなのか」

「おそらく」霧島がうなずいた。

「それで先生、尾崎はどのくらいの時間右眼を使っていられるんだ」

「右眼のみを使うだけでもかなりの負担になります。彼女の体調にもよりますが、三時間をリミットと考えておいてください。両目だと一、二時間が限界です。続けて使うときは間に休息を入れ、それでも一日に二回が限度だと思います」

「霧島先生、尾崎君の右眼が見ているのは、きっちり三年前なのですか」深澤が訊いた。

「それは、私の方から報告します」尾崎がシステム手帳を開いて立ち上がった。

「環奈さんに言われて、毎朝テレビを見て正確に右眼の時間に右の腕時計を合わせています。今の時点で、右眼と左眼のタイムラグは、二年十一ヶ月二十八日と二時間十三分です」

テーブルの上に両手を載せて、右手首と左手首に巻かれている腕時計を見比べる。

「しかも、このタイムラグは一定ではありません。先程言った時間のズレは今の時点ということです。右眼の時間は、左眼が見ている時間のように安定していません。ちょっとした体調不良や身体への衝撃で時間がスキップしてしまうんです」

「スキップ？　それは何だ」

「どう説明すればいいのか。近いもので言えば録画用ハードディスクの機能にある、スローモーションやスキップ機能に似ています。右眼の見ている光景が突然スローモーションのようにゆっくり見えたり、急に早くなってスキップしたように見えます。非常に不安定で、簡単に見ている時間がずれるんです。しかも、その気まぐれな時間の流れを私が意識的にコントロールすることはできません」

「お前がバイク事故のときに、事故の場面がゆっくり見えたのと同じことなのか」

尾崎は頷いて手帳をテーブルに置き、右手の腕時計を強く握りしめた。

「今までの経験で行けばその時間のズレは短くなることはあっても三年より長くなることはありません。あくまでもこの短いあいだの経験から言えばってことです。けど……、これは私の希望的な思いなのですが、このスキップを頻繁に繰り返して、いつか右眼が左眼の時間に追いつき、普通の生活にもどる日がくるんじゃないかと……」

この場にいる全員が尾崎の思いに暫く黙り込んだ。空調の機械と風の音だけが部屋に響く。深澤が組んでいた腕を解いて言った。

「そろそろ時間ですね。あと何か先生に聞いておくことはありますか」

弓削が手を上げた。「先生、右眼の能力が三年前のあの事故によって起きたんだとしたら、尾崎が言ったようにいつか終わりがくると考えていいのか」

霧島はペンを持っていた手の甲で眼鏡を持ち上げ、尾崎を見つめた。

「わかりません。彼女が考えているように、タイムラグが無くなり右眼と左眼の時間が同じになる可能性は考えられます。それが徐々にそうなるのか、ある日突然なのか……。残念ですが、明日目覚めたら、以前のように右眼が見えなくなっていることも充分あり得ます」


ブリーフィングが終わり、霧島を七階のエレベータホールまで見送った。

「環奈さん、今日はありがとうございました」尾崎が頭を下げた。

「弓削さんは、私を下まで送ってくださるわよね」

エレベータに乗る寸前に、霧島が弓削に笑いかけ腕を絡ませてきた。

「深澤室長、彼女のこと宜しくお願いします。じゃあね、サエ」

深澤が軽く頭を下げ、尾崎が苦笑いを浮かべて手を振った。ふたりを置いてエレベータの扉が閉まる。笑っていた霧島が真顔になり弓削の腕をそっと放して、一階のボタンを押した。振動を感じエレベータが下がり始める。

「弓削さん。実を言うと私、サエのことが心配で……」

「サエから……。三年前の光景が見えると告白されたとき、私は衝撃を受けました」

「それは、俺や室長も同じだ」

「今は信頼できる三人だけが知っている彼女の能力ですが、それを警察が使うことになる。その恐ろしさを考えると不安で仕方ないんです。いえ、弓削さんや深澤室長のことを疑っているのではないのですが……」

「いや、そう思われていても仕方がないことはわかっている」

「大きな組織に所属していれば、全て個人の意思だけで行動できるわけではないってことは、私も大学の病院にいますから理解してるつもりです。でも心配なんです。彼女の能力が組織に都合良く使われ、見たくないものまで見させられる。それによって彼女自身が危険に晒され、傷つくのではないかって」

「警察組織に都合良く使われ……、ですか」

話の途中でエレベータが一階のロビーに着き、扉が開いた。

「少なくとも、サエは弓削さんのことを信頼しています。彼女のことを、守ってやって下さい。よろしくお願いします」霧島が弓削の手を握り頭を下げた。

弓削は霧島を安心させる言葉を返せないままに、警察署から出て行く後ろ姿を見送った。

2

弓削が継続捜査支援室に戻ると、テーブルの上に継続捜査支援室資料と書かれた資料ボックスと分厚い事件報告書が重ねて置かれている。ボックスの側面には数字の1が大きく入り、内容のタイトルを入れる項目は空欄だった。深澤がすでに足を組んで椅子に座り、部外秘の印が押された資料をパラパラとめくっていた。

「航。まず初めに、これからその能力を使って捜査に協力するかどうかを尾崎に決めさせる。そういう約束だったろ」

ここまできて、尾崎が深澤の提案を断らないのはわかっている、だが約束は約束だ。

「そうでしたね。どうです、崎さん」深澤は尾崎を見つめて言った。

尾崎がカバンから黒革のシステム手帳を取り出し席に着いた。

「正直いって不安は有りますが、私はやります。あの時の約束ですから。それに入院していたときベッドの上で、右眼を失明した自分に警察官として何ができるのか、ずっと考えていました。机の上の仕事以外でも、私が何か役に立つことがある。それに、またふたりと一緒に捜査ができるのも楽しみです」

「弓削さん、大丈夫ですよね。崎さんをあずけても」

深澤が肘をテーブルにつき、手に顎を乗せて弓削を見据えた。

「そうだな。尾崎、お前も知っているだろうが二年半前、俺はある事件で怪我を負った。お前のバックアップをするにあたって、そのことについて、ちゃんと話しておかなくてはならない」

「事件ってあの週刊誌にリークされた……」

「そうだ」弓削はゴムボールをテーブルに置き、椅子に座った。

事件は二年半前の深夜の公園で起きた。弓削と落ち合う約束をした情報提供者のホームレスは、時間になっても現れなかった。諦めて引き上げようとしたところを、三人組に因縁を付けられ襲われた。

三人のうちの二人はその場で取り押えたが、ナイフで斬りつけ、弓削の右手に怪我をおわせた男には逃げられた。走って逃げる姿が近くのコンビニの防犯カメラに残っていて、後日その映像から市内のクラブにたむろする半グレ集団の中のひとりだとわかった。確保した二人は全治三週間、逃げたナイフの男も頭と腕に包帯を巻いた姿で弁護士と同伴で出頭してきた。

弁護士が現れたとたん、他の二人もべらべらと自供を始めた。「クラブでもめた人物と似ていて、間違って襲った」というのが犯行の動機だった。

「たまたま公園で見かけた弓削さんが、たまたまクラブでもめた人物と似ていて襲ったということですか。まさかそれを……」

「そんな都合のいい動機を誰も信じちゃあいないし、納得もしていない」

「何か心当たりはなかったんですか」

「本部の監察官にも同じことを訊かれた。未だに襲われた本当の理由はわからないままだ」

それでも通常ならこれで、検察が立件して事件は終わるはずだった。だが面倒なことに、ナイフで弓削に怪我をおわせた男は政治家の孫だった。孫可愛さに政治家がやり手の弁護士を雇い、警察の上層部に手をまわしてきた。そのせいで、話がややこしくなった。

弓削は、弁護士からの示談の要請にも首を縦に振らなかった。なぜなら、約束をしていた情報提供者のホームレスが公園にテントを残したまま失踪している。それと、もうひとつ気になる点があった。男達が黒のＳＵＶから下りて来るのが公園近くの立体駐車場の防犯カメラに映っていたが、車には三人の他に運転席にもうひとり男がいた。

「半グレの三人は、その男のことはなんと」

「男のことは最後まで何も話さず、知らないの一点張りで通した。ただの運転手、案内人。言い訳はいくらでも出てきそうなもんだが。三人はその男の存在を全て否定した。この男が三人を使って俺を襲わせたんじゃないか、俺はそう考えた」

このふたつの疑問が残っている限り、あっさり事件を終わらせるわけにはいかなかった。

政治家が雇った弁護士からは過剰防衛で訴えると脅され、圧力に流された上層部からは「事件をややこしくするな」と説得された。

そのごたごたの最中に、この件がマスコミに漏れ週刊誌が騒ぎだした。それが警察内部でさらに問題となり、リーク元を捜す大騒ぎになった。その魔女狩りリストの筆頭に上げられたのが政治家と上に逆らった弓削だった。

「しかし、あの事件は起訴されましたよね」尾崎が言った。

「当たり前だ。マスコミに漏れたからな。結局、俺は過剰防衛で訴えられることは無く、三人は起訴された。執行猶予つきの判決だったがな。裁判が終わっても、情報提供者のホームレスは行方不明で、主犯らしき男の正体はわからないままだ」

「全ては闇の中……。ですか」

「警察の中には、ホームレスとはいえ市民の安全を守る以前に、組織のメンツを守ることを第一に考える警察官もいるってことだ……。だが、メンツを潰された上から俺は目を付けられた」

テーブルの上の赤いボールを摑んで、握力を確かめる。

「お前には、正直に言っとかなくてはならない。俺は右手に怪我をして以来、握力が戻っていない。煙草や箸を持つのには何も不自由はないが、銃を握っても力が入らず、狙ったところに当たらない。まぁ、そういうわけだ。こんなポンコツの俺が、お前のバックアップをどこまでできるかわからない。安心してお前の右眼の能力を使えるかどうかは、背中をあずける相手にかかっている。選ぶのはお前だ」

弓削がボールを投げた。尾崎は右眼に眼帯をつけているせいで距離感が摑めないのか、両手でぎこちなくボールをキャッチした。

「私のバックアップは、弓削さんと航しかいません」

「崎さん本当にいいのですね」深澤が再度念を押して尾崎を見た。

「はい、よろしくお願いします」尾崎が頭を下げた。

「――で、こんな俺が出しゃばることではないが、この際だ、ひとこと言わせてくれ。はっきりいって俺はお前の右眼の能力を捜査に使うことには賛成していない」

「弓削さん、今さら……」

弓削は深澤を手で制して、話を続けた。「それでも、お前がこの能力を使って捜査を始めるのならば、お前は精神的に強くならないといけない。バックアップといっても、俺達はお前のベビーシッターをやるわけじゃない。事件を捜査するたびにパニックを起こしていたら、お前の神経が持たないし、俺の心臓も持たない」

「そうですね。二週間前、右眼で見た自分たちのバイク事故は、突然だったので自分に何が起きたのかもわからずパニックになりました。起きたことを冷静に判断することができませんでした。

でも、弓削さんには感謝しているんです」

「……どういうことだ」

「実は、私があのパニックの状態から抜け出せたのは、弓削さんの口癖のおかげなんです」

それを聞いても、弓削には思い当たることが無かった。

「よく見て、よく考えろ」尾崎が声色を変え、弓削の物真似をして言った。

「いつも酔ったときに散々言っているじゃないですか。目の前に見えてるものだけで事件を追いかけるな。よく見て、よく考えろって」

「おっ、懐かしいですね。見えるものの中に手がかりがあり、見えないものの中に答えがある。――ですね」深澤が事件の資料から顔を上げて言った。

「私があのときパニックから抜け出せたのは、どこかの酔っぱらいから散々聞かされた愚痴のおかげです」

尾崎がゴムボールを投げ返してきた。弓削が右手でキャッチした。

「だったら尾崎。こんど俺に美味い酒を奢れ」


「航、いつまで私の右眼のことを隠しておくつもりなの」

「バイク事故の裁判もこれから始まります。崎さんは当事者ですので記憶が蘇ったことにして公判でも証言することもできます。しかし、これから再捜査しようとしている事件に関しては、裁判官は右眼の能力で見たという科学的根拠の無い目撃証言を、正式には認めないでしょう。何せ、その目撃者がいつも警察官で同じ人間では、裁判の公平性や証言の信頼性も疑われます」

「航の言う通りだ。たしかに公表すれば捜査はやりやすくなる。だが、公表することのリスクは大きい。マスコミがお前のことを追いかけて大騒ぎになる。それでも、よくあたる占い師程度の話題なら面白おかしくワイドニュースで騒がれるだけですむ。俺が危惧するのは、右眼の能力を疎《うと》ましく思う人間が必ず現れるってことだ」

「疎ましく思う人間……」

「能力を公表したとしてだ。科学的根拠はなくても事件を解決して実績をあげ、世間でこの能力が認められるとする。考えても見ろ、過去三年間に犯罪を犯して逃げ切れている犯罪者からしたら、そんな能力を持った人間が、しかも警察にいることは恐怖以外の何ものでもない。いくら隠蔽しても犯行現場へ行きさえすれば、全ての真実が暴かれてしまうんだからな。下手したらそいつに尾崎が狙われることもあり得る」

深澤が椅子から立ち上がり、テーブルの上の資料を手で押え、弓削と尾崎を見て強くうなずいた。

「この場ではっきり言っておきます。私達が崎さんの能力を使って事件を再捜査すること自体、警察はまだしも、裁判所や検察が……いえ、もっと言えば世間が許すかどうかも微妙なところです。だから警察の捜査としてはかなり非合法なものになるかもしれませんが、全ての責任は私が取ります」

「まぁ、それでも継続捜査支援室としては、尾崎の後だしジャンケンの権利を使わない手はないってことだな。それじゃあ始めようか」

深澤が分厚い報告書八冊を運んできてテーブルの上に置いた。資料ボックスから「継続捜査支援室資料1　事件概要」と書かれた二十ページほどのコピーを二人に渡す。

「継続捜査支援室、最初の事件だ。何を——」

弓削は事件名がプリントされた最初の頁を見て沈黙した。

「すみません。この事件だけは継続捜査支援室が再捜査するリストから、外せませんでした」深澤が押し黙った弓削の表情を見て頭を下げた。

「それにしても、初っぱなにあたらせる事件としては大きすぎやしないか」

「事件の発生した日時を先程聞いたタイムラグで考えると、崎さんの右眼でこの犯行を見ることができる時間まで、あと四日しかありません。資料の読込みや現場の下準備などを考えると、小さな未解決事件で右眼の能力を試している時間はありません」

「だとしてもだ……」

「登坂市笹塚《ささづか》一家四人殺害事件――」尾崎が表紙をめくり、最初の頁を口に出して読んだ。

「崎さんが入院中に起きた事件です。テレビのニュースや新聞報道などで知っているとは思いますが、簡単に概要をまとめています。それ以外の捜査資料の複写をこの事件報告書にまとめています。できるかぎり読み込んでおいて下さい」

　八冊の報告書には参考人からの供述調書、三百人近くの前科者や不審者リスト、検視や鑑識からの事件現場の写真資料と報告書類のコピーが分厚いリングファイルに綴じられている。延べ人数にして五万四千人近くの警察官が動員され、それでも有力な被疑者にたどり着けなかった屈辱感が頁の間から漂ってくる。まさに血と汗にまみれた八冊からなる事件の全捜査報告書だった。

　それを三年という時間を経てとはいえ、その場所に行きさえすれば犯人の姿を容易に見ることができる。霧島は「能力」という言葉を否定していたが、弓削は改めて、尾崎の右眼が持つその能力に畏怖の念さえ覚えた。

　普段は冷静な深澤が、興奮するのもわからないでもない。しかし、それによる尾崎の身体や脳に与えるダメージのことを考えると、楽観的にこの事件に臨むことはできないと思った。事件資料を読んでいるふりをして、尾崎の横顔を見る。「彼女のことをよろしくお願いします」と言った霧島の言葉が耳に蘇った。

顎の先を指で掻きながら事件資料を見ていた深澤が顔を上げた。

「弓削さんは、この事件についてはご存知ですね。概要説明をお願いします」

弓削は一瞬深澤を睨みつけて、ファイルを開いたまま黙り込んだ。

「どうかしたんですか」尾崎が資料を閉じて訊いてくる。

「いや……、いや当時は別の事件を担当していたんだが、俺も最初の二週間ほど、捜査に駆り出されたのを思い出してな」気がかりなことを伏せて、適当に嘘をついた。

重い腰を上げるように、渡された事件概要のコピーをめくった。

3

犯行は三年前の十月二十七日の夜、現場は、登坂市南区にあるマンションの八階の八〇五号室。被害者は父親の笹塚康則《やすのり》四十三歳、母親の加代子《かよこ》三十八歳、中学二年の結衣《ゆい》十四歳と小学二年の陸人《りくと》八歳。笹塚家の親子四人が鋭利な刃物で惨殺された。

玄関で母親が腹部に二ヶ所と後ろから頸動脈を切られ、それに続く廊下で小学生の陸人が同じく首と腹部をナイフで刺されている。どちらも出血性ショック死だ。リビングで父親の康則が背後から脇腹を三ヶ所刺され、首の骨を折られ窒息死。長女の結衣は胸部を刺され、外傷性気胸で窒息死。傷は肺にまで達していた。

翌二十八日の午前、第一発見者は近所に住む康則の妹だった。その日、渡し忘れていた陸人への誕生日プレゼントを届けに行く約束をしていた。携帯と固定電話に誰も出ないことを不審に思い、顔見知りの管理人にロビーの扉を開けてもらい部屋を訪ねた。鍵はかけられておらず、廊下に血まみれになって倒れている加代子を見つけ、同日十一時二十八分、警察に通報された。

防犯用ドアガードはかかっておらず、ベランダの防火壁や手すり等マンションの両隣も重点的に調べられたが不審な点は見つかっていない。

マンションの防犯カメラに、前日の二十七日の十九時三十六分、紺色のつなぎ姿の宅配便の男がマンションの玄関からエレベータに乗って八階で降りるまでが記録されていた。また笹塚家のインターフォンの録画データにも、同時刻に段ボール箱を持った茶髪の男の姿が映っている。マスクをして、帽子を目深にかぶっていたため犯人の人相までは、特定できなかった。犯行後、それらの防犯カメラには男の映像はなく、非常階段を使い、一階の中庭横の塀を乗り越えた靴痕が残されている。報告書には防犯カメラの少なさが指摘され、カメラの死角を縫って逃走したと思われる。

笹塚家は家族旅行の動画を、家族で鑑賞していたところを襲われた。リビングのテレビと録画用ハードディスクは電源が入り、玄関、廊下、キッチンとリビングの照明は点灯したままだった。下の階と八〇六号室の住人は留守で、二十時前後に八〇四号室の女性が子どもの悲鳴みたいな声を聞いていたが、テレビの騒音と思われて警察に通報するまでには至っていない。

犯人の靴のサイズは二十六センチ、玄関ロビーとインターフォンに残された画像から身長は百七十五センチ前後、体重はおよそ五十から五十五キログラム。髪は茶髪、マスクと帽子で人相は不明。凶器は、段ボール箱の底のガムテープに残った痕跡と刺創から刃厚が四ミリ、刃渡りが十二センチのハンティングナイフだった。

通常殺人でナイフが凶器として使われた場合、被害者に対して闇雲に刺す犯行が多い。だが、加代子と陸人には的確に頸動脈と腹部の急所を狙った犯行だった。このことから近年流行しているサバイバルゲームに熱中する軍事マニアや元自衛隊員、元警察官なども被疑者リストにあげられている。

　当初、犯行の状況から通り魔の線は薄く怨恨の可能性が高いという判断が大勢を占めていた。家族四人の中の誰かに怨みを抱く人間、いわゆる顔見知りの犯行が疑われた。

　被害者の笹塚康則は、オフィスの内装や仕事場の事務家具を取り扱う会社の営業マンだった。同僚や後輩からの社内での評判も良く、ギャンブルや夜遊び、女性関係の噂も出てこず、上司からは逆にまじめすぎて融通が利かない点などがあげられた。だが、それによる社内外の軋轢《あつれき》や人間関係のもつれも無く、取引先から納入業者まで含めて殺害動機に結びつくまでのトラブルは見つからなかった。

　共働きだった妻加代子は、輸入品の代理店業務の会社で契約社員として事務・経理の仕事をしていた。金銭面でのトラブル、帳簿上の不正なども無く、社内の人間関係も良かった。

　笹塚家の借金の有無、二人の利用していたスポーツクラブ、子供のＰＴＡ活動、マンション内の苦情から近隣の迷惑行為、親戚から信仰する宗教まで調べられた。康則と加代子の二人に対して殺人を犯すほどの恨みを持つ被疑者は出てこなかった。

　子供は結衣と陸人の二人。長男の陸人は事件の一週間前が誕生日で八歳になったばかりだった。リビングの写真立てには誕生日ケーキを囲んだ笑顔の家族写真が飾られ、陸人の遺体の近くには誕生日プレゼントのゲーム機が落ちていた。

　家族全員を殺害するという、零か百しかない短絡的で極端な思考、犯罪の潔癖性。凶器に使用されたハンティングナイフ。マンションの中庭横の塀を乗り越えた身の軽さなどの状況のいくつかは、犯人の年齢の若さを示していた。

弓削は一気に事件の概要を話し、残っていたペットボトルの水を飲んだ。

「特に、長女の笹塚結衣に関しては、友人関係、つき合っていた男子生徒、学校でのイジメ、部活、教職員、塾の関係者、ストーカーの有無まで徹底して調べあげられている」

「それで、被疑者は出たのですか」

「学校で噂になっていた一学年上の男子生徒と通っていた塾の講師が疑われた。特に塾の講師に関しては、過去に立件こそされなかったが強制わいせつ容疑がかかった事件を起こしていた。だが、そこに報告されているように二人ともにアリバイがあった」

「ＤＮＡの方は……。結衣に対する性的な暴行はなかったのですか」尾崎がおそるおそる訊いた。

「なかった。体液や皮膚片、毛髪、体毛など不審なものも出てこなかった。報告書にもあるが母親のほうも性的な暴行は受けていない」

洗面台と浴室は犯人が使った形跡はあるのだが笹塚家以外の毛髪、体毛は見つからず、犯人に持ち去られたものと思われた。

「部屋の中からは指紋は？」

「家族以外の指紋が六つ検出されたが、親戚やエアコン修理の業者、長女結衣の友人など全て確認されている。その中で注目されたのが、浴室の前に残されていた右足親指と人差し指の部分足紋だ。犯人が念入りに床を拭いていたが一部が微かに残っていた。家族以外で靴下もはかずに家の中を歩き回るのは、おそらく犯人以外に考えられない」

「右足親指と人差し指の部分足紋ですか。どっちにしても被疑者が見つからない限りは比べられるデータがありませんね」

「そうだな、だが、男子生徒と塾の講師が被疑者から外されたのも、アリバイもあったが足紋が一致しなかったからだ。それと唯一の遺留品と言っていいのが、玄関の靴箱の上に残された宅配用の段ボール箱だ。これは重点的に調べられた。段ボール箱メーカーも突き止められたが、出回っている量が多すぎて犯人の特定までにはいたらなかった。表面もアルコールみたいなもので綺麗に拭かれていて、母親の加代子の指紋しか出てこなかった。だが、段ボール箱の底のガムテープからは手袋痕とナイフの形状痕が見つかっている」

報告書のページをめくって弓削が段ボール箱とガムテープの写真を見せた。

その遺留品の少なさがこの捜査の壁になっていた。被害者の血をたっぷり浴びたはずの衣服、靴などは現場からは見つかっていない。シャワーを浴びた後、着替えをすませ別の靴に履き替えてマンションを出たと思われる。マンションの中庭横の塀を乗り越えた時の靴痕と部屋の中に残された笹塚一家の血でつけられた靴痕、見つかった二種類のゲソ痕から割り出された靴はネットでも買える市販のアジア製のスポーツシューズだった。

「三年前、俺が担当したのは侵入時のスポーツシューズ購入者の割り出し捜査だった。輸入メーカーによるとホームセンターやスーパー、ネットも含めると全国で三万五千足も売られていた」

他にもインターフォンの画像に残された帽子。ナイフを段ボール箱の底に隠すために使われたガムテープから出た手袋痕と繊維。それらのメーカーは特定されたが、いずれも量販店で売られていて、流通量の多さから当初、入手ルートの特定に捜査員の半分以上が駆り出された。

「凶器のナイフも傷口の形状だけでは特定が難しかったみたいですね」尾崎が訊いた。

「これほどの犯行だからな。刃こぼれの一つでも見つかれば、素材の原料などからメーカーが特定されるんだが、それも見つからなかった。この犯人はナイフの扱いに長《た》けている」

「最終的には輸入品も含めて数種類にしぼられて市内、県内、近隣の県のアウトドア用品店から軍事マニアの店、狩猟関係の道具を専門に扱っている店まで、しらみつぶしに調べ上げられていますね」深澤が報告書を見て言った。

「盗まれた物はないか康則さんの妹にも聞いたが、わからないままだ。寝室の引き出しの現金や宝石類にはいっさい手が付けられていなかった。殺人事件の動機の大半は怨恨、痴情、物取り、そこに何か有るはずなんだがな……」

外部からの侵入が制限されるマンションの一室での犯行、ハンティングナイフによる家族全員の殺害、手口の残忍性からも家族の誰かにむけての「怨恨」の線を追った初動捜査を責める訳にもいかなかった。

その後見直された捜査方針に「通り魔的流しの犯行」が加えられ、被疑者リストは県内や近隣県の前科者から変質者や行動不審者にまで広げられた。あげられた全ての人物のアリバイ調査と事情聴取をしたが、こちらも被疑者に結びつくまでには至らなかった。

当初県警本部から三つの班が投入され登坂署刑事や別の課・制服組からも駆り出された。二百名近くに膨らんだ捜査員は、半年で半分に減らされ、二年後には大会議室にあった捜査本部も縮小し、二階の刑事課へ移された。三年後、名称だけ残され、笹塚一家四人殺害事件は本部からの三人と所轄刑事課の宮下《みやした》班に引き継がれている。

「犯人の顔を右眼で見られるのは、四日と三時間後ですね。犯行現場のマンションは今どうなっているんですか」尾崎が右手の腕時計を見た。

「家具などは全て処分し部屋はリフォームされています。けど、さすがに一家全員が殺された部屋では、いくらリフォームされていても売れなかったようです。現在のマンションの所有者、康則さんの妹から部屋の鍵と駐車場入口のリモコンを預かっています」

深澤が資料箱の中からチラシと鍵を取り出し、テーブルの上に置いた。

「事件発生から三年、被害者遺族もこの事件が世間から忘れ去られるのをいちばん恐れています。ニュースで見たと思いますが、捜査特別報奨金を情報提供者に出すことになり、笹塚家の親戚や支援者と地域課の警察官が三日間、駅前でこのビラを配りました」

弓削は折り畳まれていたビラを広げた。『笹塚一家四人殺害事件の目撃者を捜しています』という大きなタイトルと事件の起きた日時、犯行の説明が簡潔に印刷されている。犯人の侵入時の服装がイラストで記載され、インターフォンのモニターに写った写真は顔こそ帽子やマスクで隠れて判別つかないが、事件のリアルさが伝わってくる。ビラの所々にある汚れとシワに遺族の悔しさと警察の焦りが見えたような気がした。

テーブルに一緒に置かれているマンションの鍵を手に取った。結衣の持ち物だったのだろう、黄色い熊のキャラクターが揺れながら弓削を見て笑っていた。


トイレのドアを開けると、深澤が洗面台で手を洗っていた。一瞬、鏡越しにこちらを見た。弓削は隣の鏡を覗き込み、伸びてきた顎の無精ひげを撫でる。そのあいだも深澤は蛇口から流れる水で、執拗に手を洗い続けている。弓削はそれを鏡越しにじっと見て、大きくため息をついた。素早く深澤の襟を掴み壁に押し付ける。抵抗する素振りをみせずに、深澤は濡れた手をホールドアップするように上にあげた。

「いきなり何ですか」眼鏡の奥から涼しい目で見返してくる。

弓削は数秒間睨み、ふっと息を吐いて掴んでいた手を離した。深澤のスーツの襟に寄ったしわを直し、両手で少し歪んでいたネクタイを真っすぐに直した。最後についてもいない肩の上の埃を手で払った。

「言ったよな、尾崎は操り人形じゃないと」

「約束どおりに、右眼の能力を使うかどうかは崎さんに決めてもらったじゃないですか」

深澤が冷静に言葉を返し、ゆっくりとホールドアップしていた手を下げた。

「ごまかすな、だったらなぜ捜査する最初の事件が笹塚一家四人殺害事件なんだ。準備期間をやり繰りすれば、他にも小さな事件はいくらでもあったはずだ」

「……そんなことはないです。考え過ぎですよ」返事を返すまでに少し間が空いた。

「お前が持ってきた事件資料の箱に入っていた事件のファイルはひとつだけ、ご丁寧にマンションの鍵まであった。時間が無いという理由をつけて、尾崎に他の選択肢を見せずにこの事件に追い込んだんじゃないのか」

「警察官であればあの事件に思い入れが有るのは当たり前です。弓削さんも同じでしょう。先程も言いましたが、この事件だけはリストから外せませんでした」

「航、捜査に駆け引きを持ち込むな。お前はこの十年で、警察庁や各県の県警本部をまわり、様々なことを見て聞いて経験してきた。親父さんのこともあるし、組織そのものに対する不信感みたいなものも、わからんではない。だが俺や尾崎のことは信用しろ」

「僕は、おふたりのことは信頼しています」

「だったらこんな小賢しい手を使って尾崎を追い込むな。何度その手を洗っても、お前のやり方が正当化されることはない」

深澤は弓削から眼をそらし、蛇口から少しずつ落ちている水をじっと見つめる。眼鏡の奥の瞳が揺れていた。

4

弓削はワンボックスカーのスピードを落とし、ハンドルを切って緩い坂をじりじりと上る。街の景色をモノクロに変えるほど降っていた雨が、午後からは小降りになっている。今はワイパーを動かすほどではない小雨がフロントガラスを濡らし、事件現場のマンションが歪んで見える。柔らかい照明が灯る玄関エントランス前を通り過ぎ、水の底に潜るように地下駐車場へのスロープをゆっくり下った。

聞いていた番号の駐車スペースにワンボックスカーを停めて、エンジンを切る。運転席から降りて足下を見ると、車から漏れたオイルが水溜りにマーブル模様を作っている。駐車場には、車が持ち込んだ排気ガスと雨の匂いが漂っていた。夜の九時を過ぎて、人影はない。エントランスの暖かみのある照明に比べ、蛍光灯の明かりで照らされた地下駐車場は青白く光る水槽のようだ。

スライドドアを開けると、後部座席を回転させ、スーツ姿の深澤と尾崎が向かい合わせに座っている。尾崎はグレーのフードつきトレーナーの上に黒いジャケット、黒のパンツ姿。ブーツの靴ひもを結び直し、車から降りて入念にストレッチを始める。

深澤が分厚い事件資料を横に置いてノートパソコンをバッグから取り出した。

「継続捜査支援室としては、今回の事件が最初のケースになります。昨日の打ち合わせどおり車は僕が動かしますので、弓削さんは崎さんの行動サポートをお願いします。捜査の指示と通信の録音、情報面のサポートはここから僕がやります」

うなずいた尾崎の顔が青白く見えるのは、駐車場の蛍光灯のせいばかりでは無い。朝から口数も少なく、近くにいる弓削にもヒリヒリした緊張感が伝わってくる。

雨のせいで交通渋滞に巻き込まれ、ここまで来るのに予定を十分オーバーしていた。防犯カメラの映像から、犯人が十九時三十六分に宅配便を装って玄関から侵入したのはわかっている。深澤の横に置かれたタブレットのデジタル時計が、五時間前から秒刻みで犯行時刻に向けてカウントダウンを始めている。犯人が入り口エントランスで呼び出しボタンを押すまで、すでに四十分を切っていた。

弓削はイヤフォンを着け、レシーバーを腰のベルトに装着しスイッチを入れた。襟の内側に付けた小型マイクに小声で話しかけ通話をチェックする。

〈通話はオーケーですね。それでは、録音始めます。今回の右眼による捜査時間は一時間半を限度とします。捜査目的は対象の男の正体を突き止めることです。崎さんには後で似顔絵を作ってもらうことになります。身体や顔の特徴を詳しく観察して下さい。また、動機などに結びつく行動や三年前には出てこなかった遺留品など、小さなことでも構いませんので報告お願いします。最終的には男の住居まで摑めればいいのですが、無理しないで下さい。時間以内でも崎さんの体調に異変が起きたときには捜査は即、中止にします。いいですね〉弓削と尾崎がマイクに「了解」とほぼ同時に返事を返す。

「航、弓削さん。よろしくお願いします」尾崎が頭を下げた。

「気をつけて」ヘッドフォンをした深澤が、ノートパソコンを膝に抱えたまま車の中から軽く手を上げた。弓削が尾崎の背中を叩く。「それじゃぁ、始めようか」

前方に、緑色の非常口の誘導灯とエレベータホールの明かりが見える。コンクリート打ちっ放しの壁面と鉄骨と配管がむき出しの天井に、ふたりの靴音が響く。床の規制線と駐車スペースのナンバーがいくつか擦れて消えかけている。切れかかった蛍光管のひとつが点滅を繰り返し、虫の鳴き声のような音をたてていた。

同時通話の無線マイクが拾った、お互いの呼吸音がイヤフォンから微かに聞こえている。そのせいなのか、酸素ボンベを背負い油の浮いた水の底を歩かされているような息苦しさを覚えた。

「お前は、本当に大丈夫か」重い空気に耐えきれずに弓削が訊いた。

「弓削さんは、まだ私が右眼を使うことに反対なのですか」

「どうだかな。今夜、その能力を使うということは直接殺人の現場を見るということだ。俺もこの年だ、死体のある現場は何度も見てきた。だが、リアルタイムで起きているわけではないとはいえ、目の前で人が殺されるのを見て耐えられるかどうかわからん。それにこのあいだのブリーフィング終わりで霧島先生が心配していた。右眼の能力を使うことで、お前が見たくないものまで見させられるんじゃないかってな」

「同じことを航にも言われました。そんな危険をおかさなくても、犯人の顔を見て尾行するだけでもいいですよって」

エレベータホールに着いた。かすかに瞬く青白い蛍光灯の下で、尾崎が下を向いて暫く黙り込んだ。それを横目に、弓削が昇りのボタンを押した。エレベータがゆっくり降りてくる。尾崎が顔を上げて階数表示の光の点滅を見つめる。

「……わかっています。私がいくら事件現場を見て、犯人に恐怖や憎しみの感情をいだいても、直接被害者を救いその場で犯人を逮捕できるわけではありません。だから、こう考えるようにしたんです。私は現場にいても、事件の当事者や目撃者なんかじゃない。……私は『傍観者』なんだって」

傍観者……。尾崎は右眼で、ダイスの姫野と瀬戸山が偽装したバイク事故を見た。その場から逃げるふたりを捕まえることも、あの峠で死んでいく婚約者と怪我を負った自分を救うこともできなかった。無力を自覚し、目撃者ではなく傍観者なのだと、無理やりにでも自分を納得させるしかなかったのだろう。

「しかし、お前の精神的なことを考えるとそんなに無理することは無い。航の言うように部屋の前で見張り、出てきた犯人の後を追うだけに切り替えても良いんじゃないか」

〈崎さん、今からでもプランの変更はできます〉会話を聞いていた深澤が入ってきた。

エレベータの扉がゆっくり開き、青白い無人の箱に尾崎が先に乗り込んだ。大きく息を吐いて、八階のボタンを押した。

「私の右眼で、殺人を止めることはできません。けれど起きてしまった事件を解決へ導くことはできる。三年前には見つけることができなかった、犯人の新しい特徴や情報が何か出てくるかもしれない。だからこそ傍観者として、現場では感情に流されず犯行の全てを見て、被害者の受けた悔しさを晴らしたいんです」

エレベータが上昇するたびに階数表示がゆっくり変わる。エレベータの空調音とモーターの低音が箱内に響く。尾崎の背中が震えているように見えた。

「そうか……、そうだな。だが無理だけはするな。それに、これだけは言っておく。いくら三年前の光景を見てあがいても、これから起きる……いや、過去に起きたことを変えることはできない。少なくとも、お前がその死に責任を感じて思い悩むことはない」

「……はい」

「だがそれでも……、それでもお前がその能力を使うことの重要性を理解し、それによって自分が苦しむ覚悟でこの捜査に臨むというのなら……。いいだろう、こっちは全力でバックアップするまでだ」

〈崎さん、僕も同じです〉イヤフォンから深澤の声が聞こえてくる。

「……それでは、航、弓削さん。改めてバックアップ、よろしくお願いします」

ゆっくりエレベータの扉が開いた。マンションの外廊下の左側は吹き抜けで、小降りになった雨が上がろうとしている。灯に照らされた最後の雨が、白いスジになって一階の中庭に落ちていく。廊下は無人だったが、どこからか子供の騒ぐ声と遅い夕食の匂いがしていた。

〈そろそろ時間です。犯人が玄関ホールのチャイムを押すまで、二十分を切りました〉

「わかってるよ、もうすぐ八〇五号室だ。焦るな」

被害者を知れば知るだけ、尾崎が背負い込む精神的な苦痛が大きくなる。弓削はなるべく、生前の被害者家族を観察する時間を少なくさせようと考えていた。

「今ドアの前に着いた。俺が先にはいって中の準備をする。お前は呼ぶまでここで待ってろ」

昨日決めた手順通りに、まず弓削がドアの鍵を開けて中へ入った。靴は犯人の行動に迅速に対応するために履いたままにする。用意した玄関マットで靴底を拭く。バッグからペンライトを取り出し、まわりを照らしながら廊下に足を踏み入れる。

家具を動かし、多少部屋を汚すことを、康則の妹には説明した。三日間の駅前でのビラ配りで疲れ果て、投げやりになった声が電話の向こうから聞こえた。「かまわないけど、今さらあの部屋を調べて何になるの」と、言葉少なに問い詰められた。それでも最後には、少しでも犯人の手がかりが摑めるのならと納得してもらった。

洗面所に向かいブレーカーを上げ、廊下と部屋を回って照明をつける。マンションの下見は二日前に尾崎と一緒に済ませていた。だが、いくら照明をつけても事件が起きたリビングは少しも明るさを取り戻すことはない。廊下とリビングはリフォームされ壁紙と床材は張り替えられてはいたが、間取りは犯行当時のままだった。

尾崎が行動するのに邪魔になる内覧者向けに置かれていた家具類は、全て子供部屋に運び込んでいる。窓を閉め切った何も無いリビングは少し肌寒かった。

「尾崎、入って来ていいぞ」

イヤフォンからふっーと息を吐くのが聞こえ、玄関のドアが開く。尾崎がゆっくり右眼から眼帯を外した。

5

尾崎は玄関で立ち止まり、眼帯をはずした右眼がまばゆい光に慣れるのを暫く待った。殺人のあった部屋のイメージを少しでも良くするためなのか、靴箱から芳香剤の匂いがきつく香ってくる。廊下の先に立っている弓削が小さくうなずいた。玄関マットで靴底を拭い右手の腕時計を見た。犯人が笹塚家に侵入するまで十五分を切っていた。

眼帯を左眼に付け替えると、弓削の姿が消えた。三和土には、小学生の陸人の青い靴が乱暴に脱ぎ捨てられて転がっていた。

廊下をゆっくり歩きリビングに向かった。広めのリビング・ダイニングは温かい照明が灯り、壁には額に入った絵が掛けられている。その下のリビングボードには、家族旅行や入学式、誕生日パーティなどの家族写真が飾られていた。

尾崎の身体を通り抜けてTシャツを着た中学生の結衣が、リビングに入ってくる。ソファーにもたれ掛かり、クッションを抱えるようにして胡座《あぐら》をかいた。携帯で友人とでも会話をしているのだろう、ときどき膝を叩いて笑っている。キッチンでコーヒーを入れていた母親の加代子がその手を止めて、結衣に何か話しかける。電話のことで注意をされたのか、結衣が気のない表情で電話を切った。今度はソファーにうつぶせに寝そべり、イヤフォンを耳につける。音楽でも聞いているのか、楽しそうに頭を振り始めた。

「笹塚家は夕食の後らしく、それぞれリビングでくつろいでいます」

「尾崎、あまり家族に感情を持ってかれるな。冷静に観察しろ」

弓削が横から声をかけてきた。声のした方向に顔を向け「はい」と返事をしたが、右眼だけで三年前を見ている尾崎には、弓削の姿は見えなかった。

〈あと五分、そろそろ時間です〉

父親の康則と陸人はコントローラーを持ってテレビの前でサッカーのゲームに夢中だ。得点でも入ったのだろう、お互いに手を上げてハイタッチをして笑っている。加代子がコーヒーの入ったカップをテーブルに置き壁にかかった時計を見て、康則と陸人にも何か声をかける。ゲームを止めるように言ったのだろう。不服そうに口を尖らせた陸人の髪を康則がくしゃくしゃに撫でる。陸人はしぶしぶテレビを消し、ゲーム機を片付け始めた。

音こそ聞こえないが、そこには家族のあたたかな空間があった。二日前に弓削と下見をした八〇五号室と同じ部屋だとはとても思えなかった。

〈二分前です〉イヤフォンから緊張した深澤の声がする。

康則はテーブルの椅子に座り、コーヒーを飲んで新聞を読みはじめた。

〈三十秒前です。――二十九、二十八〉深澤のカウントダウンが始まった。尾崎は緊張で唾が上手く飲み込めない。〈――三、二、一、男が来ます〉

加代子が顔を上げ、リンゴを剝いていた包丁を置いた。タオルで手を拭いてリビングの壁にかけられたインターフォンの受話器をとって何かを話している。尾崎が近づき背後から覗くと、モニターに映る段ボール箱を持った宅配便の男が見えた。うつむき加減の男は帽子のひさしとマスクで表情は見えず、一階ロビーの光景が後ろに見えた。

「マスクをした宅配の男が一階マンションロビーから入って来ました」

宅配の心当たりを訊いたのか、加代子が康則に何か話しかけている。康則は新聞を読みながら首を振った。ドアのチャイムが鳴ったのだろう、加代子がエプロンを外して玄関へ向かう。追いかけて尾崎も廊下へ走った。

「だめっ、そのドアを開けないで」

どうにもならないと分かっていても、尾崎は叫ばずにはいられなかった。

「落ち着け、尾崎」後ろから弓削の声が聞こえる。

加代子がドアを開けた瞬間、紺色のつなぎを着た男がマスクを外し強引に玄関の三和土部分に入ってくる。男は笑いながら段ボールの箱を差し出した。それを受け取った加代子が勢いに押されて後ずさる。男が箱の下にガムテープで止められていたナイフを引きはがし、加代子の腹部を二度突いた。手に持っていた段ボールの箱が床に落ちる。

「――あっ」手で押さえた尾崎の口から思わず声が漏れる。

男が素早く加代子の背後に回り込むと、片手で口をふさぎナイフを横に走らせた。頸動脈から声帯を斜めに切られ大量の血しぶきが壁に飛ぶ。傷を押さえた加代子の指のあいだから、鮮血が溢れ床に流れ落ちる。壁にもたれたままズルズルと廊下に倒れこむ。加代子は流れ出た血の海の中から、こちらを見て必死に何か叫ぼうとしている。逆流してきた泡状の血が口から溢れてきた。男が片膝を床につき胸に手をあて、瀕死の加代子の耳元に何か話しかけている。

全て一瞬の出来事だった。尾崎は恐怖で凍りついたように動かない自分の身体を、廊下の壁にあずけて支えることしかできなかった。

男は落ちていたマスクと段ボール箱を拾い上げると靴箱の上に置いた。男の動きが止まり、三和土に立って無表情で足下をじっと見おろしている。「一体何を……」視線の先には、陸人の青い靴が乱暴に脱ぎ捨てられていた。男はおもむろに腰を屈め、靴のつま先を外に向け左右をきれいに並べた。

「大丈夫か、尾崎！」この無音の殺戮光景に、弓削の声だけが響いた。

そこにリビングから子供部屋に戻ろうとした陸人が廊下に出て来る。尾崎の心臓が跳ね上がった。玄関に倒れている母親に驚いて陸人の身体が固まり、手に持っていたゲーム機がゆっくりと床に落ちた。男の行動に何の躊躇もない。加代子の背中を踏み越えて廊下を走って来る。尾崎は壁から身体を引き剝がし足を踏み出す。両手を広げて身構えた尾崎の身体を男がすり抜けた。

「逃げてっ」咄嗟に叫ぶ。

尾崎の叫び声も、陸人が男の顔を見てあげたであろう悲鳴も、お互いの耳には聞こえなかった。振り返ると、男はひざまずき陸人を抱きかかえている。そのまま左手に持ったナイフを素早く前へ突き出した。こちらを見ている陸人の目が大きく見開かれ、首の傷口からは鮮血が吹き出し男の肩を濡らしていた。男が身体を離すと陸人は人形のように床に崩れ落ちた。首と腹部から流れ出した血が、みるみるまわりに血だまりをつくる。男はそれを見ることもなく、リビングへ向かった。

「速い！」尾崎もふらつく足で後を追う。

康則がリビングの入り口で男と鉢合わせになった。ニヤリと笑いかける男の横顔が見えた。反転して逃げる康則の背後から、血だらけの腕が康則の首へ巻かれる。膝がリビングボードにぶつかり、立てていた写真が倒れた。男が背後からナイフで脇腹を三度刺した。康則の目がうつろになり腰から足をつたって床に血が流れる。

ソファーにうつぶせになり、音楽を聴いている結衣は男に気づいていない。

「母親と陸人君をナイフで殺害して……男がリビングに向かい……」

尾崎は、目の前で繰り広げられる残虐な犯行をマイクで伝えようとするが、言葉が出ない。

倒れながら康則が必死に伸ばした手がソファーに届く。その振動で何かに気づいたのか、結衣が上半身を起こして振り返る。血だらけの男を見て叫んだ。

「もう、やめてっ！」尾崎も叫ぶ。

そのふたつが重なり自分の声が結衣の叫び声のように聞こえた。結衣が手元にあったクッションを男に投げつけ、慌てて逃げようと踏み出した足が康則の血で滑る。床に転がった結衣は、恐怖で立ち上がることができない。仰向けになったまま左右の肘と足を動かして、少しでも男から逃げようともがいた。

男は冷静で素早かった。ソファーを飛び越え、倒れている結衣に馬乗りになると、床に落ちていたクッションで結衣の顔を押え、そのままナイフを振り下ろした。柄を残してナイフが結衣の胸に深々と刺さる。顔を押える男の手を振り払おうと抗っていた結衣の腕が少しずつ動かなくなり、ゆっくり血だまりの中に落ちた。

男はナイフをそのままにして立ち上がり、血の海で溺れるように喘いでいる康則の頸椎を踵《かかと》で踏み砕いた。康則の両足が床をはねて息絶えた。

返り血を浴びた男の紺色のつなぎが黒く変色している。帽子のひさしから流れ落ちた血が、ゆっくり糸を引いて床に垂れた。尾崎は一連の殺戮の光景を目の前で見て、下半身に力が入らずに床に座り込んだ。

「ひっ」突然肩を触られた感触に驚いて、尾崎は声をあげた。

「すまん尾崎、俺だ。落ち着け。男は今なにしてる」

男は、血の付いた帽子をダイニングのテーブルの上に放り投げ、一緒に茶髪のカツラを外した。男はスキンヘッドだった。手を広げ、部屋を見回して薄く笑っている。尾崎は犯行を伝えようと試みるが、説明する言葉が口から出てこない。

「男が、帽子を……」胸がむかつき、喉が詰まる。

胃の中のものがこみ上げてきた。尾崎は左眼の眼帯をかなぐり捨てて立ち上がり、トイレへ走った。鍵をかけてこもると、便器に胃の中のものを何度も吐いた。静かなマンション内に尾崎の嘔吐する喘ぎ声だけが響いた。

「おい、尾崎……」ドアの向こうから心配そうな弓削の声が聞こえる。

〈崎さんっ、大丈夫ですか〉深澤も呼びかけてくる。

腹筋が痙攣し胃がせりあがり、便器を抱きかかえたままもう一度吐いた。苦しくて涙と鼻水が流れ、吐くものも底をつき、逆流した胃酸が喉を焼いた。震える手をのばし便器の水を流すと、飛び散る流水が顔にかかる。

「何が……、何が被害者の悔しさを晴らすだ」

狭いトイレの床に座り込み、壁を背に寄りかかる。エレベータの中で弓削に語った、薄っぺらな正義の言葉を思い出して虚しさを覚えた。

「何が傍観者だ……」思い切りトイレの壁を拳で叩いた。

トイレの換気扇の音だけがやけに大きく聞こえる。三年前の事件だ。四人を救えないのは始める前からわかっていた。犯行を目撃していても止めることも助けを呼ぶこともできない無力な傍観者。男の犯行を冷静に見ることしかできない。そう自分自身に言い聞かせ、納得させたはずだった。――わかってはいた。だが現実は、怯え、うろたえ、身体はまともに動かず、見たことを言葉で伝えることもできない。そんな自分が情けなく腹立たしかった。そして今、トイレの中でただうずくまり壁を叩き続けている。

「尾崎しっかりするんだ」再び弓削の声が聞こえる。

「これは……、これは三年前の光景、私は只の傍観者だ」震える声でもういちど自分に言い聞かせる。

私は傍観者、その言葉を呪文のように繰り返した。便器にしがみつくようにして上半身を持ち上げるが、腰が抜け膝に力が入らない。ズルズルと体勢を崩し、そのまま便座に腰掛けた。

歯を食いしばり、犯行の報告を始める。「たっ……宅配便を装って玄関から入ってきた男が、一瞬の迷いも無く次々に笹塚家の四人を殺害しました。……侵入から四人を殺害するまで十五分、いや十分とかかっていません」

膝の上に置いた両手の震えが止まらなかった。尾崎はここから出て、あの男ともう一度対峙することに恐怖を覚えた。このままトイレにこもり男がここを出て行くのを待とうかと、一瞬考えた自分に腹が立った。右手にした腕時計を強く握りしめる。

「男は左利きで……左利きでナイフの扱いを心得ています。ここまで何の躊躇も見せない男の行動は……、もっ、もしかしたらですが、この犯行以前にもどこかでナイフを使って人を殺した経験があるのでは……。それだけ冷静で的確です。類似の事件が無いか調べる必要があります」

ふらつく足でトイレから出ると弓削が心配そうに見てくる。「大丈夫か」そう言って、バッグからタオルを取り出し渡してきた。尾崎は無言で頷いた。

洗面台で頭から水をかぶり、手で口のまわりを拭った。鏡には、雨に濡れた捨て猫のような、情けない自分の顔がこちらを見ている。額に垂れた前髪の間に見える怯えた眼が充血している。

尾崎は乱暴にタオルで髪と顔を拭いた。

「すみません。取り乱してしまって」弓削に頭を下げ、リビングに入った。

渡された新しい眼帯を左眼につけ直す。男はリビングボードの前に立ち、上に置かれている家族の写真をじっと見ていた。無表情な顔からは感情のようなものは読み取れない。

陸人の入学式、結衣のピアノの発表会などが写真立てに入れられて置かれている。康則を襲った時に倒れた家族旅行の写真を起こすと、尾崎のすぐ目の前を通り過ぎて、玄関へ移動する。

男が近づいて来る。尾崎は、それだけで自分の足がすくんで動けなくなるのを感じた。右眼の下から頰に、ピエロの涙のように一筋返り血が付いているのが見えた。

「……服装は宅配業者風の紺色のつなぎの作業着姿。身長は百七十五センチから百八十センチまではいかないぐらい、ここです。弓削さんお願いします」

尾崎は眼帯をずらし胸ポケットからペンを取り出して男の身長を壁にマーキングした。弓削が身長を計測する金属メジャーの音が聞こえる。

「男の身長は百七十六センチだな」

「年齢は若い。二十から二十五歳。顔は細面で端整な顔つき。額は広く、目は一重です。目尻にかけて上がっています。……モニターに映っていた茶色の髪はカツラでした。男はスキンヘッドで眉も剃ってます。唇の左下に小さなホクロ。耳は少し大きめで耳たぶは薄く、ピアスを開けた痕があります」男の外見をつぶさに報告する。

男は玄関に横たわる加代子の死骸を踏み越えて三和土に立った。薄く見開かれた加代子の目は廊下の先に倒れている陸人を見ていた。

「男が玄関の鍵とドアガードをかけました。靴箱の上に置いてあった段ボール箱を開け、白いビニール袋と黒いリュックを取り出しリビングへ戻ります」

リビングのソファーテーブルの上に白いビニール袋だけを置いた。倒れている結衣のところまでいき、胸に刺さったナイフを無造作に引き抜く。傷口から流れ出たどろっとした血が結衣のTシャツを濡らした。顔を塞いでいたクッションが傾いて床に落ちる。結衣は目を大きく見開いたまま天井を見上げて絶命し、目尻に涙が乾かずに残っている。その涙の跡が、何で私がこんな目に遭わなければいけないのと訴えていた。

男は洗面所へ行き、手袋を外した。血糊で真っ赤になった腕と右眼の下に飛んでいた返り血を洗い落とした。

「手袋を外して、ナイフに付いた血を洗面所で洗っています。ナイフの種類は折りたたみではなく固定刃のいわゆるハンティングナイフです。刃渡りは十二、三センチほどで持ち手が木製です。どこかにメーカーのロゴが入っていると思うのですが、血糊がこびり付いていて見えません」

ナイフを入念に洗い布で拭くと、天井の照明にかざし刃こぼれをチェックする。オイルで表面をケアし、茶色の革ケースに収納してリュックに入れた。ナイフのロゴは手が邪魔で最後まで見えなかった。男は儀式のようなナイフの手入れ作業を終わらせると、笹塚家の血で赤黒く染まった紺色の作業着と靴を脱ぎ始めた。

「すみません、ナイフのロゴは見えませんでした。洗面所で血まみれの着ていたものを脱ぎ、シャワーを浴びるようです。あっ、男の背中にはタトゥーが彫られています」

尾崎はタトゥーがよく見える場所へ回り込む。

「背中の真ん中に赤い心臓。そのまわりを中世ゴシック調のアルファベットでNobody Knowsの文字が半円状に囲んでいます。文字に棘のある蔦が絡みつき、さらに左右に肩甲骨から肩に沿って鳥の翼が彫られています」

翼は羽根の一枚一枚が細かく表現され、肩甲骨が動くたびに背中の翼が羽ばたくように躍動している。真ん中の赤黒い心臓は、男の身体の中から飛び出してきたのかと思えるほどリアルだった。

「リュックから黒いビニール袋を取り出し、着ていた血まみれの宅配のユニフォーム、靴、手袋とマスクを放り込みました。男が全裸になり浴室に入りました」

「尾崎、浴室のドアは開けてある」弓削の声がする。

閉じられていたドアを抜けて浴室に入り、男の身体の特徴を調べる。

「男はシャワーを浴びています。身体は大きな筋肉がついてるわけではないのですが、非常に鍛えられています。タトゥー以外目につく傷や痣、日焼けあともありません。男は頭髪だけじゃなく脇毛、陰毛など全身の体毛を全て剃っています」

シャワーに流された笹塚家の血が筋となって排水溝に流れてゆく。尾崎は浴室を出て、リビングへ戻った。男がソファーテーブルに置いた白いビニールの中を覗き込んだ。

「ソファーに置かれていた白い袋の中は男の夕食みたいです。コンビニの弁当とサンドイッチとペットボトルの炭酸水が入っています」

シャワーを浴びた男が浴室から出てきた。シャワーを浴びて少し赤くなった肌に、背中のタトゥーが映えた。リュックの中から新しい洋服を取り出す。

「出てきました。レギンスにカーキのショートパンツ、その上にグレーのフード付きのランニングウェア、さらに腰丈の黒いレインコートをはおり、新しいシューズを取り出して履いています」

洗濯機の上の棚からタオルを摑んで浴室のシャワーヘッドから洗面所の蛇口まで、手で触った部分と裸足で歩いた床を拭きはじめた。

「タオルで、洗面台の指紋と足紋などの痕跡を拭き取っています。浴室の前に微かに残されていた右足親指と人差し指の部分足紋は、やはりこの男のものです。バッグから出した塩素系のパイプクリーナーを洗面台とバスルームの排水口に流し込んでいます」

〈全身の体毛を剃っているのに、非常に用心深いですね〉

「まあな。体毛の全てを剃ることはできないからな」弓削が口を挟む。

「新しい服に着替えた男がリビングに戻ります。マンションを出て移動するのかもしれません。車の移動の準備をお願いします」

男は黒いリュックをソファーに放り投げ、テーブルの上に置かれたリモコンを使ってハードディスクに入っている動画のタイトルを表示させた。

「ちょっ、ちょっと待って下さい。家族旅行の動画です。笹塚家は、動画をテレビで見ているところを襲われたのではありません。犯人が自分から……」

男が白いビニール袋の前に座り、弁当やサンドイッチと一緒に飲み物を取り出す。

「あっ、この男、家族旅行の動画を鑑賞しながら、殺人現場で食事をしようとしています」

「クソっ、どんな神経してやがんだ」弓削が声を荒らげる。

男が弁当の蓋を開け、テレビに映る笹塚一家を見ながらハンバーグを口に入れる。

テレビには、遊園地で遊ぶ家族の動画が流れていた。メリーゴーランドの馬に乗った陸人が無邪気に手を振り、結衣は撮影されるのが恥ずかしいのか俯きかげんに笑っている。加代子は子供達に笑顔で何か話しかけている。太陽が逆光気味に差し込み、上下しつつ回転するメリーゴーランドが光と影を繰り返す。

「いったい何のために家族旅行の動画なんかを……」

玄関では加代子と陸人が血の海に横たわり、リビングには首の骨を折られた康則と胸を刺されむなしく天井を見上げている結衣が倒れている。画面の中であんなに楽しそうに笑っている家族と今の惨状を目にすると、あまりの落差に吐き気がする。

「弓削さん。男が素手でリモコンを操作しています」

「航、鑑識の報告書だ。浴室からこいつの体毛と洗面所と浴室に拭き忘れた指紋か足紋が出てなかったか、もういちど調べろ。少なくともコンビニ弁当、炭酸水のペットボトルとテレビのリモコンに、家族以外の指紋があった筈だ」

突然、バイク事故を見た現場でもしていた金属を叩いたような高音の耳鳴りが始まった。尾崎は目眩がして平衡感覚が無くなる。リビングの壁に背中をつけて身体を支え、心を落ち着けようと何度も大きく息をする。

イヤフォンの向こうで報告書をめくる音と一緒に深澤の声が聞こえてくる。

〈弁当とペットボトルは証拠品リストには見当たりません。男が持ち去ったのだと思われます〉

「確かなのか」弓削が唸った。

男がペットボトルの炭酸水をひとくち飲み、ソファーから立ち上がる。ポケットから携帯を取り出し、血だらけの結衣や康則が横たわるリビング、家族旅行の動画が流れているテレビ画面をビデオモードで撮り始めた。尾崎が後を追って廊下に出ると、男は靴に血が付くのを嫌って加代子の背中に乗り、壁に飛び散った血を舐めるように撮影している。足を踏み替えるたびに加代子の口から粘着質な血が溢れていた。

「こいつ、まともじゃない。そこから降りろ」死者をいたぶる行動に、尾崎は怒りを覚えた。

そのとき、耳鳴りと目眩の中で、右眼の光景に一瞬何かが見えた気がした。今見ている光景ではなく、頭のどこかに沈んでいる何かの記憶に触れたような感覚だった。

「いったい……」息が苦しく呼吸が荒くなり、膝が震え出す。

廊下での撮影が終わり、男がリビングに戻ってきた。テレビでは遊園地のレストランで食事を楽しんでいる動画が流れていた。

〈弓削さん、洗面所と浴室から家族以外の体毛・毛髪が出たという記録はないですね。浴室前に残されていた足紋以外の指紋は出ていません。あと、証拠品リストにあるリモコンからは指紋は出ていません〉

「おい、尾崎どういうことだ」

「……間違いないです。男は手袋を外し素手でコンビニ弁当を食べ、リモコンを操作しています。……炭酸水を飲み、自分の携帯でこの部屋の動画を撮っています」

「携帯で撮影してるって、いったい何を……」

脈拍に合わせて頭の中に鈍く重い痛みが響く。弓削と深澤の会話が耳に入ってこなくなっていた。手の指が震えだし、見えている右眼の光景が、古いビデオテープの再生画面を見ているように歪み始めている。

尾崎はオーバーフローの症状を弓削に伝えるか躊躇していた。言えばこのタイミングで、捜査が中止になるのはわかっていた。こんな中途半端な報告で終わるわけにはいかない。尾崎は壁に背中をつけて犯行状況を報告しつつ、先程の感覚がなんなのかが気になっていた。

〈犯人は指紋をサンドペーパーで削ったか、指先にマニュキアでも塗っているんですかね〉

深澤が疑問をはさんだ。どちらも窃盗常習犯が使う手口だった。

「だったら、最初から手袋はしてないだろ。そもそもリモコンから家族を含めて誰の指紋も出てないのがおかしかったんだ」

二人の会話が録音したテープの回転を遅くしたように、低く歪んで聞こえる。腰に力が入らず身体を支えることができずに床に膝をつく。

――頭の中で何かが光る。

「どうして……、ちょっ、ちょっと待って下さい。弓削さん、私……この光景を、どこかで見たことがあります」何かを思い出しそうになる。「いつ……、どこで見たんだ私は」

霧がかかったみたいに脳が働かない。身体のバランスを崩し手を床につく。さっき見た殺戮の光景が頭の中を何度もループする。

「おい、どうした。尾崎」弓削が尾崎の異変に気づいた。「大丈夫か」

尾崎は手をついて身体を支えるのがやっとで、弓削の呼びかけに何も応えることができない。

「航、捜査は中止だ、尾崎の様子がおかしい」

〈崎さんっ！〉深澤がイヤフォンから呼びかけてくる。

尾崎には、身体の不調を深澤に伝えている弓削の声がこもって聞こえる。バイク事故を見た時と同じだった。まるで、脳が理解することを拒絶し、全く知らない言語で話しかけられているみたいに感じる。脳内の圧力が高くなり頭が重い。頭蓋骨の中の脳の大きさが倍に膨れ上がり、収まりきれず内壁に圧迫されているようだった。心臓の鼓動に合わせて頭の中を血液が流れている音が聞こえ、徐々に視覚と聴覚が鈍くなっていく。右眼が見る光景が少しずつ色と明るさを無くしていくのがわかる。

尾崎は目を閉じて、自分の記憶を探った。昏い頭の奥の方で光が点滅している。あれは、駐車場で見た切れかかった蛍光灯……。いや、あの光は、水の中から見た太陽のように見えた。水面の波でゆらゆらと揺れて光っている。その光に手を伸ばし、あと少しで届きそうなのに、思い出せない。指の間から光がすり抜けていく。

「あの光は……、いったい何だったんだ……」尾崎は髪をかきむしる。

光を通して揺れる影。その影はゆっくり上下左右に揺れ、差し込む日ざしが、光と影を繰り返している。あれは……。あれは、さっきまで見ていたメリーゴーランドの動画。どこか遠くからストリートオルガンの音楽と子どもたちの笑い声が重なって聞こえてくる。聞こえる筈のない三年前の音が聞こえる。

「どうして……。そんなことって、まさか」

左眼の眼帯をはずして両目を開ける。顔を上げると目の前に弓削の心配そうな顔がこちらを見ていた。「大丈夫か、尾崎……」

尾崎は荒い呼吸をしながら黙ってうなずいた。振り返ると、テレビには結衣が自撮りで撮影した動画なのだろう、笹塚家四人の笑い顔が映し出されている。

〈崎さん、右眼を閉じてください、捜査を中止しましょう〉

「尾崎、終わりだ。ここまでにしよう」先程とは違い、ふたりの声が鮮明に聞こえる。

「いえ、だいじょうぶ……。私はまだ大丈夫です」腕を上げて額の汗を拭う。

片手を弓削の肩にかけて身体を持ち上げ立ち上がる。

「まだって。お前、無理するな。その汗、それに手も震えている。霧島先生が言っていたオーバーフローの症状が出てるじゃないか。右眼を閉じろ、ここまでだ」

尾崎は水の底から水面に上がって来た時のように、ふーっ、と大きく息を吐き出す。

「……航。事件資料が入ったパソコンはそこにある？」深澤に呼びかけた。「ノートパソコンよ！　その中に、私がデジタル分析室で整理して渡した『ダイス』の投稿動画は、まだ入っているのか訊いてるの」

〈はい？〉急に何を訊かれたのか分からず、深澤があやふやに返事を返した。

「尾崎、何を言ってる。ダイスって、まさかあの会員制交流サイトのことか」

〈えっ、そっちですか。えーはい、まだあります。ちょっと待って下さい〉

慌てた深澤の声がイヤフォンから聞こえる。

「たしか、サイトにアップされてないボツ動画を集めたホルダーがあるはず」

〈はい。『ダイスダスト』ですね。えーと、中に十六個のホルダーがあります〉

「最初の方の2か3に、たしか『メリーゴーランド』というタイトルの動画があったはず。……探して私の携帯に送って」

「おい、おい。メリーゴーランドって何だ。尾崎、説明しろ！」

「私の記憶も曖昧なのですが……。継続捜査支援室たちあげのこの半月間、空いてる時間は二階のデジタル分析室でダイスの何百本とある動画をずっとチェックしてました。証拠品として押収されたサーバーの中に、……姫野と瀬戸山のお眼鏡にかなわなかったボツ動画を集めたデータがあったんです。『ダイスダスト』と名付けられたそのホルダーに、……今、右眼が見ている光景に似た動画が入ってました」

「まっ、まさかお前……。だけど、そんなことって」

携帯が振動する。メールに添付された動画が深澤から送られてきた。

〈崎さん、届きましたか。送りましたけど〉

「来た、今開けてる」

携帯に送られてきたメリーゴーランドという名前の動画を再生した。

日の光が差し込む部屋が映る。手の中に雛に近い鳥がいて、差し出された餌をついばんでいる。雛からだんだんと成長していく姿を撮影した記録動画が三十秒ほど流れ、最後には手のひらの上で遊ぶ雀の姿が映し出された。

「尾崎、何だこれは」後ろから覗き込む弓削が訊いてくる。

「しっ、弓削さん、ここからです……」

リビングが映し出された。ソファーの前のテレビには遊園地のメリーゴーランドに乗って遊ぶ子供たちの後ろ姿と手を振る大人の手のアップが映っていた。メリーゴーランドの騒がしい音楽とまわりではしゃいでいる子供達の喧噪が聞こえてくる。尾崎には、今まで無音で見ていたシーンに音や声が入り生々しく感じられた。

テレビで再生されている動画を再度撮影しているせいで、時々画面にモアレができて画像がひずむ。しかし、画面の端々に映る部屋の壁に掛かった絵、ソファーやカーテンは、今右眼が見ているこの部屋のものと同じだ。全部で二分半足らずの動画だった。再度、初めから動画を再生して部屋の中を見回した。

「画面に映るメリーゴーランドのシーンは、逆光やアップのカットで笹塚家の四人とはわからないように編集されています。それ以外の室内のシーンは、明らかにこの部屋です。これはたった今、男が携帯で撮影したものを編集した動画に間違いありません」

〈弓削さん、証拠資料にある鑑識が撮影した現場写真と動画に映っているリビングのカーテンの柄や家具類は、……確かに似ています〉興奮した深澤の声が聞こえてくる。

「驚いたな、こいつは。つまり『ダイス』に投稿されたこの動画は、犯人が撮った笹塚一家殺害の犯行現場だっていうのか」

「三年前の殺害現場とそっくりです。いえ、同じです」尾崎は震える声で断言した。

「航、送った奴の名前かアドレスはわからないのか」

〈姫野が整理して送信者別に資料として残していますね。アップされたユーザーネームは、名前のイニシャルらしきアルファベット二文字の『ＸＶ』です。ただこいつはダイスの会員じゃありません。一般の投稿者のホルダーに整理されています。記録に残っている送信されたＩＰアドレスもそれぞれ違っています〉

尾崎の肩に置かれていた弓削の手が強く握られた。

「おい、今それぞれって言ったな。そいつから投稿された動画は、いったい幾つあるんだ」

〈えーっと『ＸＶ』という名前で五つの動画が別々のＩＰアドレスから……。えっ、弓削さん、まさかこれって……〉深澤が言葉に詰まった。

「他の動画も見てみないと何とも言えんが、その動画それぞれが別の犯罪現場かもしれない。最悪の場合、笹塚一家殺害は五つの連続殺人の内のひとつでしかない可能性もあるってことだ。航、まず他の四つの動画をチェックするんだ」

尾崎は立ち上がり、ふらつく足を引きずって男とテレビの間に立った。笹塚家の四人を冷静に何の躊躇も見せずに次々に殺したのを見て、他所でもナイフを使い人を殺しているのではと感じたことを思い出した。

「あなたはいったい何者。これまでに何人の人間を殺しているの」

尾崎は記憶に焼き付けようと、男の顔を正面からじっくり見た。空洞のような緑と黒が混じった深い瞳には、背後のテレビに流れている笹塚家の動画が写っている。男が一瞬尾崎の方を見て笑いかけてきた。男からは見えていないと分かっていたが、自分の正体がバレたような気がして肌が粟立《あわだ》ち、背筋を冷たいものがはしった。

男が二本目の炭酸水を飲み干し、食事の後片付けを始めた。

「食事が終わったようです。紙ナプキンでリモコンに着いた指紋を拭いてます」

「やっぱりか」そう言って弓削が舌打ちをした。

男はリュックから新しい黒い手袋を取り出してはめ、キャップをかぶった。

「弁当のゴミと帽子、カツラを一緒に犯行時の服が入っている黒いビニール袋に捨てました。それをリュックに入れ……。弓削さん、男が動きます」

「航、男が部屋から出る。送られてきた他の動画のチェックは後回しだ。車を駐車場から出してマンションの玄関先へ回せ」

〈了解です〉

テレビにはまだ家族が宿泊先のホテルでくつろいでいる様子が流れている。男は倒れている康則と結衣、そして、テレビに流れている家族旅行の動画を名残惜しそうに見ている。それを振り切るようにリュックを肩にかけ、リビングを出た。廊下にできた血だまりを避け玄関へ移動する。男が三和土に立ち、ドアの前で突然振り返った。後ろをつけていたことに気づかれたのかと思い、尾崎は息をのんで立ち止まった。

「いったい何を……」

血まみれの廊下には倒れている加代子と後ろには陸人、その奥には洗面所とバスルームがあるだけ。何かの儀式なのか、それとも自分の犯行の痕跡が残ってないかチェックしているのか。男の無表情な顔からその意図を汲み取ることはできなかった。

最後にチラリと靴箱の上の段ボール箱を見たが、そのままにしてドアガードと鍵を開けて部屋を出る。エレベータの方向ではなく、右へまがり非常階段へ向かった。

「男が部屋を出ました。追いかけます」

6

「非常階段で一階へ下りています。やはり、ゲソ痕が残されていた一階の中庭横の塀を越えて、マンションの裏から逃げるつもりです」

尾崎は階段の踊り場にできた水たまりを避けて、非常階段を駆け下りた。後ろから弓削が叫ぶ声が聞こえる。「航、マンションの裏だ、中庭の方に車をまわせ」

〈裏ですね。了解〉

雨はすっかり上がっている。ガーデン用ライトに照らされた中庭を回り込み、部屋の鍵を使って裏口のドアからマンションを出た。

男が中庭横の塀をよじ登って外へ出て来た。三年前は雨こそ降ってはいないが、道路沿いの街路樹が強い風に揺れている。道をはさんだ向かいに自動販売機の青い灯りが見え、男は左右を警戒し、誰もいないのを確かめて道路を渡った。街灯の下のガードレールに停めていた自転車のチエーン錠を外している。

「男はマンションの裏に停めていた自転車を使って、移動するようです」

尾崎は既に待機していたワンボックスカーの助手席に、弓削はスライドドアを開け後部座席に滑りこんだ。

「あの自転車を――そっか、私が指示するから前に出して」

シートベルトをして前方を見ると、坂道を自転車が下りはじめていた。パソコンを片手に抱えた弓削が座席の間から顔を出す。

「それより尾崎、もう二時間近く右眼を使っているが大丈夫か」

「ええ、はい。まだ大丈夫です」

ハンドルを握った深澤が、尾崎をチラリと見た。「大丈夫って、崎さん顔色が悪いですよ。それにその額の汗」

「航、お願い。あいつだけは最後まで追わせて。男の住居をつきとめるまでは、この捜査は終われない。次を右に曲がって」

深澤が指示に従ってハンドルを切る。

「尾崎、無理するな。両眼では負担が大きい。せめて眼帯を付けろ」

尾崎は弓削が差し出してきた新しい眼帯を左眼に付け、右眼だけで前方に目を凝らした。静かな住宅街に男の乗った自転車の赤い点滅ライトが見える。

笹塚家のマンションでは自分の身体は見えないまでも手足を使って行動していたので、それほど違和感を感じなかった。だが右眼だけで車に乗ると、乗っている車も見えず、自分の手足を使わないことで身体感覚もなくなる。それは魂が身体から離脱し、空中を彷徨《さまよ》っているような不思議な感覚だった。

自転車は、坂を下りたところにある左右に小さな店舗がたち並ぶ道路へ入っていく。両脇の商店は大半がシャッターを下ろしていたが、仕事帰りの会社員や次の飲み屋に繰り出す若者がちらほら歩いている。暫く行くと男の自転車が店と店の間の脇道へ入る。

「あっ、そこの右の脇道へ入った」

右へハンドルを切って車の頭を脇道へ突っ込む。十メートル程で深澤が急ブレーキをかけた。そこから先は、道幅が二メートルも無い、歩行者と自転車がすれ違うのがやっとの裏通りだった。店舗の裏口が並び、入りきれない荷物や段ボールの空き箱などが折畳んで積まれている。

「崎さん。ここから先は、狭くてとても車では行けません」

「突っ込んででも行くの」

「そんなむちゃですよ」

尾崎はつけていた眼帯をとって、シートベルトを外す。

「わかった、私が車を降りて、走って追いかける」

「だめです、その身体の状態では自転車に追いつけるわけないですよ」

尾崎はフロントガラス越しに前方の暗がりを睨んだ。自転車の点滅ランプが光っている。

「航、私は笹塚家の悲惨な犯行現場をこの右眼で見た。けれどあそこで得られた新たな情報は少ない。ここまで追って来て、あの男を逃がすわけにはいかない。三年前のここで見失うと、あの男を探しだすチャンスはもう無い。せめて行き先を突き止めて次の捜査につなげないと」

尾崎がドアを開け強引に降りようとする寸前に、後ろから延びてきた弓削の手が肩を摑んだ。

「だめだ、尾崎。俺たちは何のための、お前のバックアップだ」

「弓削さん、行かせてください。このままでは、あいつを見失います」

「航、バックしろ。出たところを左だ。急げ！」後部座席から弓削が命令する。

深澤がワンボックスカーをバックさせ、その勢いでハンドルを切って車の後ろを右方向へ突っ込む。遠心力に引っ張られ尾崎の身体が窓側へ振られる。深澤がギヤを切りかえアクセルを踏み込んで急発進する。タイヤがあげるスキール音が商店街に響き渡る。呼応するようにどこからか犬の遠吠えが聞こえてくる。

左手の時計を見ると現在の時間は十二時を過ぎていた。街灯だけが灯った夜中、歩いている人影は疎《まば》らだった。コンビニの明かりと、居酒屋の赤い提灯の看板が遠くに見える。酔って終電を逃した会社員数人が千鳥足で歩いている。商店街にクラクションが響き渡り、猛スピードで走り抜けるワンボックスカーを見て危険を感じたのか、慌てて道の端へ避けた。

「弓削さん、どこへ！」尾崎が叫んだ。

「いいから俺に任せろ。航、そこを左だ。出た所を――クソっ、一方通行か。かまわん、無視してその石畳の道を突っ切れ」

石畳の上を走る車に小刻みな振動が伝わってくる。狭い商店街の通路を標識や店の看板などの障害物をギリギリにかわしながら走行する。前方のコンビニから出てきた客にクラクションを鳴らす。暴走するワンボックスカーを見て、客が慌てて店内へ引っ込む。

「そこを右だ」振動で弓削の声が震える。

強引に角を曲がる。石畳の上を後輪のタイヤが滑る。尾崎は助手席のドア上のグリップを摑んで足を踏ん張り、身体が傾くのをなんとかこらえた。バンパーがかすった照明入りの立て看板が倒れ、火花が散る。通行止めの赤い三角コーンを跳ね飛ばした。深夜の静かな商店街に車のエンジン音と道路を転がる三角コーンの乾いた音が響いた。

「そこを左だ、よしこの辺でいい。止めろ」

深澤がブレーキをかけエンジンを切った。ボンネットからチリチリという音と、遠くで救急車のサイレンが鳴っているのが聞こえる。

「三年前にもこの辺は地取りをかけた場所だ。それに、お前のバックアップをやってんだ、殺害現場のマンションを下見して周辺の地図は頭に入れてある。だが問題は、男を見失ったあの地点からここに来るまでにふたつ分かれ道がある。男がどっちを選んだかだ。俺としては、両方とも人の多い道を選んだと踏んだんだがな」

「人目につかない方の道じゃないんですか」尾崎が訊いた。

「三年前のあいつは、お前の能力を知らないから、追われているとは思っていない。それに、犯罪者が隠れて住んでいるとすれば、より人の多い都会に近い方を選ぶ。ただの勘だ。ここで追いつけなければそれまでだ」

尾崎は座席に落ちていた眼帯で左眼を覆うと、前方の交差点の点滅信号を睨む。

「……遅いですね」深澤がハンドルに置いた腕に顎を乗せて言った。

永遠に近いような短い時間が流れる。半分あきらめかけた頃、五メートル先の路地から自転車に乗った男が出てきた。

「ビンゴ！　弓削さん、あいつが出てきました」尾崎は間を置かずにエンジンをかけた深澤に指示を出す。「航、真っすぐ行ってそこを右に入って」

「どこに向かっているんだ」後部座席の弓削がじれた。

男の自転車は西に向かって走っていた。人通りは少ないが、海に近接する住宅街へ向かう車で道路は比較的混雑している。吹いて来る風に潮の匂いがした。小さな公園を曲がり坂を上ると、男は街灯に照らされた丘の上にある駐輪場に自転車を停めた。

「着いたみたいです。駐輪場に自転車を停めています」

手前の植栽から下へ続く階段のフェンスに、錆びたプレートが掲げられている。ゆっくりと走っていた車が止まる。

「ここは……。登坂市営緑山《みどりやま》住宅の第二駐輪場です」尾崎はプレートを読み上げた。

丘の上から見下ろす市営住宅は窓から漏れる灯りは少なく、点在する街灯に青白く照らされていた。手前の壁面にアルファベットのAからHの表示がある五階建ての古びたコンクリートの建物八棟が並んで建っている。各棟同じ造りのいわゆる団地と呼ばれる類いの集合住宅だった。建物のまわりの空き地は手が入れられておらず、草が生え放題になっている。住宅のまわりに植えられた木々と一緒に強い風に揺れていた。

「五階建ての古い団地ですね。男が駐輪場から階段で下に降りていきます」

眼帯をはずしポケットに入れ、ドアノブに手をかけた。

「待って下さい、崎さん」車を降りようとする尾崎を深澤が手を伸ばして止めた。

「航。何度も言わせないで、あいつを見失う。私の体調のことなら大丈夫よ」

「尾崎、追えないいんだよ。左眼で見てみろ」

尾崎が右眼を手で覆うと、目の前にさっきまで見えていた市営の緑山住宅が跡形もなく消えた。そこにはフェンスに囲まれた工事中の広大な造成地が広がっている。

いくつかの防犯用投光器のライトに照らされた敷地には、ブルドーザーからクレーン車まで数十台の重機が、まるで巨大な恐竜を集めた遊園地のように並べられている。奥にプレハブの事務所と簡易トイレが並び、ブルーシートがかけられた小山の間に、昨日からの雨で所々に水たまりができているのが見えた。

尾崎は車から飛び出し、何度か転びそうになりながら、コンクリートの階段を駆け下りた。

造成地入り口の蛇腹式フェンスを引っ張ったが、鎖に大きな南京錠がかけられていて開かない。右眼を使ってフェンスの隙間から中を覗くと、植栽の角を曲がりC棟とD棟と表示された団地の間へ入って行く男の後ろ姿がかろうじて見えた。ここからでは建物の階段側が見えない。男の部屋がわからないかとC棟の部屋の窓をしばらく見ていたが、新たに電気が灯った部屋はなかった。

「すみません、男はC棟とD棟の間に入っていきました。ここからでは階段部分が見えず部屋までは特定できません。階段の位置から考えるとC棟の住民だと思われます」

まだ生きているマイクに情報を伝えた。

尾崎は他に入口がないか、右眼を手で覆い周りを見回した。左右に長い工事用フェンスが続いている。蛇腹式入り口には北口の看板が掲げられ、隣にはダウンライトが巨大な看板を照らしている。看板には、周りを緑に囲まれたマンション数棟と商業テナントが入る複合施設の完成予想パースが描かれ、その下に工期と建設会社が表記された建設許可票のプレートが掲げられていた。

ワンボックスカーが丘を降りてきて、尾崎の後ろに停まる。運転席で、深澤がタブレットを使いネット検索を始めるのが見え、イヤフォンから声が聞こえてきた。

〈市のホームページによると、市営緑山住宅が建てられたのは昭和四十一年ですから五十年以上前の古い団地ですね。三年前に火事を起こし一部が閉鎖され、一年半前に全棟閉鎖になってます。それ以降再開発事業の中心的な地区になり、八ヶ月前には全棟壊されています。この地区は、公共・住宅ゾーンと緑地・公園ゾーンに指定されているみたいです〉

尾崎は悔しさのあまり、目の前のフェンスを蹴りあげた。鎖と南京錠が揺れ、金属音が鳴り響く。車から降りてきた弓削が慰めるように尾崎の肩をこぶしで叩いた。

「航、ダイスに送られていた、残りの四つの動画を見せてくれ。もし、それが殺人現場の動画なのだとしたら〈メリーゴーランド〉みたいに、なにか手掛かりが映り込んでいるかもしれない」

〈崎さん、僕の後ろの座席にパソコンがあります。〈ＸＶ〉という名前のホルダーに動画をまとめて入れています〉

弓削と一緒に後部座席に乗り込み、手で右眼を覆って残りの四つの動画を再生した。

それぞれの動画のタイトルは〈ラブラドール〉〈金魚〉〈縁側〉〈夕日〉。

森の近くにあるキャンプ場、テント、薪が燃えフライパンの上で焼かれる肉、犬を散歩に連れ出して戯れる子供の後ろ姿。リビングの水槽で優雅に泳ぐ金魚、その水槽の向こうで餌をやるぼやけた人影。箸やスプーンで食事をする手元のアップからの古い民家の縁側で西日を浴びて眠る人。ベランダから見えるオレンジ色に染まった雲と夕暮れの街、そこで洗濯物を取り入れている女性の後ろ姿。それぞれは、ごく普通の光景を撮った動画だった。

そこには誰かの生活があり、そのある種何気ない日常の風景の片隅に、人の足や手、風で揺らぐ頭髪などのアップが映し出され、事件性を匂わせている。だが、〈メリーゴーランド〉と同じで一見しただけでは、犯行現場を撮影した動画とは気づかない。人物や場所の特定もできないように編集されていた。

何も知らずにこの動画を見ていたら、気づかずにスルーする細かな部分が気になってくる。もう一度〈メリーゴーランド〉の動画も見直した。雀の雛に餌をやっているカットから遊園地がテレビに映る笹塚家のリビングのシーンへ変わり、動画からメリーゴーランドの音楽と楽しそうな笑い声が聞こえてくる。

「崎さん、笹塚家で鳥を飼っている様子はなかったのですか」

尾崎は頭を振ってあのマンションで見た記憶を振り払おうとしたができなかった。さっき見たばかりの笹塚一家の四人が次々に殺される光景が頭の中で蘇る。

「崎さん……、大丈夫ですか」深澤が心配そうに声をかけてくる。

「えっ……、いや、見なかった。二日前に弓削さんと笹塚家のマンションに下見に行ったときも、右眼を使って全部の部屋を見たけど、鳥を飼っている様子はなかった」

「それに、家庭で飼われているあのサイズのペットの鳥なら、十姉妹《じゅうしまつ》か文鳥がメジャーだろ。なんでこの動画の鳥は雀なんだ」弓削が言った。

スライドドアを乱暴に開け、車から飛び出した尾崎は車のボディを掌で叩いた。

「デジタル分析室で見てたはずなのに。気づかなかった」

深澤と弓削も車から降りてきた。

「崎さん、そんなに自分を責めることは無いですよ。この男が送ったということを知らなければ、ごく日常の風景を撮った動画でしかありません。気づかなかったのも当然です」

「弓削さん。少なくともここまで追ってきた男は、笹塚家以外でも殺人を犯している可能性があるってことですよね」

「そうだな。メリーゴーランド以外の四つの動画が何らかの犯罪現場を示唆しているのなら、こいつはおおごとになる。うちの管轄や県内、いや近隣の県を含めて過去に起きた殺人、傷害事件とつき合わせて、類似の事件が無いか再捜査してみなくちゃならない」

弓削が煙草に火をつけ、星の見えない夜の空に煙を吐き出した。

「しかし最悪だな、ダイスというサイトは。欲望という蜜に誘われて、世の中の様々な悪意を持つ人間が蟻のように群がって来ている。動画投稿者を徹底的に調べれば、なにがしかの罪を犯した人間がごろごろ出てきそうだな」

「そうですね。ただ、継続捜査支援室の捜査としては、今日できることはここまでです。終わりにしましょう」

「男の犯行の一部始終を見届けたし、住居までとは行かなかったが、建物は確認できたんだ、良しとしないとな」

尾崎は悔しさで、返す言葉も無くただ下を向いてうなずいた。「……ですね」

「崎さん。この時間です、男はもう動かないでしょう。そろそろ右眼を閉じてください」

「はい……」尾崎はイヤフォンをはずした。

腰のレシーバーのスイッチを切ると、オーバーフローの症状を抑えていた緊張感も一緒に切れて目眩と頭痛がぶり返してくる。さほど動いてもいないのに、けだるく身体に力が入らない。

ふらつく足でフェンスまで歩き、男が消えた市営住宅のC棟の建物を見る。手前に立つ焼け焦げたように変色したカバーの街灯が暗がりを照らし、強い風の中で二匹の蛾が何度も衝突をくり返していた。

ポケットから眼帯を取り出し右眼を覆う。見上げていた街灯とその向こうに見えていた八棟の市営住宅が一瞬で暗闇に消えた。

7

工事現場のフェンスを越えて運転席に差し込む朝日が眩しい。昨日の天気に比べれば、多少雲はあるが上々の天気だ。弓削はウーロン茶を飲み、ワンボックスカーの運転席から後ろを覗き、後部座席で眠る尾崎に声を掛けた。

「おーい。尾崎、起きろー。朝だ」

尾崎が片肘をついて上半身を起こし、ゆっくり周りを見回す。朝の光が眩しいのか、眉間にしわを寄せて目を細める。髪の毛がぼさぼさだった。自分がいる場所を摑めずにいる。スライドドアが開き、両手にコンビニの袋を抱えた深澤が覗き込んできた。

「崎さん、普通こういうのは下っ端の人間の仕事じゃなかったかなぁ」

「……あっ、すみません」蚊の鳴くような声が漏れる。

尾崎はかけられていた上着をのけて起き上がった。慌てて手ぐしで乱れた髪をなおすが、まだ動作が緩慢で意識がはっきりしていないようだ。目は開いてはいるが、うつろだ。座席に腰掛けたまま、ボンヤリ前を見て何かを考えている。

「崎さん、大丈夫ですか」深澤に訊かれ、はっとして返事を返した。「うん。大丈夫、大丈夫。

ちょっと嫌な夢を見たみたい」

「どんな夢だったんです」

「……覚えてない。思い出したくもない」

尾崎が欠伸をしながら乱れた髪をかきあげ、ポケットに入っていた眼帯を右眼につける。上半身にかけられていたスーツの上着をじっと見て深澤に差し出した。

「これ……、ありがとう」

「どういたしまして。銀ジャケのおにぎりとミネラルウォーターで良かったですよね」

深澤は尾崎のおにぎりと飲み物の好みを覚えていた。普段は他人のことは眼中に無く我が儘な行動をとるのに、こういうところはそつが無い。

「……うん」尾崎は小さな声で答えた。

尾崎が上着と交換するようにコンビニの袋を受け取り、ミネラルウォーターだけを取り出し車の外へ出る。大きく背伸びをして水を飲み始めた。弓削も助手席から降りて、車のステップに腰掛ける。梅干しのおにぎりにかぶりつき、ストレッチをしている尾崎に訊いた。

「お前は、どこででも寝れるんだな」

「すいません、昨夜は私だけ後ろの座席に寝かせてもらって」

「家に帰って、朝出直して来いといったのに、後部座席に乗り込んだとたん鼾《いびき》をかいて寝てしまったんだ」弓削はおにぎりを緑茶で流し込んだ。「あれから俺と航で近くの緑山交番から三年前の市営住宅の巡回連絡カードを手に入れて、コピーまでとって来たんだからな」

交番まで車を出そうとした深澤を、弓削は止めた。後部座席で気持ち良さそうに寝ている尾崎を見て、交番まで歩いた。明け方近くに尾崎がうなされるのを聞いている。昨日の今日だ、一家四人を殺される現場を目の前で見た後で、安らかな眠りになんかつけないことも、家に帰って部屋で独りになりたくないことも想像できた。

「そうですよ、僕と弓削さんで当時の容疑者リストにあげられていた前科のある犯罪者、行動不審者の名前と巡回連絡カードに載っていた市営住宅の住民の名前と照らし合わせをしました。大変でした」サンドイッチを食べながら深澤が報告する。

「すみません。それで、どうでした」

「空振りだったよ、市営住宅の住民に該当者はいなかった」弓削が言った。

「起こしてくれても、良かったのに」

「熟睡しているのを起こすのも悪いと思って。それに昨夜の捜査では、右眼を酷使し過ぎました。おそらくオーバーフローを起こした脳が睡眠を必要としていたのだと思います。そこまで気が回りませんでした。すみません、バックアップとしては失格ですね」

深澤はペットボトルの紅茶を飲んで軽く頭を下げた。

「交番からの帰りに立ち寄ったコンビニで、ビールを買って反省会をしました。僕はノンアルだったのですけど、酔っぱらった弓削さんに絡まれて大変でした」

「ずるいな。それこそ起こすべきでしょう」

弓削は立ち上がり、フェンスに近づき隙間から中をのぞいた。晴れた空の下に登坂市再開発事業の広大な造成地が広がっていた。建物の鉄骨が何本も立ち並び、コンクリートの大きな軀体が幾つも置かれている。右の奥の方はまだ基礎工事の途中らしく、所々に掘り出された土の山や運ばれてきた鉄筋や鉄骨などの建築資材に、ブルーシートがかけられている。先行配管や仮設の足場がいくつか組まれているのが見える。

オレンジ色に塗装されたクレーン車と同じ色のショベルカーが数台並んでいる。吹き抜ける風が揺らす木々のざわめきと鳥の鳴き声だけが聞こえてくる。

「静かですね。まだ誰も来てないところを見ると、日曜日は休みなんですかね」尾崎が訊いた。

「そうです。この辺は、住宅街ですから、休日に建設作業でもしようものなら、苦情が殺到します。近隣住民との事前説明会の話し合いで、土曜、日曜と祝祭日の作業はしない取り決めになっているようです。昨日見た市の再開発事業のホームページに載っていました」

弓削は煙草に火をつけて晴れ渡った空を見上げ、のんびりと背伸びをする。

「尾崎。お前、高いところは好きか」弓削がさりげなく訊いた。

「えっ、何ですか急に。高いのは苦手です。遊園地のジェットコースターは嫌いですし、あれにお金を払って楽しむなんて私には考えられません」

「そうなのか……、見かけによらないな」

「以前、友達にキャンプに誘われて、そのときに吊り橋のバンジージャンプに無理やり連れて行かれたことがあるんですけど、三十分粘って結局飛べませんでした」

「へー、意外だな」

「弓削さんには、私はどういう風に見えてるんですか。なんですか、デートのお誘いですか、だったら私は、ショッピングか映画からがいいですけど」

「誰がお前と」「でしょうね」と尾崎が弓削の発言にかぶせるように言った。

「……弓削さん、朝から何か企んでます？」

尾崎に問い詰められ気まずくなり、弓削はわざとらしく咳払いをした。深澤がニヤニヤ笑っている。弓削は尾崎が高いところが苦手と聞いて、昨日の夜ビールを飲んで立てた計画を話すかどうか躊躇する。

「実は、昨日飲みながら航と一緒に考えたんだが、ちょっといいか……」

煙草を携帯灰皿で消し、話を始めようとした時、遠くから車のクラクションが聞こえた。工事現場に不似合いな黒塗りのベンツが、土ぼこりを上げてゆっくり近づいて来る。それを見た深澤が手をあげる。

「早いな、もう来やがった」弓削はうつむいて首の後ろを掻いた。

「弓削さん、あれはいったい誰ですか」

再開発地区の大きな看板の横に車が停まり、ドアが開いて三人の男が降りてくる。細面の顔に丸い眼鏡をかけ中折れ帽をかぶった男が足早に駆け寄って来た。

「おはようございます」

丸眼鏡が深澤に向かってかぶっていた帽子をとり、深々と頭を下げる。それを見た尾崎が不機嫌そうに眉間にしわを寄せた。後ろから付いてきた二人も深澤に挨拶をした。一人は、眼鏡をかけスーツ姿の小太りの三十代の会社員。真夏でもないのにハンカチでしきりに額の汗を拭いて頭を下げている。もう一人は作業服を着て白いヘルメットを手に持ち、無精髭をはやした体格のいい中年の男性。こちらは休日の朝早くに呼び出された不満が、日焼けした顔の眉間と口元に現れていた。

「わるいな、せっかくの日曜なのに呼び出して」

深澤が一歩前に出て、三人に軽く会釈をする。

「いえ、坊ちゃんの呼び出しならばいつでもどうぞ。ご遠慮なく」

小説やテレビドラマ以外で人から坊ちゃんと呼ばれる大の大人を弓削は初めて見た。あきれた表情をした尾崎と目が合う。深澤もそれに気づいて頭をかいた。

「坊ちゃんは、やめてくれ。こっちは……」

「お父様の顧問弁護士、たしか、お名前は吉村さんですよね。おはようございます」

尾崎が一歩前に出て、きつい目つきで挨拶をした。

「えっと、どこかでお会いしましたか、すみません。こんな綺麗なお嬢様でしたら、忘れる筈はないのですが」

初対面で名前を呼ばれて気を良くした吉村が、握手をしようと差し出した手を、尾崎は空を見上げて無視した。まだ、三年前に深澤と当時つき合っていた恋人を、無理やり別れさせた件を納得していないようだ。吉村は行き場を失くした手をゆっくり上げて首元の蝶ネクタイを整えた。

「いいえ、お気になさらず。カフェで一度お見かけしただけですから」

尾崎の素っ気ない態度に、吉村が戸惑った笑顔で助けを求めた。

「私の部下の弓削君と尾崎君だ」深澤が苦笑し、二人を紹介する。

「どうも」弓削は片手を上げ軽く頭を下げた。尾崎は腕を組んでまだ他所を見ている。

「昨夜電話をいただいた件で、ここの再開発を担当している、中村《なかむら》建設の現場主任の松原《まつばら》さんとクレーン運転士の緒方《おがた》さんを連れてきました。坊ちゃんから何なりとご質問やご命令をご自由にどうぞ。上のデベロッパーの社長と中村建設の会長にはすでに話をつけていますから」

吉村が、後ろで控えていた背広と作業服の二人を紹介した。

「お二人ともお休みのところ朝早くからご協力いただき、ありがとうございます。お願いがあるのですが、あそこのクレーン車に彼女を乗せてもらいたい」

「えっ、どういうこと」尾崎が驚いて訊いた。

松原がハンカチで額を拭きながら深澤が指さしたクレーン車を見上げ、緒方と目を合わせうなずきあった。

「なんだ、はい。そんなことですか、どうぞどうぞ」

現場主任の松原がほっとした笑顔を浮かべ、フェンスの鎖に掛かっている南京錠を外す。

「最近多いんですよ、建設作業車のマニアというか……ファンの人が。さすがに運転させるのは無理ですが、はい。お乗せするぐらいならお易い御用です。いえ、日曜の朝早くにうちの会長から直接電話があったので、何事かと思いましたが……」

緒方と一緒に出入口の蛇腹になっているフェンスを押し開ける。二人がクレーン車に歩き出そうとするのを、後ろから深澤が呼び止めた。

「いや、申し訳ない、僕の言い方が不十分で伝わらなかったようだ。クレーン車の運転席にではない。あのワイヤーロープの先のフックに彼女を乗せてもらえないかと訊いているし、そこに乗せろと命令しているつもりなのだが」

クレーン車のフックを指さして、深澤が凄みを利かせて二人に言った。

「あっいやー、はい。それは……」松原が戸惑って吉村を見る。

「何言ってるの、航。弓削さんとの話を聞いてなかったの」

尾崎が大きな声で深澤に詰め寄る。その尾崎以上に大きな声をあげたのは、クレーン車を動かすために呼ばれた緒方だった。

「冗談じゃない。そんな危険なことだめだ、だめ、だめ。事故でも起きたら、こっちが運転資格を剝奪されて、おまんまの食いあげだ。ふざけるな、ただの遊びだったら他所でやってくれ」

「おいおい緒方君。そんな言い方、失礼じゃないか」

松原がおろおろと両手を上げ、声を荒らげ喧嘩腰になっている緒方を宥める。

「あっ、いやいや大丈夫、だいじょーぶです」

吉村が手に持っていた帽子をひらひらと振って二人を呼び寄せた。「松原さん、緒方さん、ちょっとこちらへ来てください」

三人で輪になり何か小声で話し始めた。間に入った松原がしきりに頭を下げている。緒方の荒らげた声が、「――だが」「――しかし」とだんだん小さくなっていく。

「松原さん。何かあっても、こっちは責任持たないからな」

最後には緒方が、眉間にしわを寄せて折れた。

「坊ちゃん」吉村が深澤に笑顔で帽子を持った手を振った。

「それじゃあ、皆さん各自用意をお願いします」深澤が手を叩いて急かせた。

「航。あなたね、何させようとしてるのかわかってんの。私は高い所が苦手だって言ってるでしょ。あれに乗って市営住宅の中を探るなんてできない」

目論みを察した尾崎が、深澤を睨んでクレームを入れる。

「そんなに怒らないでくださいよ。それにこんな無茶なアイデアを出したのは、僕じゃなくて弓削さんですから。僕は父のコネを使っただけです」

尾崎が、今度は弓削を睨みつけてきた。

「すまん。お前が高いところがそんなに苦手とは思わなかった」

尾崎を安心させようと笑いながら肩を叩いた。「尾崎、大丈夫だ。お前ならできる」

「それ、バンジーのときにも散々友達に言われました。それに何の確証もない、口先だけの大丈夫なんて聞きたくもない」

尾崎が腕を組んで工事現場にそびえ立つクレーン車を見上げる。空を突き上げるように立つクレーンの先にカラスがとまっている。その向こうの空を庭の砂を箒で掃いたようなすじ雲がゆっくりと流れていた。暫くして尾崎が振り返った。

「弓削さん、お願いがあります」

「おう、いつでも骨は拾ってやる。……なんだ」

「ちょっとコンビニで、顔を洗って化粧を直してきていいですか」

8

光が眩しかった。尾崎は眼帯を外しポケットにしまった。広大な造成地に、五階建ての登坂市営緑山住宅が現れる。昨日、男を見失った建物まで、右眼と左眼を使い分け土塊《つちくれ》の山や建設資材を避けながら慎重に近づく。

昨日は暗くて見えなかったが、C棟とD棟の間には桜の木が植えられた小さな公園があった。枯れかけた植栽と年季の入ったベンチが並び、砂場や鉄棒、ペンキの剝がれたシーソーが置かれている。砂場には子供が忘れていったプラスチックの黄色いスコップと赤いバケツが半分埋まったままになっていた。

緑山市営住宅のC棟には三つの階段があり、ひとつの階段を挟んで左右に住居が配置されている。五階建ての建物なのでひとつの階段につき十軒、全部で三十軒の住居が入っている。中村建設の松原が持ってきた平面図では、左右の違いは有るが全戸同じ間取りの３ＤＫで、エレベータはなかった。

日曜日で天気が良いせいか、朝が早いのに各部屋で掃除が始まっていた。階段側に面した窓の柵には、ベランダに干しきれなかった洗濯物が干されている。小さなひさしに片付け忘れた風鈴が揺れている。老婦が柵越しに座布団をはたいているのが見える。

壁のクリーム色は太陽の日差しを浴びてくすみ、同じ色で塗られた竪樋《たてどい》のペンキは剝がれて下地の色が見えている。見上げると、屋上の熱を直接受ける五階は窓にカーテンの無い空室が目立った。

建物のそばまで近づくと、昨日の強風で落ちた枯れ葉が駐車場の車止めに溜まり、地面から生えた蔦が外壁に沿って先端を伸ばそうとしている。階段を下りてきた猫が、何か気配を感じたのか一瞬尾崎を見て、無視するように悠々と公園のベンチの方へ歩いていく。

尾崎は、目の前の壁に手をついてみた。手と腕が沈み込むように埋まっていく。前方の空間を彷徨い、手応えはなにも無かった。

急遽準備されたのは、三十センチ幅のオレンジの繊維で織られた帯状のベルトだった。見た目には趣味で縫ったタペストリーにしか見えない。両端の大きな丸い金具をクレーン車のフックにかけ、ベルトで輪っかをつくっただけの簡単なものだった。

「あのー、これ切れたりしませんよね」スリングベルトを引っ張って訊いた。

この三年、刑事課を離れ、朝のジョギングも減り運動不足で体重が増えているのは自覚している。尾崎は少し不安になって訊ねた。

「大丈夫です。安心してお任せ下さい」吉村が帽子を振って答えた。

「出たよ、口先だけの大丈夫。あなたには訊いてない」尾崎はため息をついた。

きつい言葉で返された吉村が、帽子をあげたまま苦笑した。その後ろに隠れるように立っている松原に問いただす。「松原さん、どうなんですか」

「はい。これは、機械類を運ぶ時に、表面に傷などが入らないように使用されるスリングベルトです。高強度繊維で織られていますので、めったに切れることはありません。たしか二、三トン近くのものまでは耐えられるはずです」松原がハンカチで額を拭いて説明する。「それに高所作業用のフルハーネスも準備しますので、ご安心ください。ただ、私どももクレーン車で人を運んだことはありませんので、はい。十分お気をつけてください」

緒方が作業事務所から持ってきたハーネスを尾崎に装着させる。ぶつぶつ文句を言いながら、ワンボックスカーの横で腕を組んで静観している深澤を睨んだ。

「まったく、お前さんの上司は、何考えてるんだ」

尾崎はリュックを背負うように肩ベルトに腕を通し、両腿と胸のベルトを締める。身体が締め付けられたことにより、剣道の防具を付けたときのような安心感が生まれ、意味もなくほっとする。最後にハーネスから延びる命綱のフックを、クレーンのワイヤーにかけた。

「いいかい、ランヤードにはショックアブソーバも付いていて、落ちても――。まあ、こんなこと説明しても意味ないか。とにかく必死でそのベルトにしがみついとけ、万が一落ちても、このハーネスがお前さんを安全につなぎ止めてくれる」

「いろいろ無理を言って、すみません」

「今まで、フックに人を乗せて運んだ経験はない。あんたらがいったい何をやろうとしているのかは聞かないが、引き受けたからには行きたいところまで安全に運んでやるから安心しな。これでも四十年近くこの仕事で飯食ってんだ」

「よろしくお願いします」

クレーン車のステップをよじ登り、緒方がガラス張りの操縦席に着いた。

深澤がこちらに向かって手を振っているのが見える。尾崎は腰に付けたレシーバーをオンにする。マイクチェックをする声が聞こえてきた。

〈おふたりとも聞こえますか〉弓削が返事をし、尾崎は手をあげて応えた。

〈それでは始めましょうか、録音を始めます。今回の右眼による市営住宅の捜査時間は一時間半を限度とします。崎さんはクレーンのフックから上下、前後、左右、移動の指示を出して下さい。弓削さんはその指示を、運転士の緒方さんに伝えて、崎さんをあの男の部屋まで引っ張ってもらいます。昨日同様に体調に異変が起きたときには即、中止にします。くれぐれも事故のないように。崎さん、調子が悪い時は無理せずに早めに言って下さい〉

「おう、了解」「はい、了解です」弓削と尾崎が二人同時にこたえた。

「どうしても両目で捜査するのか」弓削が訊いてくる。

「笹塚家のマンションのように三年前と同じスペースを、自分の足で自由に動き回るのとは違います。クレーンに吊り下げられて指示を出しながら動き回るとなると、片目では距離感が摑めず、どうしても微妙な距離の指示が出せません。リスクはありますが仕方がないです。オーバーフローの症状が出る前に、ちゃちゃっと終わらせましょう」

「なんか顔色がわるいぞ。緊張してるのか」

「弓削さん。私、本当に高いとこ苦手なんです。このことは忘れませんからね」

「あれ、マイクの入りが悪いな」弓削が他所を向いてイヤフォンを押え、ごまかした。

〈僕は、反対したんですよ。公園のベンチからＣ棟の三つある階段を見張っていれば、いつか犯人の男が姿を現すだろうって〉深澤の声がイヤフォンから聞こえる。

「だがな俺たち三人が交代で張り込みができるのならまだしも、あいつを確認できるのは尾崎だけだ。その能力も時間制限が有り、二十四時間張り込めるわけじゃない。男を見逃すこともあり得る。それに、強引にでもクレーンを使って男の部屋の中を覗けば、名前、家族構成、仕事などの詳しい男の情報が得られる。動画で送られていた他の四つの犯行に関する手がかりが、部屋の中から何か見つかるかもしれない」

〈それはそうなのですが……〉深澤の声が小さくなる。

「どうするんだ、霧島先生に言われたことでもある。ここからは尾崎、お前が決めろ」

「この中のどこかに、あの男がいるのは確かです。ここまで追いつめたからには、今度こそ見つけだします」尾崎は市営住宅を見上げ、きっぱりこたえた。

「お前は傍観者なんだろ。だったら奴の正体を最後まできっちり見届けろ。何か危険があれば言え、すぐ降ろしてやる」

「本当にお願いしますよ」尾崎はいちど両目を閉じ、大きく息を吸ってゆっくり吐きだす。

〈崎さん、いま平面図を見ています。階段を手前から順に一番、二番、三番とします。一番の階段の左右に並んだ十軒を一階部分の部屋から上へと調べていきましょう〉

「わかりました。弓削さん、私が手をあげた方向のおよそ八メートル先に一番の階段がありますす。移動させて下さい」

〈よし。それじゃあ、ゆっくり上げてください〉

操縦席の横のスペースにしがみついた弓削が、緒方に指示を出す声が聞こえてくる。クレーン車の太いワイヤーからは酸化防止のために塗られたグリースの匂いがしてくる。ワイヤーの先には恐竜の爪のようなフックがぶら下がり、それに引っ張られ、尾崎が乗ったスリングベルトがゆっくり持ち上がる。地面から身体が離れると背中がぞくっとする。三メートルも持ち上がっていないのに、早くもこの無謀な捜査を引き受けたことを後悔し始めていた。

「はい、ここで止めて。ちょい下げ。はい、この高さを維持したままで、今度は前にゆっくり移動させて下さい」

　植栽を通り抜け、市営住宅の壁面が迫ってきた。尾崎は反射的に眼を閉じる。

「ストップ、止めてください」身体が前後に揺れる。

　暫く両目を閉じて、右眼が室内の暗さに慣れるのを待った。

　ゆっくり眼を開けると、天井からワイヤーが飛び出しスリングベルトに乗った状態で、部屋全体を天井近くから見下ろしていた。壁に箪笥が並び、奥に押し入れがある六畳の和室。二組の布団が敷かれ、一つは空《から》できれいに畳まれ、もうひとつの布団にランニング姿の老人がだらしなく寝ているのが見える。寝相が悪く、掛け布団が腰のあたりまで下がっている。

「ここから少しずつ右へ移動お願いします」

　襖に身体を沈ませるように通り抜けると、小さなダイニングテーブルがあるキッチンに出る。老婦が包丁で野菜を切って、朝食の仕度をしている。ヤカンと鍋の湯気を透かして窓から朝日が差し込んでいた。

「右へ移動して、ストップ、行き過ぎました。三十センチ元に戻してください」

　テレビがつけっ放しのもうひとつの六畳の和室に丸テーブル、その上に猫が乗って眠っている。商店街のカレンダーのさがった壁を抜け、トイレと風呂場、箪笥と箱が山積みになった四畳半サイズの洋室を見てまわる。細かい移動指示を出しながら、それぞれ三つの部屋全てを捜したがどこにも男の姿は無かった。

「前へ移動して」「次を左」「ちょっと戻して」とC棟の一番の階段につながる十軒を、平面図と巡回連絡カードの情報を照らし合わせながら全て見終わった。

「はい。ゆっくり下に移動させてください。次は一〇三号室からです」

〈崎さん、二つ目の階段は二〇三号室と五〇三、五〇四号室が空き家です。やはりエレベータがないとお年寄りには厳しいのか、上の階は空き家が多いですね〉

一階部分の二軒が終わり、ゆっくり頭から天井に埋まるようにして二階へ移動する。二〇三号室は空室と聞いている。だからと言って、そこに男がいないとは限らない。手を抜かずに全ての部屋のチェックをする。暗い床部分をすぎると目の前に畳が見え、肩から腰が抜けたところでストップした。身体半分が畳に埋まった状態で、動かなくなった。

「止まりました。弓削さん、どうしました」

〈すまん、すまん。クレーンの可動範囲を超えた、このままではブームが届かなくなる。本体を右へ移動させる〉弓削のマイクを通して緒方の声が聞こえてくる。

〈――だそうだ。聞こえたか。クレーンの車体を移動させる。そのまま待機だ〉

ゆっくりと身体半分が床に埋まったまま和室を移動する。壁を抜け無人の和室が見えてくる。上半身だけ床から出た状態でいるのがばつが悪く、弓削に指示を出した。

「すみません、ちょっとだけ上げてもらえませんか」

いっきにワイヤーに引っ張られ天井近くまで引き上げられた。今度は鼻から上が三階に出た。尾崎の目の前にささくれ立った古い畳の表面が見えた。敷かれている布団から女性と男性の生足が出て動いている。布団のなかで半裸の男女が絡み合っていた。尾崎は思わずしゃがみ込んだ。

〈どうした、尾崎。気分でも悪いのか〉

尾崎が急に腰を落としたのを見て、弓削が声をかけてきた。

「いっ、いえ大丈夫です。何でもありません。少しだけ下げてもらえますか」

一時間程をかけてC棟の三分の二の二十軒を捜索したが、まだ男の住居にはたどり着いていなかった。少し透けているとはいえ部屋の床がはっきり見える。そのおかげで、始まる前に危惧していた高いところの恐怖をさほど感じること無く、各部屋のチェックを済ませることができた。

仏壇の前で線香を上げる独り暮らしの老婦とそれを並んで見つめる猫、ダイニングテーブルで朝食をとっている母親と赤ん坊だけの母子家庭らしき部屋。朝から口喧嘩をしている夫婦や酒を飲み誰とはなしに怒鳴っている中年の男性、何かへの怒りを抑えられない住人もいた。かと思いきや、陽気で賑やかな南米系と思われる外国人の九人家族や、リュックを背負い笑顔ではしゃいでいる三人の若い幸せそうな家族まで。それぞれの事情と様々な暮らしがここにはあった。

この市営緑山住宅はこれから一年も経たずに全棟閉鎖が決まり、二年半後には取り壊され今はもうここには存在しない。尾崎はC棟の捜査を進めるうちに、市営住宅の大きな建物や部屋に郷愁を覚え、そこに住んでいる沢山の家族に親近感と喪失感を感じていた。


C棟の屋上からは、蒼くかすむ山々に高圧送電線がはられた鉄塔の列が遠くまで続いているのが見える。手前には商業施設やビルに隠れて海は見えないが、そこへ続く川が太陽の光を受けてキラキラ輝き、様々な色の屋根の住宅がモザイクのように並ぶ。遠くから吹いてきた風が尾崎の髪を揺らす。試しに右眼を閉じて自分が立っている現実を見たい好奇心がよぎるが、それを受け入れる勇気は湧かなかった。

〈尾崎、体調はどうだ。航、あと何軒だ〉

〈最後の階段の住居は、空き家を入れてあと十軒です。崎さん、休憩をはさみますか。もう一時間半近く両目を使っています〉

尾崎は二十分ほど前から頭痛がしてきていた。手が汗ばみ、スリングベルトを握る握力がなくなってきているのがわかる。

「いえ、これが最後の階段です、早く終わらせましょう。体調も今のところ大丈夫です」

〈一番と二番の階段は正確を期すため一階から順番に調べましたが、この三番目の階段の十軒は効率よくそのまま上から下へ調べましょう。巡回連絡カードによると五〇六号室と四〇五号室は空き家になってます〉

「了解です。弓削さん、右へ三メートルほど移動して、はい、この辺でいいと思います。そのまま真っ直ぐ下に降ろしてください」

丸い給水タンクのある屋上の床は緑のペンキで塗られている。尾崎は足先から腰へと、少しずつ藻の浮いた深い沼に沈むように下の階に降りた。

「止めて下さい。高さはこの位置でキープお願いします」

明るい屋上からいきなり暗い部屋のなかに降りたせいか目が慣れず、部屋の中がよく見えない。ここも空き家なのか、四畳半サイズの和室の窓は厚いカーテンで遮られている。窓に隙間があるのだろう、風でカーテンがかすかに揺れている。漏れた光がぼんやりと部屋を照らす。家具も何も置かれていない部屋のようだ。

「厚手のカーテンで仕切られていて、暗くてよく見えない。家具も何もない部屋みたいです。航、五〇五号室は空き家ではないの」

〈いえ、居住者がいるはずです。巡回連絡カードでは岡崎史郎《おかざきしろう》という男性の独り住まいになってます〉

襖を通り抜けて隣のキッチンに移動する。シンクの横に小さな冷蔵庫はあるがテーブルや椅子などの家具、調理道具や食器さえ無い。季節外れの灯油の赤いタンクが二個ポツンと床に置かれている。人の住んでいる気配が全く無かった。

もうひとつの六畳の和室は、逆に衣装ケース、箪笥、机、椅子、本棚などの古い家具で満杯だった。住人が使っているというより、この部屋に全ての家具を押し込み倉庫がわりに使っているかのようだ。

「六畳の和室は倉庫に使われ、キッチンには小さな冷蔵庫だけがあり……」

壁を抜け、最後の洋室の部屋に入る。カーテンを透かして朝の光が部屋に差し込んでいる。天井から下がった照明がつけっぱなしだった。その部屋にあの男がいた。空気が凍りつき、一気に室温が下がったように感じた。

「いた！　男がいました、寝ています」

四畳半サイズの部屋に家具などはいっさいなかった。男は布団のないマットレスの上で両手を胸の前に合わせ、枕や掛け布団も無しに昨夜の服装のまま横たわっていた。

〈崎さん、部屋番号をもう一度チェックしてください〉

「弓削さん少し右へ移動させてください。確かめます」

尾崎は、一旦玄関の外へ移動して、ドアの上に掲げている部屋番号を見た。

「表札に名前はないが、C棟五〇五号室で間違いありません。さっきの位置へ戻して下さい。はいもう少し左です」

天井近くからまだ眠っている男を見た。

「男の頭の近くに携帯、昨日持っていた黒いリュックが置かれています。天使のシールが貼っている黒いノートブックパソコンと数冊の表紙の無い文庫本が並べられています。窓の近くには観葉植物、窓にはカーテンが掛かっていますが、それ以外の家具や日用品の類いから着替えの衣服まで、生活用品などは一切ありません。職業などの手掛かりになりそうな書類やカレンダーなども見当たりません」

頭付近に置かれた携帯が光り、液晶画面に時間が表示された。起床のアラームが鳴ったのだろう、男が目を開けて携帯に手を伸ばした。尾崎は息をのんだ。スリングベルトにしがみつく手に思わず力が入る。聞こえる筈はないのだが指示を出す声が小さくなる。

「男が目を覚まして起き上がりました。弓削さん、右へ少し移動してください」

マットレスからゆっくり起き上がると部屋の電気を消してカーテンを開ける。キッチンへ移動し、冷蔵庫からペットボトルとフランスパンを取り出す。男は歩きながらパンを齧り、炭酸水を飲み始めた。一瞬見えた冷蔵庫の中は空っぽだった。洋室に戻り、飲み残しの炭酸水を観葉植物の鉢にかける。土に落ちた水が泥の泡を作った。

「弓削さん。ここはこの男の正式な住居じゃないのかもしれません。キッチンには食器や調理器具なども無く、灯油の赤いタンクと小さな冷蔵庫があるぐらいです。冷蔵庫の中もペットボトルの炭酸水とパンだけでした。食料品なども見当たりません」

〈何者なんだ岡崎という男は。航、附帯情報が何か載ってないのか〉

〈五〇五号は岡崎史郎という独り暮らしの男性になっています。けど、おそらくその男とは別人です〉イヤフォンから深澤の声が聞こえる。

〈どうしてわかる〉弓削が訊いた。

〈この巡回連絡カードの情報が正しければ、三年前の岡崎は八十五歳の老人です〉

男が残っていたフランスパンを持って動き出す。弓削に指示を出して後を追う。最初に尾崎が見た、厚いカーテンに閉ざされた部屋の襖を開ける。キッチンからの光が入り、部屋の中央にアンティーク調の大きな鳥籠が吊るされているのが見えた。部屋のカーテンと窓を開けると、目映い光が部屋に差し込む。いきなり光を浴びて興奮した鳥が、鳥籠の中で羽ばたいて二つのはしごを行き来している。

「雀です。隣の四畳半の部屋に鳥籠が吊るされ、中に雀がいます。動画〈メリーゴーランド〉の初めのカットに映っていたあの雀かも知れません」

鳥籠の扉を開けて手を差し入れると、雀がおとなしく男の人差し指に乗った。そのまま窓わくに腰掛け、雀に何か話しかけている。雀は開けられた窓から外へ逃げることもなく、手のひらの上でちぎったフランスパンをついばんだ。男は人差し指で雀の頭を撫で、雀も親指の付け根に頬をこすりつけ羽を震わせる。朝の挨拶が終わったのか、その後は無邪気に肩の上にとまったり、腕や手のひらの上を歩くのを繰り返した。

尾崎は雀がこれほど人を恐れずに懐いているのを初めて見た。そして、この男が動物とこんなに戯《じゃ》れ合《あ》うことができることに驚いた。あの空洞のような眼に何か人間的な光が見えたような気すらした。男が両手を開き、雀を優しく包みこむ。それを顔の近くまで持っていき雀のくちばしに唇を寄せて微笑んだ。それは笹塚家で見せた相手への蔑みからくる嘲笑ではなく、まさに慈愛の笑みに見えた。

吹き込んできた風で大きくカーテンが揺れる。男はいきなり包んでいた両手をすぼめ、雀を絞めた。指の隙間から翼の一部が出て激しく揺れる。長くは続かなかった。尾崎の耳には、雀の鳴き声と抵抗する翼の音が聞こえたような気がした。

一瞬のことで何が起きたのかわけがわからない。「えっ」と尾崎の口から驚きの声が漏れる。男が胸の前で握りしめていた手をゆっくりと開いた。手のひらの上の雀は動かず、剝がれた薄茶色の羽根がスローモーションのように畳の上に落ちる。雀の亡骸《なきがら》をじっと見つめているその顔は、まるで仮面をかぶっているように無表情だった。

「雀を……。男があんなに懐いていた雀を殺しました。どうして……」

何故？ しかも笹塚家の全員を殺した翌日に。光が差し込んだように見えた男の眼は、再び溢れるほどの黒くて深い闇を湛《たた》えていた。

男は雀の死骸を鳥籠に戻すと、寝室にしていた部屋へ戻った。

「男がリュックにノートパソコンと文庫本を詰め込み始めました。出かけるみたいです。弓削さん、ここから下ろしてください」

〈わかった、今下ろす〉

男が観葉植物を鉢ごと取っ手のある透明なビニール袋に入れ、リュックと一緒に靴箱の上に乱暴に置いた。キャップをかぶると黒い手袋をして、部屋に戻り窓にかかっているカーテンを引きちぎるように外し始めた。

「ちょっと待って下さい。男が部屋のカーテンを外しています。なにを……」

〈崎さん、マズいです。ネットで岡崎史郎を検索したところ、新聞のニュースがヒットしました。三年前の市営住宅の火事はその五〇五号室から出火しています〉

〈男が放火したってことなのか。おい、尾崎どうなってる〉

「航の言う通りです。あっ、男が押し入れから黒いビニール袋を……。おそらく笹塚家の犯行時の証拠物が入っている、昨日の黒いビニール袋です。奥の家具の詰め込まれた部屋に投げ込み、キッチンに置かれていた赤いタンクに入った灯油をかけています。火をつける気です」

男は二個のタンクからオレンジ色の液体を各部屋に撒き、空になったタンクをキッチンに放り投げた。「部屋に撒いているのは灯油ではありません。ガソリンです」

男がリュックを背負い、観葉植物の鉢を持って素早く玄関から出ていく。ドアの外でガソリンまみれの手袋をカーテンで包み火をつけ、そのままキッチンに投込む。ゆっくりと閉まるドアの隙間から見えた男の顔が薄く笑っていた。

生き物のように伸びる火の舌がキッチンの床を走る。家具の詰まった部屋にたどり着くと、あっという間に炎が広がった。

気化したガソリンが充満した鳥籠の部屋が爆発を起こす。窓枠がカーテンと一緒に外に吹き飛ばされた。爆風で向かいのD棟の窓ガラスが割れる。部屋自体が揺れたように見えた。窓から赤い炎と黒い煙が噴き出した。爆発で炎を吐き出した反動で、部屋に酸素が一気に入ってくる。炎が勢いを増し、五〇五号室の全ての部屋を呑み込んで燃え上がった。

これは三年前の光景を見ているだけだと、尾崎は自分に言い聞かせる。が、余りにもリアルな炎に、身体から汗が噴き出す。バイク事故を見た時のように過呼吸を起こしかけているのがわかる。呼吸が荒く息継ぎが早くなって意識が朦朧となる。

燃えた襖が、尾崎の足もとに飛んでくる。尾崎はスリングベルトに必死でしがみつく。炎が塊となって襲ってきた。「弓削さん……」息が苦しくて移動の指示が出せない。

〈おい、尾崎どうした。何が起きてるんだ〉弓削の声が遠くに聞こえる。

天井を這ってきた炎が尾崎の右腕を炙る。「熱っ！」熱を感じ、思わず声が出る。身体のバランスを崩し、スリングベルトを摑んでいた手が離れた。そのまま五〇五号室の床に身体が沈む。目を開けるとそこは、下の階の空き部屋だった。装着していた高所作業用のハーネスが尾崎の身体をクレーンに繋ぎ止めている。左右に揺れ、下の階のキッチンの天井からぶら下がっていた。目の前に炎が見えなくなると、過呼吸が治まり落ち着きを取り戻す。外を見ると向かいの窓からD棟の住民が何事かと顔をのぞかせ、上の五〇五号室を指さし叫んでいるのが見えた。

「弓削さん。早く……、早く右上へ移動させて下さい。……男が逃げる」

尾崎が激しく咳き込みながら弓削に叫んだ。

〈右に動かせ、急げ！〉焦って指示を出す弓削の声が聞こえた。

宙づりになった尾崎を見て、緒方が慌てたのかクレーンが急速に右に大きく振られる。フックの先にぶら下がった尾崎は、身体ごと市営住宅の室内から壁をつき抜け、いきなり空中に放り出された。

「うわっ」尾崎は二十メートル近い高さに思わず声が出る。

〈大丈夫ですか！　崎さん〉〈尾崎っ！〉深澤と弓削の叫ぶ声が聞こえる。

身体がブランコの様に空中で左右に大きく揺れる。おまけに、つなぎ止めている安全ベルトがねじれ身体が回転する。

「……こっ、こっちは大丈夫です」咳き込む声で返した。

C棟五〇五号室の全ての窓から炎と黒い煙が噴き出していた。緑色の屋上と丸い給水タンク。D棟の窓から顔を出す住人達。公園で遊んでいた親子。車のセキュリティが爆風で作動し、ライトが点滅している。様々なまわりの光景が斜めになりながら尾崎の周りをグルグル回る。弓削が何かを叫んでいるが、風を切る音がじゃまで声が聞こえづらい。

「男が階段を下りてます」

　空中で回転する身体の向きを、男に向けようと身体をひねる。

「弓削さん、早く降ろしてください」

〈早くフックを下げて降ろせ〉弓削が叫ぶ。

〈待ってくれ、下には建築資材やコンクリートブロックなどが置かれている。ワイヤーの揺れがおさまってからじゃないと危険だ〉イヤフォンから緒方の声が聞こえてくる。

　男は階段を下りきると、自転車を停めていた第二駐輪場の方角へ歩きだした。前からバケツや消火器を持った市営住宅の住民が集まってくる。中には携帯で火事の動画を撮影している住人もいた。顔を撮られるのを嫌ったのか、かぶっているキャップのひさしを下げ、その場に座り込んで靴の紐を結ぶふりをして住人達をやり過ごそうとしていた。だがきりがないと判断したのか、立ち上がると方向を変え駐輪場とは反対側の出口に向かって歩きだした。

「男は自転車で逃げるのを諦め、反対の市営住宅南側の出口へ歩いて行きます」

　尾崎の身体はまだ空中で左右に大きく揺れていた。

「あいつを見失います。緒方さんに替わってください」

〈ちょっと待て〉機械を引っ掻くような雑音が聞こえ、緒方に替わる。

「緒方さん、少々乱暴な方法でもかまいません。私を地上に降ろして下さい」

〈どうなっても、責任持てんぞ〉緒方が叫んだ。

　フックが下がり、尾崎は土塊がもられた地面に引きずられるようにして降ろされた。なるべく身体を丸め、揺れの方向に逆らわず土の上を転がる。目の前を土ぼこりが舞い、衝撃で息ができない。昨日の笹塚家で聞いた、金属を叩いたような高音の耳鳴りが始まった。

「大丈夫か、尾崎」弓削が駆けつけてきた。

尾崎は大丈夫と頷いた。起き上がりハーネスを外そうとするが、手が震えて胸の前の金属のバックルが外れない。突然、右眼で見ている光景がひずむ。十メートル先を逃げていく男の後ろ姿が消えた。空の雲が勢いよく流れる。三から五メートル、時間にして一、二秒、右眼が見ていた光景がスキップする。男が消えたり現れたりしながら離れていく。

「弓削さん、落ちた衝撃で右眼の時間が不安定になっています。見えている光景がスキップして、あいつを見失いました」

後ろから緒方も慌てて駆けつけ、太腿につけられたベルトを外すのを手伝う。

「男はどっちに向かってた」

「たぶん市営住宅の南出口から出て橋を渡り、住宅街の方向に歩いていると思われます」

〈二人はそのまま男を追って下さい。人が多くなります。弓削さんは、崎さんのバックアップを。僕は、車を移動させます〉深澤が指示を出す。

「わかった」「了解」二人同時に返事をした。

「ありがとうございました」尾崎は緒方に礼を言って走り出した。

爆発音と市営住宅から噴き出す黒い煙を見て、近隣の住宅街からも野次馬が集まって来る。三年前の群衆を通り抜けて、橋を渡り住宅街の中を走った。アーケード商店街の入り口の人混みに男の後ろ姿が見えたような気がした。

「どうだ、まだ男は見つからないのか」

「商店街の入り口に見えたような——確信はありません」

サイレン灯を光らせた消防自動車が二台、目の前を走り抜ける。休日の午前中、商店街は人出が多かった。両目を使っている尾崎には現在の買い物客も加わり、男を見つけることが不可能になってきた。

「弓削さん、人が多くなってきました。右眼だけで行動します。サポートいいですか」

尾崎の肩に弓削が手をかけた。

「わかった。前方に何か障害があれば俺が止める。安心して追いかけろ」

「お願いします」

尾崎は弓削のバックアップを信じ、ポケットから眼帯を取り出し左眼に掛ける。

「前方に車が停まってる、少し右へ移動して方向を変えるぞ」

すぐ横で声がする。肩に置かれた弓削の右手が尾崎を支えていた。右眼だけで見ると現在の買い物客が消え群衆が半分になった。三年前の行き交う買い物客の向こうに、アーケード商店街を歩く男の後ろ姿が一瞬見え隠れする。

「あっ、いました。前方約二十メートル先、アーケード商店街を南方面出口に向かって歩いています」

まわりを見向きもせず、男は商店街の出口をめざしていた。

〈弓削さん、どうします。ナビを見ているのですが、このまま商店街を抜けると『地下鉄緑山駅』があります。地上の電車かバスなら車でなんとか追えるかもしれませんが、地下鉄で逃げられたら終わりです。三年前とは発着時間も違う、崎さんの目でも追えません〉

「その時はその時だ、今考えてもどうにもならん。地下鉄緑山駅付近に車をまわせ」

〈わかりました〉

「男は商店街を出たところで、信号が青に変わるのを待ってます。道の向こう側で何かイベントがあるのか、大勢の人が集まり始めました」

横断歩道を渡ったところにある、木々に囲まれた丘の上に建つ白い建物の重厚な扉が開いた。グレーの燕尾服を着た男性と白いウエディングドレス姿の女性が広い石造りの階段を下りてくる。まわりを参列者が取り囲み新郎新婦に祝福を送っている。

「結婚式みたいです」

階段に沿って携帯やデジカメをかまえた人たちが並んでいる。下りてくる花嫁と花婿に向かってフラッシュがたかれ、シャッターを切っていた。道路に面した白い門扉も開き、結婚式を祝うために集まった参列者が歩道にまで溢れてきている。車道を見ると、披露宴会場まで新郎新婦を運ぶリムジンが止まっていた。結婚式の参列者も加わり人通りが多く、一瞬でも男から目を離すと見失ってしまいそうだった。

「信号が青になり、男が横断歩道を渡ります」

「待てっ。こっちの信号は赤だ。まだ車が走っている」

弓削が歩き出そうとする尾崎の肩を摑んで引き止める。「尾崎、焦るな」

「でも、このままではあいつを見失います」

「仕方がない。強引に渡るぞ、俺の腕をしっかり摑んでついて来い」

弓削が車をむりやり停止させたのだろう、クラクションとブレーキ音がけたたましく鳴り響く。

尾崎は弓削に引っ張られ、横断歩道を渡った。

「結婚式の参列者に行く手を塞がれて、男が足止めされています。今なら追いつけます」

火事の現場へ向かう救急車が、新郎新婦を乗せるリムジンの後ろで立ち往生していた。慌ててリムジンの運転手が車を動かそうとしている。

警笛が鳴らされ、尾崎と弓削は後ろから声をかけられた。「おい、そこの君たち、いい大人が信号を無視しちゃだめだろ」

弓削の口から舌打ちが漏れる。「いいか、じっとしていろ」

尾崎には声しか聞こえなかった。鳴らされた警笛と声の内容からして、強引に車を止めて道路を渡ってきた尾崎と弓削に巡回中の警察官が声をかけてきたのがわかる。警察手帳を提示するためか、尾崎の肩から弓削の手が離れた。

「今、被疑者を追っている。職務執行中だ、邪魔をするな」

小声で警告する弓削の声が尾崎のすぐ横で聞こえる。

「なんだって」まわりの騒音で聞こえなかったのか、警官が訊き返してきた。

男が人混みの向こうで、強引に救急車とリムジンのあいだから車道を渡り始めた。地下鉄緑山駅に向かって歩いていくのが見える。

「弓削さん。やはり、あいつは道を渡って地下鉄の駅に向かっています」

尾崎は焦って足を踏み出した。

「おい尾崎、待てっ！」弓削が後ろから叫んだ。

大きなクラクションと急ブレーキの音。横から何かが尾崎の身体をなぎ倒した。路上に転がった衝撃で息がつまり、声が出せない。

口の中に鉄の味が広がる。頭を打ったせいで、金属的な高音の耳鳴りがまた始まる。右眼で見ている光景が歪み、時間がスキップして男の後ろ姿が消える。かろうじて車体と道路の隙間から、地下鉄の階段を下る男の上半身が見えた。

「うっ……、また時間がスキップした」道路に転がった尾崎の口から、声が漏れる。

「尾崎っ、大丈夫か！」

耳鳴りのせいで弓削の声がこもり、聞き取りにくい。

「崎さん……、怪我は無いですか」すぐ耳もとで深澤の声がした。

ハッと気づき、左眼の眼帯をはずし振り返った。後ろから尾崎を抱きかかえるようにして道路に横たわる深澤の顔が見えた。倒れ込んだ衝撃で眼鏡がどこかに飛んでいる。こめかみの擦り傷から出血し、どこか痛めたのか苦しそうに顔を歪めていた。

「航！　弓削さん、航が！」

尾崎は、深澤の肩をつかんで上半身をかかえて起こす。赤のワゴン車が進行方向に対して車体を斜めにして止まり、車線を遮っていた。目の前に白い煙と埃が漂っている。排気ガスと急ブレーキで焼けたタイヤの匂いが辺りに充満していた。ワゴン車のドライバーが鬼の形相で運転席から顔を出し、こちらに向かって叫んでいる。「危ないじゃないか、この――」

弓削が警察手帳をかざし運転手の罵声を無言で抑えた。

「二人とも大丈夫か。しっかりしろ」

ワゴン車の後輪の近くに深澤の眼鏡が転がっているのが見える。尾崎は何が起こったのかそこで初めて理解した。道路を無理やり渡ろうとした尾崎を、深澤が身体を張って止めたのだ。

「尾崎、怪我はないか」

「私は……、私は大丈夫です。でも、航が」

埃だらけになったスーツの左肩が、道路にこすれ破れていた。苦しそうな深澤を見てバイク事故の記憶が重なり、心拍数が上がりパニックになる。耳鳴りと目眩がして呼吸が荒くなり、身体の震えが止まらない。

「早く……。弓削さん、早く、早く！　救急車、救急車を呼ばないと！」

深澤が痛めた左手首をおさえ、苦しそうに顔を上げた。

「崎さん、崎さん。落ち着いて下さい。僕は大丈夫……、大丈夫です。車に轢かれたわけではありません。地面に転がった時に少し手首を捻っただけです。怪我は軽い、大丈夫です。ふたりは……。ふたりは、早く男を追って下さい」

弓削が道路に落ちていた眼鏡を拾ってきて深澤に渡した。

「航……、ごめんなさい。私が最後に見たとき、すでに男は地下鉄の駅に向かって階段を下りていた。時間もスキップしてしまって、もう追いつけそうにない。ここまで何とか追ってきて、あと少しだったのに……」悔しさで唇を噛んだ。

まわりには交通事故を見ようと野次馬が集まっている。先程声をかけてきた警官なのだろう、警笛を鳴らして交通整理を始めていた。右腕の時計を見ると、市営住宅で男を捜し始めて既に二時間半が過ぎようとしていた。脳がオーバーフローを起こして呼吸が荒くなり、汗が止まらなかった。まだ高音の耳鳴りが頭の奥で響いている。

「しょうがないです。ここまでにしましょう」深澤が尾崎を見上げていった。

「尾崎……」弓削が差し出した手を掴み、立ち上がった。

身体に力が入らず、ふらふらとガードレールに腰をかける。「すみません」尾崎は顔を上げることができず、膝に手をついた。

「そこに……、あの男がすぐ目の前にいたのに」

尾崎は、乱れた髪のあいだから男を見失った地下鉄の入り口を睨んだ。階段を上ってきた会社員が歩いている格好のまま佇んでいる。右眼に見える周囲の光景に違和感を覚えた。

「待ってください。航、弓削さん、右眼に見えている光景が何か変です」

「どうした、またスキップでもしたのか」

「……違います。右眼の光景が……、右眼の見ている時間が止まっています」

尾崎はふらりと立ち上がり、左眼を閉じたまま、周りの風景を見回した。不思議な光景だった。先程まで走っていた救急車、バスなどの交通車輌から買物袋を抱えて歩く女性、自転車で通り過ぎる若者、横断歩道を渡る会社員まで、右眼が見ている世界が停止ボタンを押したかのように止まって見えた。

目の前に母親と手をつなぐ子供がいる。嬉しくて飛び跳ねたのか、両足が五センチほど浮いたままだ。喫煙している客待ちのタクシー運転手が吐き出したタバコの煙は車外で凍りついたように空中に消えずに留まっている。振り返ると、あれほど騒がしく動いていた結婚式の参列者が石像のように笑顔のまま固まっている。撒かれた色とりどりの紙吹雪、鳴らされたクラッカー、それに驚いて飛び立った鳩までが空中で停止していた。

尾崎は左眼を覆っていた手を外し一歩踏み出した。足首に痛みがあったが、止まった時間のなかを走り始めた。「おい、尾崎。待て」弓削も後を追ってきた。

左眼に見える現在の時は止まってはいない。何度も歩行者にぶつかりそうになる。動いている人や車を避けながら地下鉄の入り口にたどり着いた。五十メートルにも満たない距離を走っただけなのに息が切れ、目眩がする。地下鉄ホームへの階段を駆け下りた。

「一人で突っ走るな、尾崎。危険だ！」後ろから弓削の声が追ってくる。

「弓削さん右眼の時間が止まっています。今なら間に合う、男に追いつける！」

「間に合うって、お前――」追いついた弓削が尾崎の上着を摑んだ。階段の踊り場スペースの壁に強引に押し付けられた。「さっき航が言ってたのを聞いてなかったわけじゃあないだろ。三年前とは地下鉄の発着時間も違う。列車で逃げられたら、男を追うことなんてできない。危険だ、もう諦めるんだ」

「そんなこと、できない！」弓削の顔を睨み返した。

弓削の後ろで止まっていた三年前の女子高生ふたり組の髪と目が一瞬動いた。右眼の時間が秒単位でスキップし、コマ送りのように少しずつ動きだそうとしているのがわかる。尾崎は弓削の腕を振りはらって、再び階段を数段とばしで駆け下りる。

「おい待て、尾崎！」

制止する弓削の声は聞こえている。地下鉄で男を追うことができないのは、わかっている。けれどすぐそこにいるあの男を、どうしても諦めることができなかった。

「そこを、どいてっ」「開けてっ」上ってくる人の群れをかき分けて階段を駆け下りた。会社員の肩にぶつかるが、かまわず転がるように走った。

左眼を覆い右眼で電光掲示板に表示されていた次の電車の発着時間を見る。西の海方面か、中央へ向う路線か一瞬迷った。「犯罪者が隠れるとすれば、都会に近い方を選ぶ」昨日の弓削の言葉を思い出し、改札職員に警察手帳をかざして中央へ向う路線の通路を駆け抜けた。

目の前で止まっていたスケートボードを担いだ若者の腕と足が動いた。停止していた時間が何かに引っ張られるように不規則に動き始めている。

「待って。待って、待って！　もう少し、あと少しでいいから！」

尾崎は階段を一段飛ばしで駆け下りながら自分に言い聞かせるように叫んだ。

息を切らしながら上りホームにたどり着いた。右眼で見る光景は既に時間を取り戻し、完全に動き出していた。地下鉄のホームには、列車が到着していた。左眼を手で覆って男を捜す。乗降口の扉が開いて、電車から人が降りて来る。ひと車輛向こうの群衆の隙間に、観葉植物を抱えた男が列車に乗り込むのが見えた。

尾崎が近くの扉から隣の車輛に乗ろうと足を踏み出した瞬間、後ろから肩をつかまれた。

「待て、尾崎！」弓削の声だった。

はっと気づいて右眼を手で覆うと、そこに列車は無かった。ホームの照明を受けて地下鉄の線路が鈍く光っている。

「落ち着け、尾崎。少しは俺の話を――」

「あいつが……」尾崎は唇を噛み締めた。

列車の扉が閉まった。男を乗せた車輛がゆっくり尾崎の前を通り過ぎる。観葉植物を持ち、つり革につかまった男と視線が合う。動き出した車輛のドアを叩いたつもりだったがそこには何も無く、尾崎の手は暗い空間を彷徨った。

「おいっ、尾崎！」

尾崎は弓削の制止を振り切り、ふらつく足で男の乗った列車を追ってホームを走った。

「必ず見つけてやる！」列車の中の男に向かって叫んだ。

声は届くはずも無く、三年前の列車に振り切られ尾崎はホームに倒れ込んだ。ひざまずいたまま、悔しくて遠ざかる列車の最後尾を睨んだ。ホームで列車を待っている乗客が、何ごとかと視線を向けてくる。

「尾崎。切り替えろ、次だ」追いついた弓削が、ホームに座り込む尾崎の肩に手を置いた。

　駅の階段をくじいた足首を庇《かば》って上る。地下鉄の出口にたどり着くと、市営住宅の方角に白い煙が狼煙《のろし》のようにあがっているのが見えた。道路脇のガードレールに深澤が腰掛け、弓削に気づいて手をあげた。破れたスーツの上着を手に持ち、全身埃だらけだった。こめかみの擦り傷が痛々しく、かけている眼鏡の片方のレンズにヒビが入っている。その割れたレンズ越しの目が、どうでしたと訊いてきた。

「すみません、逃げられました」尾崎は深澤に頭を下げた。

「崎さん、そんなに謝らなくてもいいですよ」

「男が、市街地中央へ向う路線の列車に乗ったまでは見届けた。それにしても、ひどい格好だな。大丈夫か」

　差し出した弓削の手に摑まり、深澤がガードレールから身体を起こした。スーツの内ポケットに入っていたチャック付きのポリ袋を取り出し、左手が使えないのでそのまま渡してきた。中には新しい眼帯が入っていた。

「崎さん、仕方がないです。時間を使い過ぎました、もう右眼をしまってください」

「……はい」尾崎はポリ袋を受け取り、新しい眼帯を取り出して右眼を覆った。

第三章　キツネ

1

三年越しに未解決だった『登坂市笹塚一家四人殺害事件』が動き出した木曜日。登坂警察署の特別捜査本部に再び捜査員が集められた。

三年前の事件当時とまではいかないまでも、N県警本部からは藪内慎弥《やぶうちしんや》管理官の指揮のもと捜査一課の二個班、登坂警察署から刑事第一課の宮下班と近藤班を中心に継続捜査支援室、地域課と交通課の制服組などからの応援と県内の登坂警察署以外の所轄からの応援の総勢百五十人近い捜査員が集まった。藪内管理官は、五年前の連続婦女暴行殺人の解決で名を馳せ、県警本部では叩き上げの切れ者で通っていた。

署内には他の未解決の殺人事件とともに連続殺人事件になるのではという憶測も流れていて、三階の大会議室は息苦しいほどの活気が溢れていた。

「弓削さん、尾崎さん。こっち、こっち」先に席に着いていた野上が手を振った。

弓削と尾崎は近藤班の後ろに座った。

「なんか興奮しますね、尾崎さん」野上が振り向いて言った。

尾崎が戸惑うほどの明け透けな野上のアプローチに、弓削は苦笑した。

「弓削、あの瀬戸山んとこのくそサイトからなんか妙な動画が出たらしいな」篠田が訊いてくる。

弓削は黙ってうなずいた。署内にその噂だけが飛び交っていた。

　ひな壇には特別捜査本部長の黒田《くろだ》弘人《ひろと》県警刑事部長、副本部長の捜査一課長と登坂警察署深澤署長が並び、短い訓示があった。県内にはここ以外にも数本の帳場が立っている。いつもなら訓示が終わった後は管理官に任せ、さっさと引き上げる本部長と副本部長が珍しく捜査会議に残った。それだけこの事件が県警本部にとって、いかに重要な事件であるかの現れでもあった。

　県警捜査一課長の高田《たかだ》警部のしきりで捜査会議は始まった。

「まずは今回、登坂市笹塚一家四人殺害事件特別捜査本部の再開設の端緒となったインターネットサイト『ダイス』の概要と、その創設者の逮捕までの経緯の報告が所轄からある」

「登坂警察署、近藤です。まず、これを見て下さい。おい、部屋を暗くしてくれ」

　大会議室の照明が消された。近藤班長にパソコンのモニターの光が照明のようにあたっている。横に座ったデジタル分析室の坂井《さかい》直紀《なおき》巡査が操作するノートパソコンの画面が、前方の大型モニターに同時に映されていた。もう何十回と見たサイコロを使った『ダイス』のムービングロゴが流される。

「このサイトに集まった動画は、ご覧のような事故、火事、喧嘩、事件、ハプニングなど様々なカテゴリーに分けられ、それぞれにランクが付けられます。元々はドキュメンタリー動画の愛好家が集まったマニア向けのサイトでした。現在この会員制交流サイト『ダイス』は既に閉鎖されています。内容はこれから流す動画を見てもらえばわかると思います。各カテゴリーの中から何本か動画を再生します」

　以前署長室で尾崎に見せた、高速道路での煽り運転をしているドライブレコーダーのデータ。通行人にクリームパイを投げつける防犯カメラの動画、エアガンで猫や鳩を撃つ虐待動画。デパートでエスカレーターから買物用カートを落とすハプニング動画。最後に尾崎にも見せたホームレスのテントが燃える偽装動画も流された。

「以上、『ダイス』に送られてきた動画を参考として見て貰いました。ランク上位の動画のほとんどが、犯罪スレスレ、もしくはなにがしかの軽犯罪法に引っ掛かる動画です。それに、最後に流したホームレスのテントが燃える動画は、放火です。偶然撮影されたように見せかけた、やらせの動画ということがわかっています。調べてみると自作自演の偽装動画が何本か見つかっています」

　会議に参加していた捜査員の中からも、動画の内容の酷さに批判の声があがった。

「今回、この『ダイス』オーナーの姫野と瀬戸山の逮捕に至ったのが三年前の事件です。道路に罠を仕掛け、故意にバイク事故を起こさせるという卑劣な犯行。その動機はドキュメンタリーと偽った事故動画を撮影するという理不尽で身勝手なものでした。この偽装事故には、うちの女性警察官が同乗者として巻き込まれ、右眼の視力を失いドライバーだった婚約者を亡くしています。最近になって事故直後の記憶を取り戻し、現場から逃走した犯人のバイクの車体ナンバーからこの事件が発覚しました」

　近藤班長が簡潔に経過説明をした。

「ほとんど病気だな、このサイトは。何が面白くてこんな動画を撮って投稿してくるんだ。集める方も集める方だが、これにおもしろがって集まってくる奴等もどうかしている」

　マイクをとおして藪内管理官の罵声が漏れた。

「逮捕した被疑者のひとり瀬戸山の自宅から、『ダイス』のファイルサーバに使われていたパソコンを押収しました。データの中にカテゴリーごとに整理された動画とは別に『ダイスダスト』

という名称がつけられた十六個のホルダーが見つかりました。これらは事前にチェックをしてサイト掲載から外された、いわゆるボツ動画を集めたホルダーです。その中から今回『登坂市笹塚一家四人殺害事件』の新たな局面が見込める動画が出てきました。それでは、次に〈XV〉と名乗る投稿者から送られてきた〈メリーゴーランド〉という二分半ほどの動画を流します」

坂井がカーソルを動かして〈メリーゴーランド〉のデータをクリックすると、動画が大型モニターに流れた。

冒頭の手の中で餌をついばんでいる雀の雛のシーンが流れ、マンションのリビングにカットが変わり、楽しい遊園地のシーンを映すテレビ。撮影者がカメラを持って歩きまわりながらリビングを撮影している。夕景にメリーゴーランドが揺れ、ストリートオルガンの音楽と家族の楽しげな笑い声が会議室に響きわたった。別に血が流れている暴力シーンがある訳ではない。傍目には、ただの家族旅行の動画を流すテレビとリビングを撮影した動画にすぎなかった。

二分半の動画再生の後、捜査員達は何を見せられたのかわからず会議室がざわついた。隣に座る尾崎だけが、この動画の編集でカットされた部分を見ている。テーブルの上に置かれた尾崎の手が強く握られ震えている。

「この動画に関してデジタル分析室の坂井から分析結果の報告があります」

「えー、この動画の後半部分のテレビに映るメリーゴーランドの動画と、笹塚家の録画再生機のハードディスクに残っていた旅行動画を比べてチェックしました。それと、テレビ画面以外に映っていたリビングのカーテンの柄、壁に飾られていた絵、ソファーなど、笹塚一家四人殺害事件の現場写真をスキャンして取り込みデジタル解析したところ、サイズ、フォルム、色が同一のものだという結果が出ました」

現場写真と動画に映っていた家具がひとつひとつデジタル照合され解析結果のパーセントがモニターに映るたびに、どよめきが起きた。

「それとこの場面を見て下さい」

坂井が〈メリーゴーランド〉の画面の下にあるバーを少し戻し、ポーズボタンを押して動画を止める。

「四角いラインで囲んだこの部分を拡大した写真がこれです。動画を静止画像にしたので解像度は良くありませんが、デジタル処理し、解像度を増幅した写真がこちらです。ソファーの向こう側に殺された笹塚康則の足先と脱げたスリッパが写っています。以上のことから、動画〈メリーゴーランド〉は、笹塚家の殺害現場で撮影されたものであると断定できます」

捜査員からおーっという、歓声ともため息ともつかない声が上がり会議室が揺れた。

「しかも同じ〈ＸＶ〉と名乗る投稿者から送られてきた動画が、これ以外に四つ見つかっています」近藤班長のひと言に、さっきまで騒がしかった会議室が一瞬で静まり返った。

「えっ、それって……それってどういうことなのですか」

前列に座っていた若い捜査員から質問とも驚きとも取れる声が漏れた。近藤班長の発した言葉の意味するところを段々と理解した他の捜査員から、波のようにどよめきが会議室に広がった。

「静かにしろ」藪内管理官がざわつく捜査員を抑えた。「それでは、今からその四つの動画を送られてきた順に流す。後で動画をプリントアウトした資料を配るので、まずは君らには先入観無しに見てもらいたい」

〈ラブラドール〉〈金魚〉〈縁側〉〈夕日〉という名前のついた、それぞれ二分ほどの四つの動画が大型モニターに次々と流された。

弓削はあの後、何度も繰り返しこの動画を見た。〈メリーゴーランド〉は順番からいえば〈金魚〉の後に送られてきた三番目の動画だった。〈メリーゴーランド〉が笹塚家の殺人現場を撮ったものだとわかって、同じ名前の投稿者から送られてきた他の四つの動画を見ると、その何気ない映像の中に別の何かが見えてくる。血や暴力などの具体的な映像が出てこないだけに、そのアングルの外にあるものを想像させられ、得体の知れない違和感と恐怖を覚えた。他の捜査員も同じだった。誰も何も言い出せず、再び静まり返った会議室に坂井の声が響く。

「なお〈XV〉という単語も調べました。外国人の人名のイニシャルや山の名前、車その他の商品名や商品の型番に使われるローマ数字の十五などが考えらます。『ダイス』に送られた十五番目の動画とも思われましたが、押収されたデータをすべて調べても〈XV〉以外のローマ数字でダイスに送られた動画は見つかりませんでした」

「何か質問はあるかー」高田警部が問いかける。

県警からきた年配の捜査員が所属と名前を名乗り発言した。

「先程見たホームレスのテントを燃やして面白がる動画のように、この五つの動画全てが〈XV〉が面白半分で作った動画って事はないのか」

「私たちもそれを疑いました。他の四つの動画はまだ比較解析する材料が見つかっていないので偽装だと言われても反証はできません。しかし……」

近藤班長が坂井の説明を引き継いだ。「見てもらったように、〈メリーゴーランド〉は普通の光景を撮ったようにみせかけた殺人現場の動画です。他の四つのホームムービーのような動画も連続傷害及び殺人事件の現場である可能性は十分あります。まぁ、そう言う意味では、この五つの動画は逆の意味で偽装動画と言えます」

「動画の送信元はたどっているのですか」別の若い捜査員から質問があがる。

近藤班長が坂井を見て説明を促す。

「〈XV〉と名乗る投稿者は『ダイス』の会員ではありません。記録に残っている送信されたIPアドレスもバラバラで、そのうちの日付の古い二つの動画は県内の二軒のネットカフェからのものです。ただ残りの日付の新しい三件は白ロムと言われるSIMカードが挿入されていない、いわゆる飛ばし携帯が使われています」

ネットカフェの位置を地図に赤いマーキングで示し、近藤班長が説明した。

「二軒のネットカフェは店内カメラはありましたが三年前の録画データは残っていません。ただ、『ダイス』に送られてきた日付と時間はわかっています。使われた時間とその時間にどの会員が使っていたかは、コンピュータに記録さえ残っていればわかります。店舗によって違いますが、会員のデータには免許証かパスポートの顔写真が入っているので、照合すれば犯人に近づけるはずです。二軒のネットカフェには会員と閲覧情報を提出するように要請しています」

犯人の背中が見えた高揚感が会議室全体を覆っていた。


「他に質問はありますか」――コツンコツン、ざわめきを押さえるように、会議を仕切っていた高田警部がマイクを中指で叩き、咳払いをした。

「それでは、捜査会議にかけたい事案がもうひとつあります。登坂警察署、継続捜査支援室長兼任の深澤署長からご説明をお願いします」

会議にかけたのは、三年前の「登坂市営住宅放火事件」だった。大まかな事件の説明がされ、残された放火の現場写真と壊される以前の市営住宅、最後に重要参考人の似顔絵がモニターに映された。これは尾崎が、一方通行のビデオ通話をつなぎ、姿を見せずに鑑識の似顔絵捜査官と会話のやり取りだけで修正を重ねて作られた。捜査員全員に似顔絵と、身長や背中のタトゥーなどの身体的特徴も記されているチラシが配られた。

「放火の犯行日が笹塚一家殺害の翌日であるということ。先程の地図にも示しましたが、投稿された二番目の〈金魚〉の動画は市営住宅から一キロほど離れたネットカフェ〈パイク〉のアドレスから送られていました。くわえて、現場から黒く焼け残った鳥籠と鳥の死骸が見つかっています。以上の三点から笹塚一家四人殺害事件との関連性が疑われ、本事案を対処すべき事件としてこの捜査に加えていただきたい」

この三点だけで市営住宅放火事件と笹塚一家四人殺害事件を結びつける同一犯説に対しては、当時から捜査に関わっている県警の刑事から苦情に近い意見も多数出された。所轄からあがってきていたこの事案を、事前に知らされていた藪内管理官が捜査から排除しようとしているのは見え見えだ。確かに見立てとしてはいささか強引なところがあるのは否めない。

「この現場写真に写っていた鳥の死骸は残っているのですか」

藪内管理官も言葉遣いこそ敬語を使ってはいるが、質問の内容は辛辣だった。

「いいえ、火災が激しく、殆ど炭化した状態でしたので処分されていました。残っているのはこの現場写真だけです」

「それではこの黒こげの鳥の死骸が、あの〈メリーゴーランド〉の動画に写っていた雀であるという確証はないということですね」

「現在、大学の動物生態学の教授に問い合わせているところです」

「放火の犯行動機も見えない。焼けたC棟五〇五号に住んでいた、なんだったかな」

「岡崎史郎です」深澤がすかさず答えた。

「その住人も行方不明なんですよね。市営住宅そのものも取り壊されて、三年前に住んでいた住民もバラバラになっている。鑑識の現場検証報告書を見ると……」手元にあった報告書をぱらぱらとめくった。「指紋や遺留品も焼失し、残された証拠もほとんどない」

「そこがもうひとつの共通点です。笹塚一家四人殺害事件も、この事件も、極端に現場に遺留品が少ない」深澤が食い下がり、苦しい言い訳をした。

「失礼ですが、ないない尽くしのこの状況で笹塚一家四人殺害事件と同一犯だとするのは、少々無理スジすぎるのではないですか。新しい他四つの動画も見つかり、これに全力をつぎ込もうとしている今、捜査員をそんな曖昧な見立てで分散させる訳にもいきません。それにこの似顔絵の証言者も——」

「ごほっ……うん、んっ」

　マイクを通した咳払いが聞こえた。対立する意見に、深澤の隣に座っていた特別捜査本部長である黒田が口を開いた。

「藪内君、そのへんに。議論なら裏でやってくれ。少なくともこの笹塚一家四人殺害事件を含めた、五つの事件現場を撮影したと思われる動画を見つけてきたのは所轄なのだから」

「はい。しかし……、わかりました。……それでは市営住宅放火事件と笹塚一家四人殺害事件が同一犯の犯行であるという確証が出るまでは、事件の重要参考人としてこの似顔絵の男を捜査対象とする。ただ、あくまでも市営住宅への放火事件としてだ。他の件と平行して聞き込みをかけてくれ。これでよろしいでしょうか、深澤署長」

　深澤は、藪内管理官の問いかけに頭を下げた。「……よろしくお願いします」

継続捜査支援室としては尾崎の能力のこともあり、これが笹塚一家四人殺害事件の犯人だと、堂々と似顔絵を出せない苦しさがある。また、出したら出したで、いったいどこで得た情報なのか、なぜ三年たった今になってと、目撃者の信憑性を追及される。尾崎の右眼の能力を隠したままでは説明できない不自然さが、多々出てくることになる。

顔の見えない目撃者の証言によって作られたこの似顔絵が眉につばをつけられ、市営住宅放火事件と笹塚一家四人殺害事件が同一犯の犯行であるという提案が、無理スジだと批難されるのもある意味当然。弓削もこれが限界だと思った。壇上でうつむいた深澤の左手首に巻かれた包帯が痛々しい。だが、顔を上げた一瞬、深澤の表情は薄く笑っているように見えた。

「ふん、食えない野郎だ」弓削は欠伸をしながら呟いた。

結局、三年前の市営住宅放火事件は「ダイス」から見つかった動画ほどには他の捜査員には響かず、特別捜査本部の捜査会議が終わった。

本部長、副本部長が退出した後、高田警部から笹塚一家四人殺害事件捜査チーム、その他の四件の動画捜査チーム、そして放火事件捜査チームに分けて捜査員の組み合わせが発表された。

まず笹塚一家四人殺害事件チームは、本部から引き継いで捜査していた宮下班と近藤班の一部、地域課と交通課の制服組などからの応援が加わり、本部と合同で新しく百人近い体制が組まれた。

動画捜査チームは細かく地域ごとに六班に振り分けられ、本部、所轄を含めた四十八名で捜査されることとなった。投稿日以前に起きた、県内及び近郊県での未解決になっている殺人と傷害の事件リストと、動画に映っていた風景や家の間取り、家具やカーテンの色など特徴のある部分の画像プリントも配布された。

「笹塚一家四人殺害事件チームは先日、犯行から三年をむかえ、家族、後援者、所轄の地域課の警察官と一緒に駅前でビラが配られた。マスコミの報道もあり、百件近い新しい目撃情報も集まっている。動画捜査チームは未だに事件の全容が見えないジグソーパズルみたいなもんだ。まずは、先程配った過去の事件リストと動画を結びつける捜査から始める。それぞれのピースをつなぎ、この事案が傷害及び殺人事件であることを確定させる。全体のパズルの絵柄が見えたところで、笹塚一家四人殺害事件を含めた五つの事件の被害者の接点及び共通点を探し出し、犯人を追い込む手順になる」

同一犯という見立てを疑問視されていたこともあり、放火事件捜査チームは所轄の署員だけで捜査されることになった。

「市営住宅放火事件はまず、笹塚一家四人殺害事件との関連性を捜し、同一犯の犯行だという確証を出すことを喫緊の課題にする」管理官の捜査指示もあっさりしたものだった。

笹塚一家四人殺害事件が捜査いかんによっては、他の四つの事件に繋がる可能性があるという大きな餌が投げ込まれた特別捜査会議は、猟犬のリードが極限まで引っ張られている状態で熱気とどよめきがピークを迎えていた。

「三年前は犯人の姿さえ見えなかった。だが、〈XV〉と名乗る投稿者の動画〈メリーゴーランド〉が殺人現場を撮影したものだと証明された以上、他の四つの動画もなにがしかの犯罪現場の可能性が高い。そうなれば笹塚一家四人殺害事件を含めた五件の傷害及び殺人事件だ。心して捜査にあたるように。以上だ」

藪内管理官からの意気揚々とした檄《げき》がとび、会議は締め括られた。

しかし終わってみれば、地下鉄まで男を追った次の日に継続捜査支援室で話し合った深澤の考えたシナリオどおりに捜査が進められるようになっているのには驚いた。

会議では藪内管理官にやり込められたように装っていたが、キャリアで同じ東大の直系筋にあたる黒田県警刑事部長を裏から操った。その鶴の一声で放火事件の目撃証言と似顔絵の男を、やや強引に重要参考人として捜査会議にねじ込んだ。似顔絵は明日にでも県内の交番などにも配られる。それに加え、人数は少ないが放火事件にも貴重な人員を割いて捜査されることになった。

実質、深澤は特別捜査本部を自分の思いどおりに手のひらの上で操ってみせた。父親のことを随分否定していたが、やはり蝮《まむし》の子は蝮、血は争えないということなのか。

放火事件捜査チームは近藤班長を頭に近藤班から篠田と野上、地域課から急遽背広を着て応援にまわされてきた青木彰《あおきあきら》巡査と岡本聡《おかもとさとし》巡査、それに加え、継続捜査支援室の弓削と尾崎、全部で七人が割り振られた。本部の人間が入ってこなかったのは、藪内管理官のプライドもしくは深澤の策略なのかは、雲の遥か下にいる人間にはわからなかった。

祭りの後のような大会議室の片隅に、放火事件捜査チームが集まった。

「どうやら放火事件は軽く見られているようだな。まあ、こっちに死人は出てないし、本部からのお目付役もいないのなら気楽に始めるか。さてと、どう進めるかだが」

近藤班長がのんびりと背伸びをして篠田に訊いた。

「とりあえずは行方不明になっている焼けたC棟五〇五号に住んでいた岡崎史郎という男の素性を洗うこと。それと市営住宅のかつての住人と、動画の送信元のネットカフェに似顔絵の人物に関する聞き込みをかけることですか」

尾崎が似顔絵のチラシの束を全員に配った。近藤班長がその一枚を摑んで訊いてきた。

「弓削ちゃん、この似顔絵を作った目撃者は一体誰なんだい。市営住宅の住人で、男と近かった女性だと聞いてるんだが本当なのか」

　署内には、すでに身元不詳、幻の目撃者の噂が流れていた。

「おいっ、重要参考人として捜査に加えられたんだ。この犯人の似顔絵と身体的特徴は、どれくらい信憑性があるかということぐらいはっきりさせろよ。お前ら継続捜査支援室が見つけてきた目撃者なんだろうが」

　本流の捜査チームから外され貧乏くじを引いた篠田が苛つき、憂さ晴らしに弓削に詰め寄ってきた。だが、目撃者の件は答えようがない。何も言い返せない尾崎は黙って下を向いた。

「すまない、目撃者に関しては今の段階では明かせない。事件当時、家庭内のＤＶで家出をしていた未成年の女性で、男の素性はほとんど知らずに二日間あの五〇五号室に泊めてもらっていた。外出から戻ってくると部屋が燃えていて、階段を下りてくる男を目撃したらしい。地下鉄の駅までは男を追いかけたが、その後恐くなって警察には通報せずにそのまま逃げたそうだ。絶対に表に出さないという条件でこの似顔絵作りに協力してもらっている。だから、裁判が始まってもこの件に関しては証人として法廷に立つことも難しい」

　あらかじめ考えていた苦しい言い訳をした。姿を現さない目撃者の不審な行動が、似顔絵の信憑性を疑われる要因ともなっていた。

「おい、おい。目撃者は精神的に不安定で、しかも三年前の記憶だってんだろ。本当に大丈夫なのか、この似顔絵は」

　篠田が噛みつき、手に持っていた似顔絵をテーブルに叩きつける。

　若い地域課の青木と岡本が身をすくめて下を向いた。篠田の言うこともわからないではなかった。現場の刑事は、人の記憶があいまいなものだと知っている。弓削も過去の事件で何度も苦い思いをしていた。その場で感じる目撃者の心理状態や先入観によって、善人が悪人に見え、白い物が黒く見えたりする。そんな目撃者の不確かな証言に振り回され、捜査が迷走した経験はいくらでもあった。

「仕上がった似顔絵を目撃者に見せて確認した。すまん、この俺を信じてくれとは言わない。しかし、この目撃証言だけは信じて捜査にあたってもらいたい」

弓削は椅子から立ちあがり、尾崎も横に並び一緒に頭を下げた。腕を組んで話を聞いていた近藤班長が、弓削の肩を叩いた。

「わかったよ弓削ちゃん。放火現場に残っていた物証も、ほとんどが焼失している。しかも三年前の事件だ、これから新しい証拠も出てきそうにない。管理官も言ってたが、ないない尽くしのこの状況で、我々としては少しでも捜査のとっかかりは欲しい。それに、弓削ちゃんがそれほど信頼している目撃者なら、この似顔絵を信じて捜査するしかないな」

ゆっくりと振り返って全員を睨んだ。

「それに俺としては、放火事件と笹塚一家四人殺害事件を同一犯とみるこの見立ても悪かねえと思う。大きな声では言えんが、少なくとも、三年前に本部の捜査員がこの事件に気がつかなかったことは確かだ。メンツも有るんだろうが、上が頑固なのは今に始まったことじゃあない。もしかして俺たちの捜査如何によっては、五つの連続傷害及び殺人事件の解決につながるかもしれないんだ、やるしかねえだろう」

近藤班長の一言でピリついていた空気が変わる。

「……まぁ、班長がそういうんじゃ、仕方がないですよね」野上が頬をゆるめてうなずいた。

さっきまでふてくされ、不機嫌になっていた篠田の目つきも変わる。おどおどしていた地域課の青木と岡本も、安堵の表情を見せた。

「すまない」弓削と尾崎はもう一度頭を下げた。

近藤班長がテーブルの上に置かれていた似顔絵の束から一枚を手に取る。

「それじゃあ、こいつの名前をつけないとな。いつまでも〈XV〉じゃあ、呼びにくくてしょうがない。けど、『赤犬』じゃあ代わり映えしないしな」

赤犬、赤猫、赤馬は昔から警察内部で使われる放火犯に付けられる隠語だった。近藤班長が暫く考えて言った。

「うーん、よしこいつは『キツネ』だ。昔から人骨を口にくわえ息を吐く時に火が燃えるという『狐火』の言い伝えもある。似顔絵の、少し目尻のあがった風貌はキツネそのものだしな」

「それじゃあ、僕らはキツネを追うハンターってとこですね」

野上がおどけてライフルを構える。片目をつぶり、引き金を引いて銃口を上げた。

「いや、さしずめお前はフォックステリアだな」篠田が野上をからかった。

「えー、何で僕だけ犬なんですか」野上が口を尖らせて不満を訴える。

篠田が笑って野上の首に腕を絡ませ、戯れ付く犬をあやすように頭を乱暴に撫でた。尾崎もつられて笑う。その横顔を見て、弓削は久しぶりに尾崎の笑顔を見たなと思った。あの日、脳がオーバーフロー状態だったせいもあるが、地下鉄で弓削の制止を聞かずに突っ走った。深澤が怪我を負ったショックでまわりが見えなくなり、半ば錯乱状態で男を……、いや、キツネを追いかけた。目が据わり、まるで獲物を狩る狼。もう一人の尾崎を見た気がした。結局キツネの住居を見つけることはできず、ここ暫くは表情も暗く、こんなふうに笑うこともなかった。

近藤班長の指示で明日の捜査が振り分けられ、篠田と地域課の青木はネットカフェへの聞き込みに。特にネットカフェは本部も捜査に入るので慎重にと班長に釘を刺された。野上ともう一人の地域課の岡本は、市営住宅住民自治会の元会長の石上勉《いしがみつとむ》に事情聴取し、消えた五〇五号室の住人、岡崎史郎に関して情報の聞き取り。弓削と尾崎は、市営住宅近辺のキツネの目撃者と背中に彫られたタトゥーの捜査を担当することになった。

2

翌日、雨はまだ降ってはいないが、空の三分の二ほどを和紙に薄墨を垂らしたような雲が覆い隠していた。造成地には巨大な鉄の杭を打つ規則正しい金属音と、ショベルカーからクレーン車まで様々な重機のエンジン音が響いている。トラックとミキサー車が引っ切りなしに現場へ出入りを繰り返し、多くの作業員も動き回っていた。平日の登坂市再開発事業の建設現場には、休日には見られなかった活気があふれている。

「すみません。苦しい言い訳を近藤班長にまでさせてしまって」

近藤班長が似顔絵の信頼性をあえて口に出した理由はわかっていた。

「お前が謝ることはない。事件の見立てや証言に疑いを持ったまま捜査に入ると、本来なら見つかる証拠も見逃してしまう。班長はその怖さを知っている。わざとあの場で否定的な意見を言って、それを俺に打ち消させたんだ。まぁ、実質打ち消したのは近藤班長だったけどな。あの人はそういう人だ。所轄とはいえ、運や人の良さ、押しの強さだけで班長を張れるほど警察組織ってのは甘くはない」

弓削がポケットから、折り畳まれた似顔絵のチラシを取り出した。

「実際どうなんだ。俺も航もその場にはいたがキツネの顔を拝めた訳じゃない。この似顔絵がどこまであいつの顔に近いのかは、お前じゃなきゃわからん」

「完璧ではありませんが、鼻から目にかけて良く似ています」

「それに、お前の右眼が見た『笹塚一家四人殺害事件』と『市営緑山住宅放火事件』の二つの報告書は読んだが、〈メリーゴーランド〉の最初の三十秒足らずの動画に映っていたのは、あそこで殺された雀だったのか……。どうなんだ」

「あくまで私の感覚ですが、光の入り具合からみて、あのカットは五〇五号室で撮られた動画だと思います。もうひとつ気になったのはウンベラータです」

「なんだ、ウンベラータって」

「キツネが市営住宅から持ち去った観葉植物の名前です。ネットで調べました。正式にはフィカス・ウンベラータといって、熱帯アフリカ原産の葉っぱの大きな植物です。覚えてますか『ダイス』に二番目に送られてきた〈金魚〉というタイトルの動画。途中のカットに、窓際にチラッと写りこむ観葉植物があるんです。逆光で見づらかったけど、葉っぱの形状が似ていたんです。雀と観葉植物に名札が付いていたわけじゃないですから、そのふたつが動画と同じものかどうか断定はできないんですが」

　弓削に携帯をかざし、ネットで検索したウンベラータの写真を見せる。

「猟奇殺人や連続殺人の犯人の中には、自分の犯行をひけらかすように同じ犯行手口やサインを現場に残すことがある。それが『ダイス』に投稿された五つの動画だとすれば、観葉植物は犯人が現場から持ち去った、一種の記念品みたいな物なのかもしれんな」

「それに、燃えた市営住宅の部屋には生活感が全くありません。キツネは元々そういうライフスタイルなのかもしれませんが、私にはあそこは何か行動を起こすときの暫定的な隠れ家だとしか思えませんでした」

「たしかに団地などの集合住宅は小さなムラ社会だ。いくら閉鎖前で混乱していたとしても、知らない人間がずっと住んでいたら周りの住人が気づかないはずが無いからな」

「そういえばあの時、キツネは住民が火事に気づいて集まってきたので止めましたが、地下鉄ではなくて最初は自転車で逃げようとしてました」

「そうなると、ここから自転車で行動できる範囲、そう遠くないどこかに、本当のキツネの巣穴はあるということか」

「あっ、自転車。弓削さん、キツネの自転車がまだ駐輪場にあるはずです」

3

フェンス手前の雑草が伸び放題になっている斜面を尾崎は駆け上がった。後ろから丘を登ってきた弓削が膝に手をついて息を整え訊いてきた。

「おい尾崎。いきなりなんだ」

公園を含む駐輪場のあった丘は再開発の緑地・公園ゾーンの計画が進められている。住宅ゾーンとは違い、まだ完全には取り壊しが進んでいなかった。ここが以前市営住宅の駐輪場だったことを感じさせるガラクタがそこかしこに転がっている。壊れて錆び付いた三輪車が風に揺れる雑草の中に眠るように残されていた。ただ、そこにあの日キツネが乗っていた自転車らしき残骸はなかった。

尾崎は眼帯をはずした。曇り空の下、光を浴びて一瞬明るくなった三年前の市営住宅の駐輪場を見渡す。その端っこに、ポツンと残されたキツネの自転車が見えた。

「弓削さん。施錠されたままのキツネの自転車が駐輪場に置きっぱなしになっています。どこかに、あいつの指紋が残っているかもしれません」

「ばかやろう。今それをどうやって調べるんだ」

この自転車が所有者不明の遺失物として三年後の現在、どこかに保管されているということはないのだろうかと尾崎は考えた。

「でも、ここで張り込めば、用心深いキツネがこの自転車を回収に来る可能性はありませんか。もしくはこの自転車の行方を追って保管場所さえわかれば、なにか出てくるかもしれません」

現場に遺留品が少ない笹塚一家殺害と市営住宅の放火、ふたつの事件において、キツネに繋がる数少ない物的証拠のひとつがこの自転車だった。

「浮かれるな。指紋が残ってないか自転車の表面を良く見てみろ」

弓削が壊れたブロック塀の一つに腰掛けた。尾崎は腰を屈め自転車本体と全てのパーツを調べたが、指紋らしきものは見つからなかった。

「……肉眼では指紋は見つかりませんね」

「販売店のステッカーか防犯登録のシールはないのか」

「シール、ステッカーの類いも貼られてないですね。付属物はハンドルとサドルの下に付いている夜間用ライトとチェーン錠だけです」

「メーカーと車種と色を控えておけ。付属物もだ。だが、キツネのことだ、すぐ足がつくような物を犯行には使わない。三年前、シューズの捜査で思い知った。思い出せ、やつは笹塚家のマンションから出て自転車に乗る時に手袋をしていただろ」

「はい。ソファーから立ち上がる時には黒い手袋をしていました」

「そうだろうな。現場に残された証拠品は多くない。キツネは狡猾で大胆だ。そしてお前が言うように用心深い。もし自転車に指紋を残していたら、あの日地下鉄には乗ってない。住民に顔を見られるリスクがあったとしても、自転車で逃亡している」弓削は腰を上げ、ズボンに付いた埃を払う。「調べられても何も出てこないのはわかっていた。だから、簡単に自転車を諦めた。おそらくキツネはここにはもう戻ってこない」

「でも、もしかしたら……」

「その自転車の行方を右眼で追っても、リサイクル業者にでも払い下げられると指紋は拭き取られる。そもそも、そこにキツネが指紋を残していたらの話だ」

弓削が下した判断が正しいことなのはわかっている。しかし、そう言われても尾崎はなかなか諦めきれなかった。

「弓削さん、少しでもキツネに繋がる可能性があるのなら、やらせて下さい」

「そう、確率は低いがゼロではない。昨日の市営住宅の捜査でも言ったが、お前の右眼ができることにも限界がある。毎日ここでキツネが現れるまで張り込むつもりなのか。キツネは市営住宅に残っていた痕跡を完璧に消すためにガソリンを撒いてまでして五〇五号室を焼き払った。雀を殺し、観葉植物は持ち去った。事件後、不審に思われる持ち主不明の自転車に、指紋を残して置いていくなんて手抜かりはまずない」

「……それでも」弓削に対して反抗する気はなかったが思わず口から言葉が漏れた。

思わずキツネの自転車に伸ばした手が、サドルを通り抜けた。もどかしさと悔しさで、何も無い空間を彷徨った手を強く握りしめる。駐輪場のある丘から市営住宅の方角を振り返った。黒く焼け焦げた五〇五号室の窓と黒い煤《すす》で汚れたC棟の壁面が見える。目の前に見えているのに、何も摑めないこの状態がもどかしく、自分が情けなかった。

「……そうですね」尾崎は諦めて眼帯で右眼を覆った。

目の前には、雑草に埋もれた錆びた鉄骨とコンクリートの残骸があるだけだった。

4

弓削は市営住宅跡地を抜け、橋を渡った。ここから五分も歩けば、先日尾崎と一緒にキツネを追ったアーケード商店街の入り口だった。

「ちょっと寄る所がある」

キツネが通ったルートから外れ、住宅街を抜けて交通量の多い幹線道路に出た。マンションに囲まれた公園があり、鉄棒と砂場で遊ぶ子どもの声がすぐ横のマンションの壁に響いている。さっきまで誰かが乗っていたのか無人のブランコが揺れている。

公園のすぐ隣に「緑山交番」がある。交番内には人影がなかった。奥の壁に指名手配書が町内のイベントのチラシと一緒に貼られている。交番に常に警察官がいるとは限らない。事件や事故の現場に駆けつけたり、受け持ち地域のパトロールなどで交番が留守になることは頻繁にある。

「こんにちは」受付の前で声をかけた。奥から「はい」という返事が返ってきた。早めに弁当を食べていたのか口に何か頰張り、慌てて制服警官が一人出てきた。

「あっ、ご苦労さまです。先日は、お疲れさまでした」

先日、深澤と一緒に交番を訪ね、古い市営住宅の巡回連絡カードを探してもらった高橋翔太《たかはししょうた》巡査長だった。そのときの経緯を、尾崎に簡単に説明した。

「高橋さん、ここにご飯粒が」弓削が顎を指して言った。

高橋があわてて口を拭う。「あっ、失礼しました」

「いや、突然、申し訳ないです。近くまで来たので、また寄らせてもらいました」

「ご苦労さまです、地域課の高橋です」満面の笑みを浮かべて尾崎に敬礼をする。

「継続捜査支援室の尾崎です」尾崎も敬礼を返した。

弓削とそう変わらない年齢で、身長はそれほど高くはないが、がっしりとした体格をしている。先日訊ねたときも気になったが、話す言葉は標準語なのだが言葉の抑揚に特徴があった。笑うと目尻にシワができ、日焼けをした明るい笑顔は、近隣の住人にも人気があることは想像できた。

「どうぞー、奥へ」

受付の向こうには事務机が三つ並べられ、壁側には資料キャビネットとロッカーが並んでいる。奥に小さな冷蔵庫が置かれた流し台があり、ここには二階がなかったので、おそらく一番奥のドアの向こうは仮眠室なのだろう。

「今日は、見てもらいたいものがありまして」弓削は尾崎に目配せをした。

尾崎がバッグから、似顔絵と犯人の情報が記載されたチラシを取り出す。お茶を淹れて運んできた高橋が、弓削と尾崎の前に湯呑みを置いた。

「三年前の市営住宅に放火した犯人の似顔絵ですかー。あのときは野次馬も集まり、交通整理で大変でした。あの事件に目撃者が見つかったのですね」

高橋は手にとった似顔絵のチラシを机に置き、手で目の部分や口元を隠したり、チラシを天地逆さまにしたりしてじっと考え込んだ。

「市営住宅や巡回地区の全ての住民の顔を覚えているわけじゃないんですが……。どこかで見たような気もするんですが。うんー、どこだったかな」

高橋はお茶を飲んで思い出そうと暫く考えていた。途中から、地域の巡回から帰って来た佐藤《さとう》良文《よしふみ》巡査も加わり似顔絵を見てもらう。

「どうです、この辺りで見かけた記憶はないですか」尾崎が佐藤に訊いた。

佐藤は体格もよく、高橋より十センチほど背も高かったが、前屈みの猫背のせいで、体格のわりには少し気弱な印象を受けた。

「ちょっとすぐに思い当たる人物はいませんね」

「市営住宅の火元五〇五号の住人、岡崎史郎はどんな人だったか覚えていますか」

再度古い巡回連絡カードのファイルを見せてもらい、市営住宅のページを開いた。

「五〇五号室の岡崎ですか、覚えていますよ。一人暮らしの高齢者でした。巡回連絡で訪ねたときには、昼間からひどく酔っぱらっていて、家族構成を聞いたら、俺は天涯孤独だ、一人じゃ悪いのかよってクダをまかれた記憶があります」

似顔絵を見て考え込んでいた高橋が顔を上げてこちらを見た。

「岡崎さんですか、確か故郷に帰って留守の間に放火に遭い、戻ってくる前に市営住宅が閉鎖になったんですよね。酒を飲むと少し荒れるけど、しらふの時は穏やかでしたよ。近所の人を笑わせたりして」

「そうなんですか。僕なんかいつも機嫌が悪くて、誰彼構わず怒鳴っていたイメージしか無いですね」佐藤がぽつりと言った。

「あ、そういえば。岡崎さんなら、探せば写真があるかもしれません。四、五年前だったかなぁ、市営住宅の集会場で、防犯講習会を開きました。その時、たしか岡崎さんも参加していたと思います。いつも最後に集合写真を撮るんで、写っていたはずです」

「それは助かる」

「けど、どこに仕舞ったかなぁ」

「ついでに市営住宅に住んでいた方の移転先住所とかもわからないですか」

高橋が机の引き出しをさぐる手を止めた。「そうですねえ。最後の方は、住民もバラバラになっていった状態でした。住民票を調べてもらうしかないですね」

「又貸しや名義貸しで住居を違法に借りていた人もいたそうですね」

「そうなんですよ、いろいろあって。全棟閉鎖が決まった年の春だったかなー。住民自治会の会長の石上さんが音頭をとって、市営住宅の人達で桜を見ながら、お別れの花見会が開かれたんです。そのときに、以前あそこに住んでいた人も呼べないかって頼まれて、何人か新しい住所を調べた記憶があります。私も呼ばれていたんだけど、空き巣の通報があって参加できなかった。けど、そんなに人は集まんなかったって後日、石上さんが言っていたなぁ」

高橋が懐かしそうに天井を見上げ腕を組んだ。

「そうですよ。自治会長の石上さんに聞けば、わかるんじゃないですかね」佐藤が言った。

「住民自治会の石上勉さんでしたら、別の人間が今日聞き込みにいっています」

元会長の石上は野上たちが当たっている筈だ。

「あの頃、何度か住民のトラブルを相談されたなぁ。元気にしているのかな」

「トラブルですか」尾崎が訊いた。

高橋が駆けつけた市営住宅の住民トラブルの内容を幾つか聞いたが、キツネに結びつく情報は得られなかった。

「何か思い出したら連絡ください」

弓削は二人に継続捜査支援室の住所、電話番号と携帯の連絡先を載せた名刺を渡した。名刺を見て高橋が訊いてきた。

「あれ、署の北棟七階に、継続捜査支援室なんてありましたかね」

「ほら、資料室ですよ。七階と屋上を繋ぐ踊り場に建て増しされた、ガラクタが積まれ物置に……あっすみません、失礼しました」佐藤が頭を掻いて素早く謝った。

「いえ、いいんですよ。署の元ガラクタ置き場を改装して新しくできた、室長も入れて全部で三人の小さな部署です」

「そうですか、岡崎史郎の写真は捜しておきます。他の住民の移転先住所も残っていたら、何人かわかるかもしれません。連絡いたします」高橋が名刺を引き出しに仕舞った。

「似顔絵は本部から送られて来るようになっていますが、一応何枚か置いときますね」

尾崎がカバンから似顔絵を五枚ほど取り出し机の上に置いた。高橋がその一枚を手に取り、入り口近くの壁に貼って頭を下げた。「ご苦労様です」

「時間を取らせて、すいません」

ふたりに挨拶をして交番を出ると日差しはなく、空を厚い雲が覆っていた。遠く向こうにアーケード商店街の南方面出口とキツネを見失った地下鉄への降り口が見える。

「地下鉄の駅までのルートを考えると、アーケード商店街の中を通るよりこっちからの道の方がはるかに近いな」弓削が無精ひげを撫でながら言った。

「もしかして、ここに交番があるのを知っていて避けたんですかね」

「そうだな。キツネは警察の眼を避け、わざわざ遠回りになるルートを通った。たまたま市営住宅の五〇五号の部屋が空いているのを知って入りこんだってのは考えにくい。となると、岡崎と何らかの関わりがあり、この辺りに以前から土地勘のある人間なのかもしれんな」

尾崎が歩道に出てまわりを見回した。

「防犯カメラが付いている店舗がいくつかありますね。でも、三年前では当然データなんて残ってないでしょうね」

「大きな会社とかだと長期間データを保存するシステムもあるらしいが、それでも三年前だと難しいな。この辺の小さな商店では、防犯カメラの動画データはハードディスクの容量を超えた時点で、上書きするタイプがほとんどだ。機械の記憶容量や店内の台数、解像度にもよるが三週間、もって一、二ヶ月がいいところだろう」

防犯カメラを諦め、キツネの通ったルートに沿って歩いた。平日のアーケード商店街は日曜に比べれば人出は少なく、入口近くにある自転車店から聞き込みを始めた。

店頭でパンクの修理をしていた店主にキツネの使っていた自転車のメーカーと車種と色を告げて、売り上げのデータを見てもらう。色違いの販売の記録はあったが、全てこの一、二年の販売実績だった。キツネの似顔絵を見せたが顧客で引っかかる男はいなかった。最近は、ネットでも自転車は手に入れることができるらしく、商売をやっていけないと最後には愚痴を聞かされた。

ウンベラータという観葉植物のこともあるので、花屋と種苗店にも聞き込みをかけたが、空振りだった。スポーツ用品店を含めた洋服店、雑貨店や文房具店、仏壇店などアーケード商店街の

る店主もいた。主な店舗で似顔絵を見せたがヒットしなかった。中には客ではないとわかると露骨に嫌な顔をす

地下鉄の駅を利用しているかもという僅かな可能性に賭けて、駅でも似顔絵を見せて聞き込みをかけた。駅職員と売店の女性が覚えている客の中には似顔絵の男はいなかった。

キツネに逃げられたあの日のことを思い出し、階段を上る足が自然と重くなる。地下鉄駅入口に立って、まわりにある商店街を眺める。

「三年前とこの辺の様子はかなり変わっているのか」

「そうですね、新しいビルも建ってますし、あそこのコンビニ、三年前は酒屋でした。特に飲食関係の店舗が増えている印象ですね」

「市営住宅跡地を含めた再開発が進めば、この辺りも、変わるんだろうな。わずか三年のあいだに街が変わり、人の流れも変わる」

「防犯カメラの録画データも短期間で消されるぐらいです。登坂市笹塚一家四人殺害事件はまだしも、市営住宅放火事件をどれだけの人が覚えているか。ちょっと不安になります……」

商店街の南出口の方向を見ていた尾崎が急に黙り込んだ。ここまでの聞き込みで、似顔絵を見て心当たりがあるという目撃証言はひとつも取れていなかった。

「尾崎、そんなに……」弓削は、肩を落とす尾崎に後ろから声をかけた。

尾崎がいきなり振り返った。「弓削さん。三年前のあの日、あそこで結婚式をあげていました。白いウエディングドレスがとっても綺麗でした」

尾崎の指さした方向に、煉瓦の塀と木々に囲まれた丘があり、広い石造りの階段が上まで続いている。その頂上に大きな扉の教会風の建物が見える。

「それがどうした。事件報告書は読んだが……」

「新郎と新婦があそこの階段をゆっくり下りて来ていて、二人のベストショットを撮ろうと参列者が歩道にまで溢れてたんです」

「お前、いったい何が言いたいんだ」報告書は読んだが、結婚式の光景を直接見ていない弓削には、尾崎が言っていることが今ひとつ伝わらなかった。

「市営住宅の火事のとき、集まってくる住民が携帯で火事の動画や写真を撮影していました。キツネはそれに写るのを避けるように、自転車で逃げるのを諦めました。あそこで結婚式の参列者がスマホやカメラで写真を撮っていたんです。もしかしたらその中にキツネが偶然写り込んでいるカットが、あるんじゃないですかね」

「なるほど……。防犯カメラのようにすぐ消されることもなく、三年経った今も保存されているデータがあるかもしれんな。確率は低いが調べてみる価値はありそうだ」

横断歩道を渡り、歩道に面した式場のロゴが掲げられた白い門扉に手を掛ける。鍵はかかっておらず中に入ると、丘に隣接したビルに事務所があった。スタッフに警察手帳を見せ、責任者を呼んでもらう。すぐにインカムをした長身の女性が対応に出てきた。

「ここの責任者ですが、どういったご用件でしょうか」

「登坂警察署の弓削と尾崎です。お忙しいところに申し訳ないです」

再度警察手帳を見せて、三年前の近くの市営住宅で起きた放火事件の概略を説明した。

「当日結婚式をした夫妻の名前と連絡先を教えてもらいたいのだが」

「今は週末の結婚式の準備で忙しいのですが……。あっ、ちょっとすみません」

インカムに連絡がはいり、ひとしきりスタッフに指示を出して女性が振り返った。

「失礼致しました。三年前の十月二十八日のお客様ですね。……わかりました。連絡先は個人情報の問題があります。まずこちらから電話で先方に確認してみますのでロビーの方で少々お待ち下さい」やんわりワンクッション入れられた。

ウエディングドレスやモーニングなどの衣装がぶら下げられたカートを押す式場スタッフや、若い調理スタッフとコック服の男性が話しながらロビーを通り過ぎる。他にも生花の入ったバケツを運ぶ女性などがせわしなく行き交っていた。

カウンターに置いてあった案内リーフレットを見ると、ここはホテルチェーンが親会社の一日一組限定の結婚式場だった。参列者が多い場合は、近くのホテルで披露宴ができるなどの多彩なプランが用意されている。暫くして責任者の女性が戻ってきた。

「お待たせ致しました。当日結婚式を挙げたお客様は五十嵐《いがらし》哲哉《てつや》、恭子《きょうこ》ご夫妻です。連絡して了解が取れました。これがお名前と電話番号です」

メモ用紙を受け取り、式場を出てすぐに連絡を入れた。何回目かの呼び出し音の後、電話にでたのは妻の恭子だった。話を聞くと、夫の哲哉とともに夫婦で建築設計事務所を経営しているということだった。放火事件の概略を説明し、結婚式のアルバムを見せてもらえないかと伝えた。いきなりの要請に戸惑っているようだったが、夕方の五時に事務所兼自宅での面会の約束をとりつけた。

日に焼け乾燥した昆布のような暖簾がかかった定食屋を見つけて入った。既に昼食の時間は過ぎて客はまばらだった。尾崎が注文したカルビ定食がテーブルに運ばれ、卵をご飯の上に乗せ醤油をたらす。箸を持った手で、テーブルの上に置いた携帯の画面を器用にスクロールする。携帯の情報を覗き込みながらご飯を掻き込む。

「お前のその食べ方、どうにかならないのか。まるで子供だな」

弓削が注文したカツ丼が運ばれてくる。

「そんなことよりどうします。五時まで時間がありますね。近くのタトゥーの店をまわってみましょうか。これで見ると市内に八軒ほどありますよ」

「刺青の店が市内にそんなにあるのか」

「弓削さん古いですよ。有名なサッカー選手や、海外、国内のアーティストもタトゥーをいれています。今や若者のサブカル的なファッションのひとつです」

「古いって、なんだ」カツ丼を頬張った口で文句を言った。

「あっ、汚いなあ。ご飯粒が飛んでます」

「考えられない、刺青がファッションとはね。洋服は流行にあわせて着替えればいい、だが刺青は飽きても簡単には脱げないぞ」味噌汁の椀を持ち上げた。

「私が言ってるのは世間一般の流れです。自分が理解できないからって、好き嫌いだけで全てを否定することは許されないってことです。それを理解し受け入れる。どこかの偉い人が言ってた多様性ってそういうことなんじゃないですか」

「くだらん。だったら俺らみたいな煙草マイノリティのことも理解し、多様性の精神で受け入れてもらいたいもんだ」

「煙草を喫えば、周りの人の洋服に臭いが着くし、受動喫煙で健康被害を与えます。でも、タトゥーを入れてても周りの人に迷惑や、健康などの被害を与えることはありません」

「箸で人をさすな。お前やけに刺青の肩を持つじゃないか。まさか——」

「何言ってるんですか。警察官がタトゥーを入れているのがばれたら、上から睨まれて退職に追い込まれます。以前、女子高生が出入りしているというタレコミがあって、店舗を調べたことがあるだけです。とにかく、これ食べ終わったら行ってみましょう」

弓削はどんぶりに残ったカツ丼の最後のひとくちを掻き込み、テーブルの上のコップの水を飲み干してレシートを摑んだ。

「それじゃあ、ここの昼飯代は俺が払う。このあいだのクレーン車の件もあったからな」

「ずるいですよ、注文する前に言って下さい。それなら金目鯛の煮付け定食にするんだった。じゃない、イタリアンか回らない寿司屋のランチが良かった」

定食屋の暖簾をくぐり外へ出る。

「ごちそうさまでした」尾崎がまだ何か言いたそうに軽く頭を下げてくる。

5

尾崎が携帯で調べた最寄りのタトゥースタジオは、一階に靴屋と洋服屋が店を構える古いビルの三階に入っていた。すぐにでも止まりそうなスピードと耳障りな金属音をさせるエレベータで三階に上る。どこからか腐りかけの果物みたいな甘い匂いがしてくる。左右にネイルやタイ式マッサージ、手相占いなどの看板が並ぶ薄暗い廊下の奥にその店はあった。

扉に「タトゥースタジオサイドワインダー」のプレートがあり、ロゴの下にガラガラヘビのイラストがとぐろを巻いて自慢の尻尾をふるわせていた。その横に〈暴力団関係者・準暴力団に協力や関与する方のご来店をお断りします〉と印刷されたシールが貼られている。

弓削がインターフォンを押すと、オールバックの髪型に口と顎に髭を生やし、唇にピアスを三個つけた男がドアを開けた。客が予約でもしていたのか、愛想のいい笑顔が、警察手帳をかざすと一瞬でくもる。男は舌打ちこそしなかったが、あからさまに嫌な顔をした。カラーコンタクトを入れた青い目がすぼまり、どこか爬虫類のイグアナを思わせた。

「ちょっと話を聞きたいんだが」

「ただ今、お客様が施術中なのですがねぇ……まぁ、どうぞ」

中に入ると甘い匂いがする。廊下で嗅いだのはここから漏れた匂いだった。壁全面が臙脂色で統一され、鋲を多数打たれた大きな革のソファーが置かれている。座って携帯を見ていた客らしきドレッドヘアーの男が顔を上げて一瞬こちらを見た。中央のテーブルに置かれた香炉から一筋の煙が天井に向かって延び、ダウンライトに照らされて、まるで生き物のように揺れている。部屋の右に一つ、奥に二つ中東柄のエスニックな分厚いカーテンで仕切られた部屋があり、右端の部屋からジー、ジーという機械音とこもった話し声が聞こえてくる。

イグアナが差し出した名刺には、椎葉《しいば》裕也《ゆうや》、肩書きはスタジオオーナー兼マネージャーと書かれている。ピンストライプの細身のスーツが身体にフィットし、灰色のシャツに壁の色と同じ臙脂色のネクタイ。袖口から爬虫類の尻尾のタトゥーが、手首の内側を通って手の甲まで巻きついている。名刺を差し出したときに、その尻尾が生き物のようにゆっくりうねったように見えた。

弓削は名刺を指で叩き鼻を鳴らした。

「仕事中に申し訳ないな、椎葉さん。ここは開業して何年になる」

「この場所で始めてまだ五年です」

客に警察と話しているのを聞かれたくないのか、小声で早口になる。

「刑事さん、なにか事件なのですか。うちは警察に腹の中を探られるような商売じゃありませんよ。暴排条例は守ってますし、ましてや未成年への施術などはしていません。衛生管理も十分に心掛けてやっていますよ」

「なんか、警察に訊かれて困ることでもあるのかなー」

弓削がカーテンの向こうに聞こえるようにわざと大きな声をだした。ソファーに座っていた客の男が立ち上がり、そわそわとドアから出ていく。

「ちょ、ちょっと」

椎葉が咎めるように大きくため息をついた。「仕方ないですね。こちらで……」と通されたドアの奥はコンクリート打ちっぱなしの部屋だった。奥の壁全面は黒檀材の本棚で占められ、大きなサイズの美術本や写真集から料理のビジュアル本まで様々な洋書で埋まっていた。その前に真っ黒なハーレーのバイクが置かれている。無機質な壁にはＰＯＰアートの巨匠による三枚連作の絵が、額に納められて飾られている。

「ずいぶん広くて小洒落た空間じゃないか」弓削は壁に掛かった絵をじっと見た。

「タトゥーは今や自己表現のひとつ、アートです。お客様も私も、求めるのは本物。この部屋の中で一番高い買い物だったのがそのリトグラフの版画です。どうぞお座りください」

部屋の中央には天井からシャンデリアが下がり、その下に赤いベルベットの椅子が八脚と重厚な長テーブルが置かれている。大きな冷蔵庫の前に立った椎葉が「何か飲まれますか」とミネラルウォーターの瓶を振ってみせた。尾崎は会話を無視して本棚に並ぶ美術書を眺めている。弓削は手を振って断り、ベルベットの椅子に座り足を組んだ。ポケットから出したキツネの似顔絵をテーブルに広げる。

「客の中にこいつはいないか」

椎葉が手に持ったバカラのグラスに入れた水をひとくち飲んだ。面倒くさそうにテーブルに近づき、似顔絵を覗き込んだ。「いいや、記憶にないですね」

「それじゃ、こんなタトゥーを入れた男を知らないか」

弓削が似顔絵をめくった。下の紙には Nobody Knows の英文字でまわりを囲まれた赤い心臓と翼の絵が描かれている。尾崎が犯行報告書のレポートと一緒に提出した、キツネの背中に彫れていたタトゥーの絵だった。当然、鑑識の捜査官が描いた似顔絵ほど完成度は高くはなく、出来映えは子どもが描いた絵とたいしてかわらなかった。

「わかりませんねえ」椎葉が間を置かず、返事を返してきた。

「おい、いい加減な返事すんじゃねえよ。別に商売の邪魔をしにきたわけじゃあないんだがな。なんなら、出入りする客の年齢と素性、針やインクをちゃんとしたルールで使い捨てにしているのか、いろいろ調べさせてもいいんだけど」

「そんな、勘弁して下さい」椎葉の愛想笑いが引きつる。

「だったら、もっとよく見ろよ。壁に掛かっている版画ほどじゃないが、どちらも本物の傑作だ」弓削がテーブルに置いた二枚のチラシを軽く叩いた。

椎葉は助けをもとめているのか、尾崎の方をちらちらと見る。尾崎には、この店に入る前に、ここの聞き込みはまかせろと言ってある。無関心を装い、黙ってハーレーの座席へ腰を落ろした。

「お客様の顔や施術したタトゥーの絵柄を、私が忘れることはありません」

「だったら、じっくり見て答えろよ」タトゥーの絵を顎でさした。

「この稚拙な絵には、彫られている心臓、翼の羽根のフォルム、ディテールと色味、フォントの種類などが表現されていません。これでは、ここで彫られたものかどうかなんてわからないと、私は言っているのです」

　椎葉がタトゥーの絵をじっと見て、テーブルを挟んだ反対側の椅子に座った。

「せめて写真で見てみないことには……」肘をテーブルについて顎を乗せて薄く笑う。

「写真はねえよ」弓削が尾崎を見た。

「心臓の表面の赤い血管や筋肉は血が滴るようにリアル表現され、翼もひとつひとつの羽根と羽毛まで細かく彫られていて今にも羽ばたき出すかのようでした。心臓のまわりに半円状に並んだアルファベットはゴシック調のクラシカルなフォントで、棘のある蔦が絡みついていました」

　ハーレーに座っていた尾崎が、ここにきて初めて口を開いた。

「おや、あなたはそれを見たことがあるのですね」椎葉が振り返って尾崎に訊いた。

「……一度だけ」

　椎葉が水を飲み干し、テーブルにグラスを置くと立ち上がった。ハーレーに座る尾崎の右眼の眼帯をじっと見る。先が割れた舌こそ見せなかったが、イグアナのように青い目を細めた。まるで小動物を呑み込む前のルーティーン。尾崎のまわりをゆっくり歩き全身を舐めるように見つめほくそ笑んだ。

「仕方がありませんねぇ。お客様以外の人に見せるものではありませんが。顧客管理と新規のお客様への参考資料にするために、完成したタトゥーは写真に撮ってデータで保管しています」

「それを早く言えよ。見せろ」弓削が怒鳴る。

「スタジオを立ち上げて五年、膨大な量になりますよ。三人の彫り師で運営していますから、ざっと千五百から二千人分のタトゥーがパソコンに入っています」

「でしたら三年前の九月より以前に施術したもの。それと絵柄は翼と心臓のタトゥーだけ見せてもらえれば」尾崎がハーレーから立ちあがり言った。

「……そうですねぇ。わかりました。少々お待ちください」椎葉がドアの向こうに消えた。

尾崎は理解できないことを、好き嫌いの感情だけで否定するのは許されないと言ったが、弓削はここの匂いも芸術家気取りの椎葉の視線も気に入らなかった。

「ちょっと煙草を喫ってくる」

サイドワインダーから廊下に出てすぐにある非常口を開ける。予想通り、外階段の踊り場には赤く錆びた灰皿スタンドが置かれていた。煙草を喫う人間の考えることは皆同じだ。見上げるとビルの谷間から、四つの高さが違う建物に十字に切り取られた空がかろうじて見えた。下には錆びた駐輪場の屋根と日が当たらずに痩せた植栽が見える。

人間に本音と建前があるように、建物にも裏の顔がある。大規模修繕やリフォームでいくら表面は小綺麗にしても、裏に回れば建物の本音が見えてくる。エアコンの室外機がずらりと並び、エアーダクトが蔦のように薄汚れた壁を這っている。飲食店の換気扇が吐き出した白い湯気を見ながら、煙草をくゆらせて至福の時間を過ごした。ここはアビスの底、社会的少数者の天国だ。喫いかけた二本目の煙草を諦めて、腐った果物の匂いの中へ戻った。

ほどなくしてタブレット端末を持った椎葉が戻ってくる。長テーブルの椅子に座る尾崎の前に、注文の品を運んできたウェイターのような仕草でタブレットを置いた。

「お待たせしました。オープンして最初の二年間、翼と心臓の絵柄の分だけで、この九十八点のタトゥーがございました」

尾崎がタブレットを手に取りスクロールを始める。弓削も後ろからその作業を覗いた。人の身体に彫られたタトゥーは、絵柄だけの画像に比べやけに艶《なま》めかしかった。肩から腰まである閉じられた羽根のような大きなものから、天使が心臓を抱えている小さなものまで、様々な大きさと種類のタトゥーのデータが入っていた。尾崎が全ての写真を見終わり首を振る。キツネの背中に彫られていた絵柄は見つからなかった。

「お探しのタトゥーは、ございませんでしたか」

「でも、翼の絵柄だけでも、こんなに沢山の種類があるのですね」

尾崎がタブレットの中の画像をもういちど最初から見返し、椎葉に尋ねた。

「タトゥーの絵柄に関しては、動物、人物、植物それぞれの部位。神話、物語、小説からマンガやアニメまでモチーフは多種多様です。スタイルも日本やアジアからアメリカ・ヨーロッパ・北欧等のトラディショナルなもの、近頃は赤道付近の太平洋諸島のトライバルなタトゥーまで対応できます。それにフォントも梵字を含めて、多くのタイプフェイスをご用意しています」

尾崎が興味を持ったと勘違いしたのか、椎葉が本来のマネージャーとしての顔つきになる。身振り手振りを交えて饒舌《じょうぜつ》に話し始めた。

「お客様がタトゥーを入れる理由は実に様々。相手への威喝から愛情の意思表示、魔除け的なものから自分のアイデンティティの表現まで千差万別です。以前、海外アニメのキャラクターのタトゥーを入れに来店した、双子の姉妹もいらっしゃいました」

「タトゥーの絵柄に何か意味はあるの」尾崎がタブレットを返して訊いた。

「絵柄は、入れる人の考え方によって違ってくるので一概には言えませんが、先程の心臓のような人体パーツと翼のタトゥーは、そんなに珍しいモチーフではありません。翼や羽根の絵柄は〈自由と解放〉。心臓は、そうですねぇ〈生命や愛情〉などの象徴で入れられるお客様が多いですね」座っている尾崎のまわりを歩きながら説明する。

返却されたタブレットをカウンターに置いて、椎葉が尾崎の隣の椅子に座った。テーブルに肩肘をつき顎に手をあてて、じっと尾崎の横顔を覗き込む。手の甲に彫られている爬虫類の尻尾がゆっくりうねった。「あなたも、ひとつどうです」

向かいの椅子に座っていた弓削がテーブルを叩く。

「おい、調子に乗んなよ」椎葉に顔を近づけ睨みつける。

テーブルの上の似顔絵とタトゥーのチラシを手にとり立ち上がる。

「失礼しました。彼女のショートボブの髪と眼帯姿がセクシーなので……つい」

悪びれもせずに左手で顎の下の髭を撫でて、にやりと尾崎に笑いかける。

「おい、行くぞ」弓削に促されて、尾崎も席を立った。

「また、遊びに来て下さい。お待ちしております」

立ち上がった椎葉が慇懃に手を胸に当て軽く頭を下げる。それを見て弓削は舌打ちをした。前を歩いていた尾崎がドアの前で振り返った。

「いろいろ情報を貰ったお礼です」

「……はい、何でしょう」椎葉は手を胸に当てたまま尾崎を見て薄く笑っている。

「タブレットのナンバー二十三のカラスが十字架に止まって羽を広げたタトゥーですが、墓標に彫られていた英文字のスペルが一ヶ所間違ってました」

「えっ、そんなっ」椎葉の顔が歪む。さっきまでニヤついていた椎葉が、カウンターに置いていたタブレットを手に取り、顔を真っ赤にしてスクロールを繰り返す。

あたふたする椎葉を部屋に置いて弓削と尾崎はタトゥースタジオを出た。

6

建築の設計デザインと聞いてビルの一室を想像して訪ねた五十嵐建築設計事務所は、意外にも樹木や植物に囲まれた広い庭に建つ日本家屋だった。

建築パースが額に入れられずらりと並ぶ長い廊下を歩き、ガラスのドアを開けてミーティングルームに通された。長テーブルがセンターに置かれ、左奥に白いボードでつくられたビルの建築模型が飾られている。右側の壁は大きな窓が並び、その向こうに広い庭が見える。落ち葉が散在し、野生の植物や木々が植えられ、里山の雑木林の風景をそのまま持ってきたような趣だ。ここまでの道程を知らなければ、地下鉄の駅から歩いて十分、まわりをマンションや商業ビルに囲まれた立地だとは誰も気づかない。

テーブルを挟んで反対側は全面ガラスの壁になっていて、その向こうは吹き抜けのデザイン作業室が見える。高い天井から三つのシーリングファンが下がり、十台ほどのパソコンと中央に大きな作業テーブル、その間をスタッフが忙しく動き回っていた。壁全面の棚に建築模型と本が図書館のようにずらりと並んでいる。日本家屋の外観とは違って、内装はシンプルでモダンな造りだった。

髪を後ろに束ね眼鏡をかけた女性が、弓削と尾崎の前に素焼きのカップを置いた。深いコーヒーの香りが漂ってくる。

「すみません。どうぞ、おかまいなく」その女性を見て尾崎が丁寧に会釈をした。

女性が出ていったガラスのドア越しに、三冊のアルバムを抱えた男性が階段を降りてくるのが見えた。

「五十嵐哲哉です」ミーティングルームに入ってきたその男性が名乗り、名刺を渡された。

「登坂警察署　継続捜査支援室の弓削です」「同じく、尾崎です」

弓削が警察手帳を提示し名刺を交換した。

「失礼ながら、あまり聞いたことがないのですが、継続捜査支援室とはどういった部署なのですか。まあ、お掛けください」哲哉が名刺を見つつ椅子に座った。

「過去の未解決のままになっている事件を新しい視点で再捜査する部署です。といっても新設されたばかりで、我々と室長だけの小さな部署です」

「それで三年前の市営住宅が放火された事件を調べているということですか。あの事件、まだ犯人は捕まってなかったのですね」

「事件のことはご記憶にありますか」

「式の途中で、消防車のサイレンの音が気になったのを覚えています」

弓削は内ポケットから似顔絵のチラシを出してテーブルに広げた。

「早速ですが、この顔に見覚えはありませんか」

似顔絵を手に取り暫く考えていた哲哉が言った。「すみません。見たことはないと思います。少しお待ちください」

哲哉が椅子から立ち上がり、ガラスの壁を指で叩いて手を振った。先程コーヒーを運んできた女性がガラスの向こうで振り返った。

「妻の恭子です」ミーティングルームに入ってきた女性を哲哉が紹介した。

恭子には電話で事件の概容は説明していた。哲哉から渡された似顔絵をじっと見た。

「どうですか奥さん……」尾崎が尋ねた。

「記憶にないです。あの日、式の途中で見かけたとしても、三年前ではとても」

「恭子から簡単ないきさつは聞いたのですが、本当にこの似顔絵の男が結婚式の写真に写っているのですか」哲哉がテーブルの上のアルバムを見た。

「わかりませんが、あの日、犯人が結婚式場の前の道路を歩いていたと証言する目撃者が出てきました。もしかしたらあなた方を撮影した写真の中に、犯人が写りこんだカットが有るかもしれないのです。ご協力お願いできませんか」

弓削が、頭を下げた。それを見ていた尾崎も慌てて下げた。

「まぁ。お役に立てるかわかりませんが、こんなものでよければ見て下さい」

哲哉は脇に用意していたアルバム三冊をふたりの前に置いた。

「一冊は式場のカメラマンに撮ってもらったもので、後の二冊は友人などから届いたデータからプリントしたものを恭子が整理したアルバムです」

「拝見致します」尾崎はゆっくりとアルバムをめくった。

式場のカメラマンのアルバムは立派に製本され、最後のページには写真と動画のデータが入ったDVDが挟み込まれていた。他の二冊は恭子の手作りで、張り込まれた写真ひとつひとつに、丁寧にペンでコメントが手書きされている。三冊のアルバムを見た後にDVDに入っている階段のシーンを部屋の壁面にある大きなモニターで再生した。しばらく画面を見ていた尾崎が、ディスクを再生機から取り出しアルバムに戻し、弓削に向かって首を振った。

「全て見ましたが、この中には写っていませんでした」尾崎がアルバムを閉じた。

「そういえば、アルバムに入りきれない写真はどうしたんだっけ」哲哉が恭子に訊いた。

「たしか残りのプリントは箱に入れてしまっていると思うわ」

「実は式の後、出席していた友人にプリントされた披露宴の写真をもらったんです。プリント代もばかにならないし、うちの事務所には仕事柄プリンターの機械が有りますから、出席していたお客さんに声をかけて、撮影した写真データを送ってもらったんです」

「出力したプリントを添えてお返しの品と一緒にお送りしました。でも、いただいた全てをアルバムにしたわけではないので、プリントアウトしていないデータが私のパソコンの中にまだ入っていると思うわ」

「そのデータを全て貸していただく訳にはいきませんか」尾崎が訊いた。

「そうですね。捜査のお役に立てるのなら」

恭子もうなずき、奥の二階へ向かう階段を上がった。

「ありがとうございます。データは慎重に扱います」尾崎が哲哉に頭を下げた。

「我々も全く無関係という訳じゃないんです。いえ、放火事件ではありません。市営住宅跡地の再開発です。私たちの事務所も設計やコンペに参加させてもらっています」

哲哉は椅子から立ち上がり、部屋の奥にあった白いビルの建築模型に手を置いた。再開発される地域の将来性と街としての魅力づくりに、建築の設計デザインがどれほど貢献しているかをもっと市民にもわかってもらいたいと熱く語った。

暫くして、恭子が五十嵐建築設計事務所のロゴが入った封筒を持って戻ってきた。

「この中に写真データを全てコピーしています」

恭子が封筒から外付けのハードディスクドライブを取り出し尾崎に渡した。

「あなた、これどうしましょう。叔父さんのフィルム」

哲哉が恭子から封筒を受け取り中を覗き込む。

「あーそうか、これもあったな。私の叔父は歯科医なんですが凝り性で、頑固なアナログ派なんです。いまだに音楽は、レコード盤で聴いているし、車は古いマニュアルの輸入車に乗り続けています。だから写真もフィルムで」

哲哉が封筒から三十五ミリのカラーネガフィルムの束を引っ張りだした。

「私がこちらでプリントしますと言ったので、ネガフィルムを送ってきて、でも、さすがにフィルムからのプリントアウトはできなくて……、これどうしたんだっけ」

「借りっ放しになっていて、結局まだプリントには出してないはずよ」

「それでしたら、お預りできれば、フィルムをデータ化して調べが終わり次第いっしょにお返ししますよ」尾崎が言った。

「よろしいですか、それは助かります」

写真データとフィルムの入った封筒を受け取って五十嵐建築設計事務所を出ると、すっかり日は落ちていた。先程までいたミーティングルームから見えていた庭が、ライトアップされている。屋根を越える大きな木を見上げた弓削に、ぽつりと雨粒が落ちてきた。慌てて預かった封筒を尾崎のカバンに入れ、足早に地下鉄の駅へと急いだ。

7

雨が本格的に降りだす前になんとか署にたどり着き、尾崎とふたりでエレベータに乗り込んだ。特別捜査本部が置かれている大会議室のある三階のボタンを押した。そのタイミングで弓削の携名刺にあった携帯が震動した。

「はい、弓削です」

〈お疲れさまです。緑山交番の高橋です〉

携帯電話から緑山交番の高橋巡査長の明るい声が聞こえて来た。

「高橋さん。先程はお疲れさまでした」

〈すみません、継続捜査支援室に電話したのですが、つながらなかったので、直接電話しました〉

「申し訳ない、なにせ私と尾崎の二人なので手が足りなくて」

〈いえ、いえ。あれからロッカーの中を捜して、四年前の市営住宅での防犯講習会の写真が見つかりました。岡崎史郎もちゃんと写っています〉

「そうですか、ありがとうございます。この携帯にデータで送っていただけますか」

〈すみません。私、そっちの方はとんと不得手なもので。市営住宅にいた人の移転先住所も何人かわかりましたので、明日の当番明けに写真と一緒にそちらに届けますよ〉

「お手数掛けます。私がいなければ一緒に伺った尾崎に渡していただければ」

〈あー、できれば、弓削さんに直接写真をお渡しして、少し聞いていただきたい情報もあるのですが、時間を取っていただけませんか〉

「そうなんですか。それでは……」

〈十時には勤務が終わり、引き継ぎなどをして。……そうですね、十一時には署に戻ります。そのときに少しお話でもできれば〉

「わかりました、それでは明日の十一時に七階の継続捜査支援室を訪ねてきて下さい。この間のお礼に美味しいコーヒーでも出しますよ」

〈おっ、それは楽しみですね。私こう見えてもコーヒーには目がなくて〉

弓削は礼をいって電話を切った。

「高橋さんからだ、岡崎史郎の写真が見つかったらしい。明日の十一時に届けてくれる」

尾崎がうなずいた。エレベータが三階に着いた。大会議室の特別捜査本部には八時半からの全体会議に向けて、半分ほどの捜査員が戻ってきていた。広い会議室の最後列の机に地域課の巡査二人が座り、その隣で野上が手を振っている。

「『ダイスダスト』のホルダーから出てきた〈金魚〉というタイトルの動画がありましたよね。それが四年前の夏に隣のＤ県で起きた一人暮らしの老人が撲殺された事件につながりそうだと篠田さんから電話がありました」野上が嬉しそうに尾崎に報告した。

四年前では右眼で見ても既に事件は起きてしまっていて、尾崎の能力でも見ることができない。それを聞いた尾崎の顔が曇る。

「居間に置かれていた水槽で泳ぐ金魚の種類とカーテンの模様やタンスの取っ手の形状などが、現場写真と一致したらしいです。いま向こうの鑑識とうちのデジタル分析室が解析していて、ほぼ間違いないだろうと言ってました」

暫くして近藤班長と篠田が戻ってきた。

「弓削、今日の定時の全体会議は中止だ。今週は大ごとになるぞ。何せ、県をまたいでの連続殺人事件だ、広域重要指定事件になる公算が高い。これで県警本部からもう一個班が追加され、うち以外の近隣の所轄からも捜査員が増員される。近日中にＤ県警と合同で新しく帳場が立つことになるんじゃないかな」篠田が嬉々として語った。

「すまん、弓削ちゃん。そういうことだ。俺達は市営住宅の放火事件から離れ、新しい帳場に入ることになった。放火事件は継続捜査支援室だけの担当になる」

「班長が謝ることじゃないです。あっちで、今日の報告だけでも済ませましょうか。週末から、それどころじゃなくなるでしょう」

「そうだな、それじゃあ始めるか」

　近藤班の三人と地域課からの二人、弓削と尾崎が広い会議室の片隅に集まった。降りだした雨が弓削のすぐ横の窓を濡らしている。

「ネットカフェのほうはどうだった」近藤班長が篠田に訊いた。

　篠田が前に座る地域課の青木の背中を叩いた。

「すみません、目撃情報はでませんでした。三年前にネットカフェで働いていた店長は既に辞めていて、現在の店長と従業員、バイトに似顔絵を見せたのですが、記憶に無いという返事でした。以上です」青木が手帳を閉じた。

「ネットカフェ〈パイク〉を捜査している宮下班の後輩に聞いた。データが送られた時間帯にパソコンを使っていた会員の記録は残っていたが、使った会員証に登録されていた住所や名前はでたらめだった。国民健康保険証と名刺のみで会員証を発行していて、顔写真つきの証明書提示があまかったようだ。国民健康保険証は偽造されていて、名刺の住所に会社はなかった。もうひとつのネットカフェも同じだったそうだ。犯人は、あえて本人確認が緩い個人経営の店を狙って会員証を作り動画を投稿していたみたいだ」

　野上が一緒に回った地域課の岡本に目配せをした。岡本が手帳を開いて、たどたどしく報告を始める。「えー、消えた五〇五号の住人、岡崎史郎に関してはずっと独り暮らしでした。妹が病気で三ヶ月ほどH県の郷里に帰るという内容の手紙が届き、その後半年のあいだ部屋代はきっちり振り込まれていたそうです」

「H県に妹、おかしいな。緑山交番の佐藤巡査から聞いたんだが、岡崎は酔っぱらったときに俺は天涯孤独だ、と大声で叫んでいたそうだ」弓削が割って入る。

「そうなんですよ。自治会長をしてた石上勉にも訊いたんですが、岡崎に妹がいることは知りませんでした。H県警に問い合わせて、岡崎の戸籍と行方不明者届や身元不明死亡者リストをあたってもらっています」野上が言った。

「明日、その岡崎が写った写真が手に入る。緑山交番の高橋巡査長から連絡があった」

「顔写真があれば手掛かりになりますね。こっちにもまわして下さい。H県警に送ります」

「もしかしたら、キツネは岡崎と何らかの接点がある知人、ないしはまわりが知らない血縁者なのかもしれんな」近藤班長がぽつりと言った。

「石上にも似顔絵を見せたのですが、既に九十近い年齢で記憶がはっきりしません。しかも閉鎖前の市営住宅は半数以上の住人が出ていき、そこに、違法に居住している外国人も何組かいて、ゴミや騒音のトラブルが絶えなかったそうです。人の入れ替わりも激しかったらしく、その頃の住人のことはよく覚えていないということでした。以上です」

「うーん、何だかなー。もし放火犯と笹塚一家殺害の犯人がキツネなのだとしたら、なぜそんな面倒くさいことをしたんだ。市営住宅に忍び込んでいっときの潜伏先にするぐらいだったら、近くのホテルかウィークリーマンションを借りることもできただろうにな」

「目撃者の供述録取をたどって、アーケード商店街の店舗、地下鉄緑山駅で似顔絵を見せて聞き込みをしたが、キツネを記憶している人はいませんでした。ただ地下鉄までのルートをたどってみて尾崎が気づいたのですが、キツネは交番の位置を知ってて、警察の眼を避けるように行動していたふしがあります。班長が考えているようにキツネは、あの辺に土地勘があり、市営住宅になにがしかの思い入れがある人物なのではないかと感じました」

弓削に続いて尾崎が黒革のシステム手帳を開いて報告を始める。

「途中で、タトゥーの店にも聞き込みをかけましたが、似顔絵、タトゥーともに空振りでした。これはそこのオーナーから聞いた情報ですが、キツネが入れていた翼と心臓のタトゥーは絵柄としてはそんなに珍しいものではないそうです。人によって違うらしく、大まかに翼は〈自由と解放〉心臓は〈生命や愛情〉などの象徴で入れられるということでした」

「へっ、キツネは放火だけじゃなく、一家四人を殺した男かもしれない。なのに自由と解放、生命や愛情って、真逆《まぎやく》じゃねーか」

篠田の怒気を含んだ軽口を無視して、弓削が尾崎に説明を促した。

「アーケード街を抜けたところにある結婚式場で火事と同日、同時刻に、結婚式をあげた五十嵐哲哉、恭子夫妻を訪ねました。ともに似顔絵の男に関しては、見覚えはないとのことでしたが、当日の結婚式で撮影された写真データを借りることができました」

尾崎が外付けのハードディスクドライブとネガフィルムの入った封筒をテーブルの上に置いて、借用してきたいきさつを説明した。

「なるほど、もしかしたらこれに偶然キツネが写り込んでいるかも知れないということか」

近藤班長がネガフィルム一本を天井の蛍光灯の光に透かした。

「フイルムを含めて全部で六千枚ほどあります。可能性は非常に低いかもしれませんが、キツネの目撃者に見せてチェックしてもらいます」

「干し草の山から針を探すようなものだが、やるしかないな。放火事件と連続殺人事件との結びつきは今もって薄いが、キツネの写真が出てきたらこっちにもまわしてくれ」

「はい、わかりました」

篠田が椅子から立ち上がり、背伸びをして時計を見た。

「今日一日這いずり回ってキツネの目撃証言も取れず、岡崎史郎の行方もわからないまま。明日から俺たちはこの捜査から外れる。大丈夫なのかお前ら二人で」

「お前が俺たちのことを心配してくれるとはな、雨が降ってくるわけだ」

弓削が窓の外を見て言った。

「誰が、お前らの心配なんかするかよ。中途半端にこの件から離れることと、キツネのことが気になるだけ……」

弓削の胸ポケットの携帯が震動した。航の文字が表示される。

「おい、弓削。俺の話の途中だ。なに携帯を見てんだこの野郎――」

まだ言い足りない篠田を無視した。近藤班長に上を指さし、断わりをいれて電話にでた。

〈深澤です。今日の全体会議は中止になります〉

「さっき班長から聞いた。今、捜査した情報の擦り合せをしているところだ」

〈そちらが片付いたらでいいので、崎さんと継続捜査支援室に上がってきて下さい〉

「わかった。報告は上でする」

携帯を切って目配せをすると、尾崎が小さくうなずいた。

「すみません」会議を途中で中断したことを謝り、近藤班長に訊いた。「明日からの捜査方針はどうなるか聞いてますか」

「週末のD県との合同捜査会議次第だな。刺殺と撲殺と手口は違うが、左利きの犯行、それに殺害後に動画を撮るという共通点、しかも同じ〈XV〉と名乗る投稿者からの動画。あちらも残された遺留品が少ないらしいから、まずは笹塚家とD県で殺された老人との共通の知人、業者も含めて関わりのある人間関係の捜査が中心になるだろうな」

近藤班長は椅子に深く座り、両足をもう一つの椅子に載せた。

「本部の同期に聞いたんだが、弓削ちゃん達が特別合同捜査本部から外されたのは、継続捜査支援室だけでも市営住宅の放火事件に残してくれと、うちの深澤署長というか、おたくの室長が刑事部長と管理官にむりやり頼み込んだらしい」

捜査員たちの高揚したざわめきがあった大会議室に比べ、継続捜査支援室は静かだった。降り出した雨が天井近くの嵌め殺しの窓を叩いている。弓削は会議用のテーブルについて書類を見ていた深澤に声をかけた。「お疲れさん」

「お疲れさまです、航、怪我の具合はどう」尾崎が訊ねた。

「もう大丈夫です」弓削と尾崎に左手を上げてみせた。手首の包帯とこめかみに貼られた絆創膏が痛々しかった。

弓削はソファーに深く腰掛け、赤いゴムボールを取り出し、手の中で弄《もてあそ》んだ。

「病院で診てもらったんだろ、どうだったんだ」

「折れてはなかったです、捻挫で済みました」

新しい黒縁眼鏡の奥で深澤の目が笑い、包帯のまかれた左手首を軽く振って見せた。

「よかった」尾崎があらためて頭を下げた。

男を地下鉄の駅まで追いかけた後、今週の初めにここで内輪の捜査会議を開いたきり、それ以降は三人とも多忙を極めた。尾崎は似顔絵作り、深澤は署長としての様々な仕事に加え、特別捜査本部の全体会議に向けての署内の打ち合わせ、弓削は近藤班長と会議で報告する投稿サイト「ダイス」の事件の擦り合わせで目の回る日々を過ごしていた。三人でこうして継続捜査支援室に集まるのは四日ぶりだった。

「それはそうと、ふたりとも下で情報は聞かれましたよね」

「近藤班長から、だいたいのところはな」

「まだ、公表されていませんが〈夕日〉というタイトルの動画もほぼ確定しそうです。こっちは一年半前に独り暮らしの三十代の女性がナイフで襲われ殺された事件です。ナイフの形状や笹塚家とつながりがある人物など、いま捜査が進められ、明日にも結論が出ると思われます」

「今度は一年半前ですか」尾崎が肩を落とした。

尾崎の能力では〈夕日〉というタイトルで撮影された事件現場へ行っても、あと一年と半年待たないとキツネの犯行を見ることができない。

「崎さん。似顔絵の男はそうそう都合良く、事件を起こしてはくれません。時間はかかりますが、気を落とさずに待つしかありません」

「そうなると、はっきりしているのは三件の殺人か、署内がざわつくはずだな」

「動画の数からして、最悪五件になるかもしれませんね」尾崎が暗い声で言った。

「いや、最悪は、キツネがこのまま野放しになって次の犯行を犯すことだ」

弓削がソファーから立ち上がり、打ち合わせテーブルに座る。尾崎は五十嵐夫妻から預かってきた外付けのハードディスクドライブを自分のパソコンへつなぎ、写真のデータをパソコンに移す。データが重いので全て移るのに時間がかかる。最後まで見届けずに、ネガフィルムの入った封筒を持って打ち合わせのテーブルについた。

「現場写真に写っていた炭化した鳥に関して、問い合わせをしていたN大学の動物生態学の先生から電話が有りました。炭化状態が激しく全体の骨の形、くちばしの形、色などが不明瞭のため、これが雀、文鳥、十姉妹いずれなのかは断定できない、という返事でした。ただ、写真の炭化したくちばし部分を見ると炭のふくらみが少ないので、おそらく雀の死骸じゃないかとのことでした」

「確実な判断はできないということか……」弓削が唸った。

尾崎が言ったように雀に名札は付いていないが、この鳥が雀だと断定できれば、市営住宅放火事件と笹塚一家四人殺害事件が同一犯の犯行だという確証が濃くなる。その時点でもう一度捜査本部を説得して、重要性が増した似顔絵に捜査を集中させるつもりだった。事件の答えを知っているだけにもどかしかった。

「何もかも上手くはいきませんね」深澤が言った。

「すみません。私の右眼のことを公表することさえできれば、捜査本部も似顔絵に本腰を入れて取り組むようになるのに」尾崎が頭を下げるように下を向く。

「今更言うな。航が言っていたとおり、ここでお前の能力を警察内に正直に公表しても、混乱を起こすだけで、逆に頭の固い連中が反発をする恐れも有る。今は、お前が捕まえたこのキツネの足跡を追いかけるだけだ」

弓削が会議のテーブルの上に三十枚ほど積まれた似顔絵の束を叩いた。

「私にできることは、ふたりを放火事件に残すのが精一杯でした。ただ〈金魚〉の捜査組がD県と情報を交換したところ、被害者の老人宅の周辺で目撃された若い介護士がこの似顔絵の男に似ているという証言を得たようです。まだ確定されていませんが、捜査員も崎さんの作ったこの似顔絵を軽んじているわけではありません」

「笹塚家に侵入した宅配の男、市営住宅の放火犯、老人宅を訪れた若い介護士。キツネはどれだけの人間に化けてんだ」

尾崎が手元の封筒からフィルムを出して、五十嵐夫妻から結婚式の写真データを借りてきた経緯を深澤に説明した。

「なるほど、いいところに目を付けましたね。フィルムはデジタル分析室に渡してください。最優先でデータ化させます。崎さんは預かってきた写真データの中から男の割り出しに専念してください」

「フィルムを貸せ。俺がデジタル分析室に持っていく。俺が行くと煙たがれるが、下で他のチームの捜査状況を詳しく聞いてこよう」弓削が椅子を立った。

深澤がデジタル分析室に電話をかけようとした手を止めた。

「あのー、あとひとつ聞きたいのですが……。先程から弓削さんが言っているキツネってなんですか」

神妙な顔で深澤が訊いてくる。尾崎と目を合わせて笑った。

「下の放火事件の捜査会議で、近藤班長があの男に付けた名前だ」

深澤が顎を、手に持った受話器で撫でる。暫く考えてフッと鼻で笑った。

「なるほど。狐よ、隠れろ。みんな後を追え。——ハムレットですか、いいですね。それでは始めましょうか、キツネ狩りを」ふたりを急かすように受話器を振った。

8

夕方から降り出した雨が嵌め殺しの窓を濡らしていた。天井のメイン照明は消され、薄暗い継続捜査支援室でデスクのスタンドライトとパソコンのモニターの光が尾崎を照らしている。尾崎はいまだに結婚式の写真データの深い森を彷徨っていた。写真は撮影した人名ごとにホルダーに整理されており、恭子のきっちりした性格が出ている。五十嵐建築設計事務所が成功しているのは、哲哉の建築のセンスだけではないのかもしれない、と尾崎は思った。

写真データは全部で六千枚近く入っている。助かったのは階段下の道路に近いカットは、半分以下の二千五百枚ほど。しかし、パソコンの前に座ってすでに二時間近くになるが、いまだにキツネの尻尾さえ見つけることができなかった。

尾崎は写真をチェックしながら、婚約者の岸本有介と式場を見学したときのことを思い出していた。ブライダルフェアと銘打って式場の内覧、ドレスの試着や料理の試食などをデート感覚で事前に確かめることができるイベントだった。ただの冷やかしで来たカップルもいたが、恥ずかしがりながらも満更ではない表情で楽しんでいた。

五十嵐夫妻の結婚式の写真の数々は、周りの人たちの祝福と笑顔に満ちあふれていた。三年前に叶えるはずだった尾崎の幸せがそこにあった。右手首に巻かれている腕時計を握りしめる。

「いかん、いかん」尾崎は、大きな声で独り言を言った。

昔のことを考え、ぼんやりしてしまった。椅子の背もたれに寄りかかり背伸びをする。時計はすでに十時半をまわり、集中力が散漫になってきた。

長時間モニターを見続けて画面がかすみ、まぶたが痙攣する。眼帯を外して目頭を両手でマッサージした。眼帯を外したときに一瞬部屋が明るく感じられることにも慣れて、驚くこともなくなっていた。引き出しから目薬を取り出して両目にさした。目薬がこの右眼に効果があるのかは、正直わからない。三年前の旧資料室は室内灯もついていなくて暗い。天井近くの窓から差し込む屋上の夜間照明の光が、乱雑に置かれているガラクタと資料棚を照らしていた。

「よしっ」眼帯を右眼につけ直し、椅子から立ち上がる。上着を脱いで椅子にかけ、シャツの袖をまくる。屋上に出る階段を上った。

やみかけの雨が細かい霧状に変わり、音もなく屋上に降っている。手と顔に降りかかり、腕の産毛《うぶげ》にまとわり付く。数ヶ所に取り付けられた夜間照明と更に上にある警察無線の中継電波塔の照明が、屋上を青白く照らしている。

大型のエアコンの室外機の隣に掃除用具を入れたロッカーが置かれている。中から水拭きモップを取り出し、柄を握り上体を反らして三百六十度回転する。遠心力に引っ張られ水がまわりに飛ぶ。足で留め金を外し、モップの布部分をバケツに突っ込んだ。

竹刀代わりにモップの柄で一回、二回と素振りを始める。柄の先に付いている金具が重く、バランスが悪い。だが、そう感じるのは素振りの最初の二十回ぐらいまでだった。それ以降はただ振り続けることで意識が集中し、気にもしなくなる。手首は雑巾を絞るようにだ、刃筋が乱れるぞと、頭の中に祖父の声が聞こえる。肩甲骨を動かし背筋を使って柄を振り上げる。背中につくぐらいまで振りかぶり、身体の中心線を意識して一気に振り下ろす。右肘と手首を伸ばし、臍の下の丹田の前で柄を受け止める。

学校に行くまでの朝の一時間半、みっちり絞られた。元々祖父は九州のS県の生まれで、いろいろ悪さをしてここまで流れ着いた、と酔った祖父から聞かされていた。学校の部活は通常の剣道だったが、祖父からは居合い、小太刀、体術を含めた実戦的な古武道に近い剣術をみっちり教わった。おかげで部活の同級生からは、尾崎の剣道は荒すぎると、よく立ち合いを敬遠された。

素振りを繰り返すと心が落ち着いてくる。五十回、百回と振っていくうちにモップの柄が空気を断つ音が変わってくるのを感じる。二百を超えるとその空気の抵抗を感じなくなり、三百を超えてからは素振りの数も意識しなくなる。呼吸が整い、周りが見えなくなる。うっすらと汗をかくまで振り続けた。

最後は右眼の眼帯を外し、相手を想定し数種類の実戦の「型」に沿って柄を振った。上下斜めに柄を振りながらも体勢は崩さず、最後に袈裟切りの太刀筋で終わらせ、ふーっと静かに息を吐いて頭を下げた。気づくと既に雨は止んでいた。

「よう、やってるか」

いつのまにか屋上の入り口の段差に弓削が座りニヤニヤ笑っている。後ろには白いビニール袋を下げたスーツ姿の深澤が立っていた。

「驚いた、いつからそこに居たんですか。夜中にこそこそと」

「人をゴキブリみたいに言うな。……ほらよっ」弓削がタオルを投げてきた。

尾崎は片手で受け取り、汗と雨で濡れた顔を拭く。深澤はかなりお酒を飲まされたようで、顔が赤い。ネクタイが歪み、湿気で髪が乱れくせ毛が跳ねている。手に下げたビニール袋を軽く持ち上げた。

「崎さん、陣中見舞いの差し入れです。下で食べましょう」

尾崎はモップの柄をそのままロッカーに戻し、階段を降りた。深澤がソファーに座りこむ。テーブルに置いた袋からたこ焼きの青のりとソースの匂いが漂ってくる。弓削はソファーの肘掛けに中腰で腰掛け、缶ビールを開けて飲んでいる。継続捜査支援室の隅にある小さな流しで手を洗い、新しい眼帯をつけてタオルで濡れた髪をごしごしと乱暴に拭いた。

「ずるいな、弓削さんだけ。私のビールは」

深澤がビニール袋からウーロン茶を取り出し、一本を尾崎に渡した。尾崎はビールを諦め、ペットボトルを受け取りソファーに座った。

「あそこで気晴らしですか」深澤が屋上に出るドアを見て訊いてきた。

「集中力を高めてたの、悪い？」

恥ずかしいところを見られた気まずさをごまかした。たこ焼きに爪楊枝をさして立て続けにほおばり、ウーロン茶で流し込んだ。

「いえ、すみません。声をかけるタイミングを逃してしまって」

「ほんと、お前は何かに夢中になると、まわりが見えなくなる。先日の地下鉄でも俺の命令は無視するし、口調は荒くなるし、手がつけられなかった」

「そうなんですか」深澤がウーロン茶を飲んで訊いてきた。

「あれはまるで猟犬、いや、狼だな。男みたいな口ぶりになって吠えていた」

「私、興奮するとついつい、体育会系の口調になってしまって。それに、話し方が乱暴なのは上司の誰かに似たんです」弓削を睨みつける。

「おい、おい。お前がじゃじゃ馬なのは祖父さん似だからだろ、俺のせいにするな」

「弓削さんから、お祖父さんは剣道の道場を開いていたって聞きました」

「庭先のプレハブ小屋で、近所の子ども相手に教えていただけよ。道場なんて、そんな大層なものじゃない」

「でも……。また始めるんですか」

「いい、航。剣道に大切と言われているスキルが何か知ってる」

尾崎は腕を伸ばし、テーブルの上にあったホワイトボード用のマジックで似顔絵のチラシの裏に文字を書いた。「一眼、二足、三胆、四力」一眼の文字を円で囲み説明を始める。

「例えばこれが刀だとして、剣道には相手との間の距離を一足一刀の間合というの。それは一歩踏み出して打てば相手に刀が当たる攻撃の距離。当然、相手の技量を見極めると刀をかわせる防御の距離でもあるの」

爪楊枝を指の間にはさみ、刀に例えて両手で剣道の間合を説明した。

「それだけ眼は剣道において間合いを測るのに重要なスキルなの。それがつかめない左眼だけの私では、とても剣道はできない」両手に持った爪楊枝でたこ焼きを口に入れる。

「崎さん……」深澤が謝罪をしようと頭を下げる。

普段はあんなにシニカルで何を考えているのかわからない深澤なのに、アルコールが入ると人が変わって素直になるのは、十年前と変わらない。

「航。そういうの嫌いだから。私はそれなりに剣道を楽しんでるの。謝らないで」

尾崎はたこ焼きのソースと青のりで汚れた手で制し、愛想なく突き放した。

「この眼帯をはずして右眼を開ければ大まかな間合いの感覚は摑めるんだけどね。そんな擬似的な感覚だけでは試合にはならない。でも、さっきみたいに素振りはできる。それだけで今の私には十分なの。私にとって剣道は趣味じゃなくて生き方だから」

アルコールを飲んでもないのに、つい祖父の口癖が言葉になって口から出た。

「じゃあ、あれは、どうなんだ柳生——」酔った弓削が口を挟む。

「弓削さんにも言っときます。剣豪の柳生十兵衛の隻眼はたぶん作り話です」

「おおっ、恐っ。俺は何も言ってねえよ。ちなみに丹下左膳は——」

「小説と映画です」かぶせるように尾崎は言った。

「だよな」と弓削がニヤリと笑い、飲み干したビールの缶をテーブルに置いた。

「どうなんだ、写真のチェック作業の進捗状況は」

「まだ、半分ってとこです。今のところキツネの匂いもしない」

尾崎はウーッと狼の真似をして静かに吠え、獰猛に最後のたこ焼きを口に放り込む。袋に入っていたおしぼりを開けて、青のりとソースで汚れた手と口を乱暴に拭いた。

「まかせたぞ、なにせあいつの顔を見ているのはおまえだけだ」

「真夜中になってもかまいません。見つかったら僕の携帯にもメールしてください」

「わかりましたから。ふたりとも仕事の邪魔です、とっとと帰ってください」

その場を荒して、ふたりは帰っていった。ビールの缶、たこ焼きの容器とペットボトルをゴミ箱へ捨てる。酔った深澤が忘れた折りたたみ傘が、机の上に置きっぱなしになっていた。尾崎は再びパソコンの前に座り、写真の深い森に分け入った。

ドアを遠慮がちに叩く音がした。モニター上部に表示されている時計は十二時をまわっている。こんな時間に誰が、と思っていると両開きの片方のドアが遠慮がちに開き、疲れた声が聞こえた。

「あのー、ここ継続捜査支援室ですよね。あっ、いたいた。尾崎さん、フィルムのスキャンデータ持ってきました」

ネクタイを雑に結び、白っぽい眼鏡をかけたスーツ姿の男が入ってきた。特別捜査会議にも参加していたデジタル分析室のたしか坂井――下の名前は忘れた。

「坂井君。遅くまでご苦労さん」

尾崎は継続捜査支援室の準備期間中、二階のデジタル分析室に出向していた。そのとき隣の席だったのが坂井だった。

近年の犯罪の複雑化により、警察官だけでは対処が難しい、高度な情報技術を利用する犯罪事案が増えてきた。県警本部でも専門的な知識や能力を持つ一般人を特別捜査官として採用し、設立されたのがサイバー犯罪対策課だった。

登坂警察署にも県警本部ほど大きくはないが、ネットやデジタルに関する犯罪捜査の手助けを担う専門部署、デジタル分析室が作られ、犯罪捜査に必要なスキルを持つ人材を警察官として採用するようになった。坂井もその一人で、登坂警察署に入るまでは、どこかのＩＴ会社でシステムエンジニアをしていたと聞いた。業務はアドレスの追跡、デジタル画像の解析からＰＣや携帯のセキュリティ解除まで多岐にわたっている。先日の特別捜査会議でも班長の隣で捜査報告のサポートをしていた。

坂井がまわりを珍しそうに眺めた。「ここ、なんか体育館倉庫みたいですね。入り口の扉も両開きで天井も高い」

「元々、資料倉庫だったところをリフォームしたからね」

持ってきた五十嵐建築設計事務所の封筒を尾崎に渡した。

「はいこれ。スキャニングしたフィルムと写真データがＵＳＢに入ってます」

「メールで送ってもらっても良かったのに」

「ダメですよ、尾崎さん。こういった証拠になりうる物や市民のプライベートなデータは取り扱いがうるさいんです。それに、三百枚近くの写真データですからね、そこそこ重いんですよ。ネガフィルムもあるんで、直接データを渡すようにきつく言われてます。この受け渡し書類にサインください」

「まだ仕事するの」

「いいえ、今日はもうこれで終わり、後は帰って寝るだけです」

「そうなの、遅くまでお疲れ様」

以前、弓削に質問されてごまかしたことを思い出し、坂井に訊いた。

「ねぇ、坂井君はなぜ警察官になったの。正直、福利厚生や給料などの待遇は前の会社の方が良かったんじゃない」

「そりゃそうですよ。けど、仕事は給料だけじゃないですから」

尾崎は、思ってもみなかった返事を聞いて少し驚いた。封筒の中をチェックする手を止めて坂井を見た。「へえ、見直した」

「それじゃあ、見直したついでに今度合コンに行きませんか」

「結構です。ついでにって、そんな誘われかたされてもね」

「そんなあ。デジタル分析室でも意外と、尾崎さん評判良いんだけどな」

尾崎は封筒にフィルムとUSBが入っているのを確認し、サインをして受け渡し書類を返した。

「さっきから一言多いのよね。意外って何よ、こんな美人をつかまえて」

「はいはい、それじゃあ。尾崎さんも遅くまでご苦労さんです。頑張って下さい」

坂井は書類を受け取り、さっさと帰っていった。

封筒からUSBを取り出し、データをパソコンに移した。〈フィルムスキャンデータ〉という名前が付けられたホルダーには三百枚近くの写真データが入っていた。

「……それじゃあ、こっちを先に終わらせちゃいますか」

五十嵐哲哉の叔父が撮影した式場内の写真は、さすが写真を趣味にしているというだけあって、絶妙のアングルと光、ここしかない瞬間で切り取られた厳かな写真だった。

新郎新婦が階段を下りて来るカットからは、一転して動きの中の瞬間重視で撮られている。撮る角度や被写体以外の多少のブレなどいっさい気にせず、撮影者が直感でシャッターを切った感じの写真が並ぶ。五十嵐夫妻や祝福に来た参列者の笑い声が聞こえてくるようだ。いい写真には撮られた人の性格や人間性が見えると、カメラマンの有介が言っていたのを思い出した。

青空をバックに舞う紙吹雪と花びらのシャワー、肩車されてはしゃぐ子どもと指笛を吹く若者達。花束を抱えた少女、その隣でかごを持って二人に花びらを降らせている青いドレスの女性。感極まって泣いている和装の中年女性、連続写真で撮られたブーケトスを受け取った女性の驚いた顔とその友達三人組の笑顔。

所々ブレてはいるが、ライブ感とその場の空気感が的確に捉えられている。セレモニーに参加した人達の姿と心情が写真の中に写されていた。

婦人が押す車椅子に腰かけた老紳士が手を叩いて笑っている。その後ろに、突然黒いリュックを背負いキャップをかぶったキツネが現れた。二枚あるうちの一枚目はキツネの姿はブレていて、ただの影にしか見えない。しかしもう一枚の写真にはウンベラータの鉢を持ち、振り返った顔がしっかり写っている。

写真を拡大すると、あの闇を湛えた黒い眼がこちらを見ていた。キツネを見つけた恐怖と興奮で、尾崎の呼吸が止まり心臓の鼓動が一気に速くなる。マウスを持つ腕の肌が粟立ち、モニターのカーソルが小刻みに震えた。

それは、兎の群れに紛れ込んだ、一匹の狡猾なキツネだった。笹塚家で一家四人が次々と殺される惨劇が、尾崎の頭の中で再現される。

「この野郎、やっと捕まえた……」

「キツネの尻尾」というタイトルに〈これが結婚式に紛れ込んでいたキツネの写真だそうです。〉というメッセージをメールに打ち込んだ。写真からキツネの姿だけをトリミングしたデータを添付し、深澤と弓削、近藤班全員に送った。


尾崎はスタンドライトの電気を消した。仮眠用のブランケットをかけてソファーに横になったが、キツネの写真を見つけた興奮でなかなか寝つけなかった。携帯が鳴り、暗闇の中でぎくりと身体がすくむ。見ると深澤からの電話だった。

〈崎さん、お疲れさまです。この男がキツネですか〉

「そう、間違いない」

〈意外と線が細いのですね。似顔絵では、もっとごついイメージでした〉

写真と似顔絵の違いがそこにあった。描く線のひとつで表情やイメージが大きく変わる似顔絵は、特徴を摑みやすくなる反面、絵の中に目撃者とその絵を見ている人のバイアスがかかりやすかった。

〈週末に開かれるD県警との事前の捜査会議にこれをぶつけてみます〉

「合同特別捜査本部の開設が決まったのね。それじゃあ、私たちも参加するの」

〈いいえ、おそらく帳場はうちの署ではなく県警本部に開かれます。すみません、継続捜査支援室は参加できません〉

「航、どうして。キツネをここまで追詰めたのに、どういうこと。今更、蚊帳の外に置かれるって。弓削さんは何て言ってるの」

〈崎さん、事情が変わりました。弓削さんに連絡してください〉

「事情って、いったい何があったの」

〈緑山交番の高橋巡査長が殺害され、遺体で見つかりました〉

「えっ、高橋さんが……。どうして」

〈弓削さんが今、現場に向かっています。僕もたった今その報告を受けたばかりです。詳しくは弓削さんから訊いてください〉

深澤との電話を終わらせ、弓削の携帯へかける。〈ただ今取り込み中で電話に……〉メッセージが聞こえ尾崎は電話を切った。ソファーに深く座り暫く考えた。

「あの、高橋さんが殺された……」

昼間見た、あの人懐っこい笑顔を思い出し、我慢しきれずに再び弓削に電話をかけた。呼び出し音が暫く続いてようやく繋がった。

〈……よおっ、キツネの写真見た。よくやったな〉少しけだるい弓削の声が聞こえてくる。

「弓削さん、高橋さんが殺されたって聞きました。今、どこにいるんですか」

〈おうおう、真夜中にそんなに大きな声で吠えるな。当直だった野上から連絡があってな、俺もたった今タクシーで現場に着いたところだ〉

「本当に高橋さんなんですか、まさかキツネの……」

〈それは、まだ今からだ。何かわかったら連絡する。いいな〉

　電話を切ろうとする弓削に尾崎は食い下がった。

「まっ、待って下さい。いったい何があったんです。航から電話があって、合同特別捜査本部に私たちは参加できないと聞きました」

〈D県とN県にまたがるこの連続殺人は広域重要指定事件に決まったらしい。この連続殺人と警察官殺害事件を同時に扱うには、登坂警察署では手にあまると上の方がふんだんだろうな。県警本部内にD県との合同捜査本部の帳場が立つことになる。気の毒なのは俺たちより近藤班だ。たらい回しの憂き目にあって、今度はこの事件の捜査にまわされる〉

「でもどうして、写真だって……」

〈たしかに、キツネの写真は見つかった。だが、似顔絵が写真になったってだけだ。未だに上は放火事件の犯人と笹塚一家四人殺害事件や他四つの事件との繋がりは薄いと考えている。それは高橋さん殺害のこの件も同じだ。それでも航は週末の捜査会議で、また強引にねじ込むつもりらしい。だが、五つの動画の事件周辺でひとつでも確実なキツネの目撃情報が出ない限り難しいだろうな。我らが室長しだいだ〉

「弓削さんは、やっぱりキツネの犯行だと踏んでいるんですね。私もそっちへ」

〈こっちは機捜も動いてるし、現場は近藤班が仕切ってる、大丈夫だ。お前は徹夜だろ、家へ帰って寝ろ〉

「しかしこのままでは……、わかりました。でも、いつでも連絡ください」

〈わかった、何か出たら連絡する〉そのまま電話は切れた。

第四章　正体

1

弓削は携帯を切ると、川沿いに延びる遊歩道を歩いた。ここからは遠くて直接現場を見ることはできない。昨日からの雨もあがり風が無いせいか、むっとする湿気と植物の青臭い匂いで満ちている。川面から立ちのぼる靄《もや》が鉄道橋と川原の雑草群をじわじわと浸食していた。

煙草を咥え火をつけようとポケットを探ったが、ライターが見つからなかった。先に着いている近藤班の野上に携帯で連絡する。

「今着いた。鑑識の方はそろそろ終わりそうか」

「はい、だいたい終わりました。うちの鑑識の岩渕《いわぶち》さんには、残ってもらっています。もうこちらに来てもらっても大丈夫ですよ。昨日からの雨でそこらじゅうが泥濘《ぬかる》んでいますから、足もとに気を付けてください」

川沿いの遊歩道に規制線が張られ、黄色の封鎖テープの前に立っている制服警官に警察手帳を提示する。「ご苦労さまです」と弓削に敬礼をしてきた。「お疲れさん」と片手をあげて返す。除《よ》けてくれた封鎖テープを、腰を屈めてくぐる。火のついていない煙草を咥えたまま、イライラとしながら現場に足を踏み入れた。

弓削は現場へ向かう足を止めて振り返り、煙草に火をつける仕草で制服警官に訊いた。

「すまない、ライターを持ってないか。家を出る時忘れちまって」

「すみません。私、煙草は……」

申し訳なさそうに恐縮する制服警官に弓削が手をあげ小さく頷いた。遊歩道を歩くと、あちらこちらの草むらから虫の鳴き声が聞こえてくる。さきほどの制服警官を見て、高橋の人懐っこい笑顔を思い出した。

「いったい何があった」歩道にはみ出している草を思いっきり蹴る。

虫の鳴き声が消え、葉についていた水滴が弓削の足を濡らした。咥えていた煙草を投げ捨てようとした手を止め、黙って煙草のパッケージに戻した。暫く歩くと現場が見えてくる。夜明け前の暗闇に、鑑識が立てた四つの仮設照明の明かりが眩しい。周辺に小型発電機のぶーんという低い音が響いている。白く煙る靄の向こうに、十五人前後の黒い影が動いているのが見えた。

携帯の光をたよりに遊歩道の手前から草をかき分けてコンクリートの護岸を下った。丸い石だらけの河原を歩いて鉄道橋の橋脚部分へ近づく。何かが匂っていると感じるのは、鉄橋の錆や、せき止められて淀んだ水のせいだけではなさそうだった。

「ご苦労様です」野上が弓削に気づいて頭を下げた。「念のため、これ」

ビニールの靴カバーを渡された。

「お疲れさん、早かったな」

現場まで報告を聞きつつ歩いた。河原の石で靴カバーを履いた足がときおり滑る。

「今日は当直で連絡を受けて現場へ来ました。機捜が既に初動捜査に入ってますが時間も時間ですし、不審人物や目撃者が見つかるか難しいですね。うちの班は電気のついている民家やマンション、コンビニの監視カメラのチェックを中心に回っています」

「こんな時間に第一発見者は何してたんだ」

周りを見渡した。遊歩道沿いに立つ街灯のほかは遠くに民家の明かりがぽつぽつと見えるだけだった。野上が内ポケットから手帳を取り出し読み上げた。

「職業は、夜勤シフト明けのカラオケの店員です。午前一時三十分頃、日課の犬の散歩中に鉄道橋付近であまりにも吠えるので、おかしいなとは思ったが、一旦はそのまま通り過ぎたそうです。すると急に犬が逆戻りして走りだし、リードを離してしまった。後を追いかけて川原に降り、吠えている犬を捕まえたところで被害者を発見したということです」

こちらから数えて二つ目の橋脚の向こう側が、仮設照明の明かりで昼間のような明るさだった。橋脚にブルーシートを透かした光が捜査員の青い影を映している。ひとつ目の橋脚にもたれかかって立っている緑山交番の佐藤巡査が見えた。「大丈夫か」茫然と立ち尽くす佐藤に声をかけると、壊れた人形のように何度も頷いた。

「高橋さんで間違いないのか」野上に問いかけた。

「はい。最初に駆けつけた交番の制服警官が高橋巡査長と顔見知りで、念のため緑山交番から佐藤巡査を呼んで確認しました。間違いありません」

「そうか……」

「班長に連絡したら、昨日の会議のときに高橋巡査長の名前が出てたので、弓削さんに来てもらえと。こんな時間に出張ってもらって申し訳ないです。何か心当たりはありますか」

「高橋さんからは岡崎史郎が写っている集合写真が見つかったという電話があっただけだ。そのとき少し聞いてもらいたい情報があると言っていたが、まさかこんなことになるとは……」

昨日の電話で——コーヒーには目がなくて、と言った高橋の声がまだ耳に残っている。

「聞いてもらいたい情報って何だったんですか」

「わからん。今日の午前中に継続捜査支援室で話を訊く予定になっていた」

声をひそめて野上に訊いた。「銃は？」

ここ数年、交番が襲撃され、警察官の銃が奪われる事案が起きていた。

「見つかっていません。それが銃だけじゃないんです。制服から警察手帳、手錠などの全ての装備品が奪われています。私物の携帯も見つかりません。河原と川の中の捜索は、夜が明けてから人数を増やして行なわれることになっています」

「遺体はもう見られるのか」

「はい、運び出す前に弓削さんにも見てもらいたくて、遺体搬送車に待ってもらっています」

橋脚の向こうから、鑑識班の岩渕宗治《むねはる》が若い鑑識員を従えて歩いて来た。証拠採取も終わり、現場を汚さないように履いていた長靴のカバーを外している。それに気づいた野上が岩渕に話しかける。「岩渕さん、弓削さんが来ました。明日の河原の捜索ですけど……」

厳つい顔の岩渕が、眉間にしわを寄せて野上を睨む。新人の刑事には特に厳しく、弓削が若い頃には恐ろしくて話しかけることもできなかった。だが、野上は岩渕相手に平然と会話を交わしている。誰に対しても物怖じしない性格は野上の才能だ。それとも、鑑識の岩石と呼ばれた岩渕も、急流にもまれ河原の石みたいに少しずつ丸くなってきたのか。

「岩さん、お疲れさまです。遅くなりました」弓削が手をあげる。

「いいって、こっちも今終わったところだ。現場は見たのか」

「いえ、今着いたばかりで」

「そうか、現場は向こうだ。巡査長と聞いてるが、お前さんの知り合いなのか」

岩渕がマスクを顎まで外して訊いてきた。

「捜査上のことで何度か手伝ってもらって、昨日も一緒でした」

小型発電機のガソリンが燃える匂いに混じって、あたりに錆びた鉄のような血の匂いが立ち込めている。血の流れている殺人現場には何度も臨場したが、この匂いに慣れることはない。

遺体は高橋巡査長に間違いなかった。黒いフード付きのレインコートを着せられ、ふくらはぎの上まで跳ねた泥がついて、半分乾いて白く汚れている。その下は白いTシャツと黒のボクサーパンツの下着姿だった。橋脚にもたれるように背をつけ、向かって右に倒れていた。

「検視官の指示で一旦、署の遺体安置室に運ぶ。裁判所の手続きもあるからな」

「じゃあ、先生の所で司法解剖に？」

「遺体は委託している登坂大学法医学教室の樋口《ひぐち》教授のところに運ばれる手続きになりました」

横から野上が説明した。

「身内の遺体だ、徹底的に調べる。しかし、急がせるとあの先生機嫌が悪くなるからな。死体は歩かない、があの先生の口癖だ」といって鼻で笑った。

「岩さん、大まかで良いんです。死因と死亡推定時刻は？」

「結果を早く知りたいのはわかるが、そんなに焦るな」岩渕に、焦りを見透かされていた。

「一体何が……」小さく呟いて、弓削は胸の前で手を合わせた。

胸と右の側頭部に銃創が有り、まだ乾ききっていない血が、後ろの橋脚と遺体の周りの石や草を赤黒く濡らしている。

「ここと、ここ、火薬や煤の付着量から見て、最初に至近距離から頭部へ、そして近距離から胸にそれぞれ一発ずつ銃弾が撃ち込まれている。明るくなってから頭部を貫通した弾丸は探すが、胸部のは残ったままだ。取り出して線条痕を調べてみないと確かなことは言えんが、銃創の射入口のサイズから、奪われたサクラから発射されたものに間違いないだろうな」

「……いや、岩さん、逆じゃないんですか。最初に胸を撃った後、頭部を撃たれたのでは」

「ふん、俺も最初はとどめで頭部を撃たれたと思った。だが、銃創の生体反応と出血の量から考えると違うな。生きているうちに胸を撃たれたらこんなもんじゃ済まない」

「何のために……」

「高橋巡査長は銃を奪われている。考えたくはないが、絶命した後に試し撃ちの標的がわりにされたのかもしれん」

「クソっ！」弓削が思わず叫んだ。

周りの鑑識員と野上と話していた近藤班の捜査員がこちらを見た。

「弓削ちゃん、落ち着け。ここで大声あげても、こいつは戻っちゃあ来ない」

「すいません、つい」

「おそらく死因は失血性のショック死か頭蓋内損傷の脳挫滅での死亡のどちらかだな。正確な死因は先生の検視結果次第だ。死亡時刻は体温、死後硬直、死斑などから推測すると、だいたい昨夜の十時から今日の一時の間ってところか。こっちも、もう少し正確な時間の絞り込みは、先生のところに持ち込んだ後の検視報告書待ちだ」

高橋は目を開けたまま、じっと目の前の河原の石を見つめていた。目を閉じさせてやりたかったが、正確な死亡時刻を推定するためにもそれはできない。歪んだ死に顔に、生きていた頃のあの人懐こい表情はどこにもなかった。

「ここ見てみろ」岩渕がしゃがみ込み、ボールペンで後頭部をさした。「髪についている血でわかりにくいが、左耳の後ろに、殴打された皮下出血がある」

　血で濡れた後頭部の首筋から耳の後ろにかけて、殴られた赤い打撲痕が見えた。

「おそらく犯人は、野球のバットのような円筒状の物で後ろから被害者を襲い気絶させ、銃と制服と装備品を奪った。気づいたときにレインコートを着させられ、ナイフか銃で脅されて、ここまで裸足で連れてこられたんだろうな。昨日からの雨が酷くならずに助かった。犯人の靴跡と被害者の裸足で歩いた跡が、あそこの道路からここまで残っている」

　話を聞いていた若い鑑識員が、懐中電灯で岩渕が指でさした道路の方角を照らした。

「耳の後ろの打撲痕の位置と角度からすると、おそらく犯人は左利きだな」

　弓削は、左利きという言葉に背筋が粟立つのを覚えた。

「橋脚部分に座らせられ、手と足に結束バンドを二重にかまされた」

　コートからはみ出した両足首と両手首は、それぞれ黒い結束バンド二本で拘束されていた。相当な力で抵抗したのだろう、締められた手足の皮膚はすり切れ、肉まで食い込み出血していた。

「列車の最終がこの鉄道橋を通過するのが十二時すぎですね。銃声を隠すために、高橋巡査長はここに連れてこられたんですかね」弓削の後ろから野上が訊いてきた。

「そんなとこだろうな、だがもう一つ理由がある」

　岩渕が持っていたボールペンで、結束バンドで締められた手首を返した。

「これだ」高橋の左手に隠れていた右手が見えた。

　小指、薬指、中指の三本が、第二関節から先が切断されていた。切断面が赤黒く変色し、白い骨が見えている。

「ひっ」野上の口から小さな悲鳴が漏れた。

「何かの恨みなのか儀式なのか、暴行を受けている。こっちを見てみろ」

鉄道橋の下の大振りな石の上に血溜まりができていた。まわりの草や石は噴き出した血で赤黒く汚れている。切断された指はすでに回収されていた。

「おい、あれを」岩渕が手を差し出す。

若い鑑識員が証拠品バッグから透明なチャック付きポリ袋を取り出した。カブトムシの幼虫みたいな白い指が三つの袋に分けられて入っていた。

「切り口は比較的きれいだ。かなり鋭利な刃物だな」

「岩さん、お願いがあります。河原に残っているゲソ痕とこの切り口、笹塚一家殺害の犯行に共通項がないか調べてもらえませんか」

「弓削ちゃんよ、お前さんいつからそんな偉くなった。わかって言ってるんだろうが、結果を出す前に要らん情報を挟み込むな」

「すみません」

「ふん。……それで、三年前のあの事件と何か関係がありそうなのか。うん、そういや、あの事件の犯人も左利きだったな」

「いえ、まだなんとも。いま追ってる被疑者に繋がるかもしれないので、つい……」

「先生の所で傷口を詳しく見てみないとわからないが、あの出血の量と傷口を見ると、指が切断されたのは射殺される前。ナイフを入れた角度からみても左利きに間違いない。指のことでいま言えることはここまでだ」

弓削は遺体の側に戻り、もういちど手の傷口を見た。結束バンドがこれほど皮膚に食い込んでいる理由も、理不尽ではあるが納得がいった。だが、尾崎が作った笹塚家での犯行報告書を見たかぎり、キツネには、被害者が苦しむのを見て楽しむ猟奇的な残虐性は無かった。何のためにこんなことを。高橋の苦しそうな死に顔を見て、思わず橋脚を拳で叩いた。

高橋の口から頬にかけて赤く皮膚がこすれ、顎から唇にかけて指で押さえつけたように乾いた泥が白くなって付いている。それが唇の間から覗く前歯の二本にも付着していた。

「……ん、岩さんこれは」

「気になったかい。指を切断されたときに大声を上げないように手で口を塞がれたかなって思ったんだが違った。いや間違ってもないのか。赤くなった皮膚の擦過傷の方は、おそらくタオルみたいな物で猿ぐつわを嚙まされていた痕だ。そして……」

「おい」岩渕が若い鑑識員を呼びつけ、証拠品バッグに手を突っ込んだ。先程とは別の透明なポリ袋を取り出して弓削に見せた。

「こいつが、この河原の小石を三つ包んで被害者の口の中に押し込まれていた」

差し出した証拠品の袋には丸い河原の石とキツネの似顔絵が別々に入っていた。

「これは弓削ちゃんとこが捜し出した目撃者と、うちの似顔絵係が一緒に作ったもんだろ。殺ったのはこいつなのか」

似顔絵は、口の部分に入ったシワのせいで、キツネが笑っているように見えた。

「……弓削さんこれって」

「あの野郎！」怒りを吐き出すように弓削が叫んだ。

東の空がゆっくりと明け始めている。遠くの方から微かに始発列車の警笛と踏切の信号音が聞こえてきた。

2

もう一度話を訊くために野上の運転する車で佐藤と一緒に緑山交番に戻った。すでに日は昇り、交番の壁に掛かっている時計は六時半前をさしていた。

ほんの十数時間前に尾崎と一緒にここを訪れ、高橋に似顔絵を見せて岡崎史郎の情報を訊いたばかりだった。弓削には、つい先程の感覚でしかない。壁にはキツネの似顔絵が貼られ、勤務表にはまだ高橋翔太の名前の札がさがっていた。

もう一人の当番勤務の川野《かわの》隆弘《たかひろ》巡査が、敬礼をしてきた。

「ご苦労様です。……あの、間違いじゃなかったんですか」神妙な顔で佐藤に話しかけた。

佐藤が黙ってうなずき、大きな音を立てて椅子に座り込んだ。机に肘をついて両手で顔を覆い、悲痛な声で呟いた。「どうしてこんなことに……」

大きな身体が小さく見えた。前夜、高橋の生きている最後の姿を見たのも佐藤だった。

「昨日俺たちがここを出てから、高橋さんは放火事件やこの似顔絵のことを、なんでもいい何か話してなかったか」

「弓削さん達が帰られた後、自分のロッカーにある缶に入った写真の束を引っ掻き回して、防犯講習会のときの岡崎の写真を探してました」

「昨日の夜、携帯に高橋さんから写真が見つかったって電話があった」

「写真が入っていた缶を見せてもらえますか」野上が訊いた。

交番奥の流し台の横にロッカーが並んでいる。佐藤が立ち上がり、高橋の名前が入った扉を開けた。

「たしかこの缶でした」運んできた缶を机の上に置いた。

　クッキー菓子のロゴが入った赤い缶の蓋を開けると中は様々な写真で一杯だった。釣りやキャンプの写真などもあったが、防犯講習の集合写真は見つからなかった。

「高橋さん……」佐藤が缶の中から出てきた一枚の写真を握りしめていた。

「去年の春にショッピング帰りの女子高校生がひったくりに合い、たまたま非番で居合わせた高橋さんが追いかけて犯人を捕まえたんです。翌日両親と女子高校生がお礼に交番に来て、記念に撮った写真です」

　交番の前でVサインをした女子高校生とその両親に挟まれ、高橋が笑顔で敬礼している。犯人を捕まえた時に負傷したのか、鼻の上に絆創膏が貼られている。そのキズを含めて誇らしげな良い笑顔だった。

「岡崎の写真が見つかった後、何か言ってなかったか」弓削が訊いた。

「高橋さんは写真と古い巡回連絡カードを見て、ずっと何か考え事をしてました。夜の九時過ぎに、ちょっと巡回に行って来ると言って出かけたまま……」

「その時に写真と古い巡回連絡カードを一緒に持って出たのか」

「はい。あっいえ、その時は気づきませんでした。あとで机のまわりを調べたら二つとも机の上に無かったのでそうだと思います。それっきり帰ってこなくて、無線で呼びかけたんですけど応答も無く……。巡回に出ていた川野を呼び戻し、非番の同僚にも連絡をとって手分けして巡回地区の中を探したのですが、見つかりませんでした」佐藤がじっと高橋の机を見る。「十二時に地域課課長へ電話して、急遽他の非番の交番勤務員と機動捜査隊員が集められ区域を割り振りして、捜索にかかろうとした矢先だったんです。遺体の見つかった担当区域の交番から連絡を受けて、私が現場へ臨場して高橋巡査長を確認しました」

「どうして高橋さんは殺されたんですか」川野が訊いてきた。

「今のところ何もわかってない。捜査もこれからです」野上が言った。

椅子に座りうなだれる佐藤の肩に弓削が手を置いて訊いた。「高橋さんが最後に見ていたその写真は、どんな写真だったんだ」

「チラッと見ただけですが、市営住宅のベンチのところで撮られた集合写真でした。おそらく昨日話していた、防犯講習会のときの写真だと思います」

「そういえば、佐藤さん。防犯講習のイベントは、持ち回りで毎年広報誌に載っていたんじゃなかったですか」川野が椅子から立ち上がった。

「……そうだ。もしかしたら四年前の広報誌に掲載された写真かもしれないです。高橋さんが写真うつりを自慢してましたから」

「ここに、広報誌のバックナンバーはないのか」

佐藤と川野が机の後ろの資料棚の中から広報誌をファイリングした四つのホルダーを取り出し、机の上に手分けして広げた。

「この棚に有るのは去年と今年の号だけですね。佐藤さん、古い広報誌はどうしたんでしたっけ」

「たしか、段ボール箱に入れ、去年の年末に整理して捨てたかな。いや、どこかにしまってあるはず。高橋さんはなかなか物を捨てられないタイプだったから」

四人で手分けして交番の中を捜しまわり、奥の仮眠室を探していた川野の声が聞こえた。

「あっ、あった。ありました。仮眠ベッドの下につっこまれてました」

古い広報誌の束の中から、日に焼け印刷が少しあせた四年前の広報誌が出てきた。真ん中をホッチキスで閉じられたパンフレットだった。

「これですね」束の中から一冊の広報誌を取り出して開いた。

見開きページに「登坂市営住宅で開かれた第二十八回地域巡回防犯講習会」のタイトルで写真と記事が掲載され、茶色く変色した付箋がシワになり貼られたままになっている。狙われやすい窓やドア鍵の説明、住宅敷地内に不審者が侵入したときの「さすまた」での対処の仕方など、講習の様子が写真と一緒に掲載されていた。

文章の最後に集合写真が載っていて、市営住宅の講習会に参加した十五人ほどの住人がベンチに座り写っている。写真のキャプションには〈防犯講習に参加していただいた市営緑山住宅の皆さん〉とあり、集まった住人の個別の名前はなかった。

「これです。高橋さんが見ていたのはこの写真に間違いないです。ベンチの後ろの列、一番左の高橋さんから数えて五番目、このハンチング帽の男性と髪の長い眼鏡をかけた女性の間に立っているのが岡崎です」

背の低い薄くなった頭部、ベストに黒っぽいズボンをはいた痩せた老人が立っている。この男が岡崎史郎。体格の大きな佐藤に食ってかかった逸話を聞いていたのでもっと大きな体型をイメージしていた。写真に写る岡崎は、隣の俯きかげんの眼鏡の女性に比べても十センチほど身長が低かった。

「写真が小さすぎて見えないな」

弓削が電気スタンドの下に広報誌を持っていく。

「これを使ってください」後ろからルーペを川野が差し出した。

ルーペで拡大された広報誌の写真は、印刷独特の網点《あみてん》が大きくなってかえって岡崎の顔の表情が見えなかった。

「拡大しても網点が粗くて、もうひとつ顔がわかりにくいな」

「弓削さん。もしかしたら署の広報室に、印刷にまわす前の写真かデータが残っているかもしれません」野上が言った。

弓削は広報誌を見て少し考え、携帯を取り出し電話をかけた。八回目のコール音の後にいつもより一オクターブは低い声が聞こえてくる。

〈……はい、尾崎です〉明からさまに寝起きで不機嫌な声だった。

「朝から機嫌わりいなぁ。おい、俺だ弓削だ」

〈あっ、あっす、すみません、弓削さん。おはようございます。どうでした〉

「やはり、被害者は高橋さんだった」

〈なんで……。なぜ、高橋巡査長が殺されなければならないんですか〉

携帯から聞こえてくる尾崎の声を無視して訊いた。「今、どこにいる」

〈継続捜査支援室で仮眠してました〉

「お前なぁ、俺は家に帰って寝ろと言ったはずだ。ソファーで寝てたな。本当にどこでも寝れるんだな」

〈弓削さんこそ、今どこなんですか。私もそっちに行きましょうか〉

「いま、野上と一緒に緑山交番にいる。だが、ちょうど良かった、お前に調べてもらいたいことがある」

〈はい、何でしょう〉

「四年前の登坂警察署広報誌の春号に、市営住宅で開かれた防犯講習会の記事が見開きで特集されている。高橋さんと住人達の集合写真が載っていて、その中に岡崎史郎も写ってる。公園のベンチで撮られた写真だ。印刷にまわした写真のデータが広報室に残ってるはずだ。署の広報室に行って調べてくれ」

〈この時間だと、まだ誰も出てきてないですよ〉

弓削は腕時計を見て大きな声で言った。「まだ早いか。だが、早出の署員がいるかもしれん。もし誰もいなかったら、電話をかけて、担当者を呼び出せ」

〈わかりました。それが今日、高橋さんがここに持ってくるはずだった写真なんですか〉

「おそらく、そうだ。見つかったら携帯に送ってくれ」

〈はい。弓削さんすみません、もう一度年号を教えて下さい〉

「四年前の春号の広報誌、防犯講習会だ」

〈――の講習会ですね。わかりました、すぐ調べます〉

電話を切り弓削は腕を組んで高橋が座っていた椅子に腰掛けた。ポケットから煙草を取り出し口に咥えた。

「すみません、ハコ内は、禁煙になってます。外に灰皿スタンドがありますので」

頭を掻き、恐縮した川野が外を指差した。

「ライターを忘れたんだ。持ってないか」川野に訊いた。

「私は喫いませんが、確か高橋さんが……」

高橋の机の引き出しを開け、名刺入れの横に使い捨てライターを見つけた。外へ出て煙草に火をつける。一気に煙を喫い込むと、寝不足の脳みその中をニコチンが駆け回る。肺に入った煙草の煙をため息と一緒に吐き出す。

携帯で深澤に電話して高橋巡査長の殺害状況を簡単に報告する。

「詳しい報告は近藤班から訊いてくれ。気になるのは犯人が左利きということと、高橋さんの口の中から出てきたキツネの似顔絵だ」

〈弓削さんは、高橋巡査長の殺害もキツネの犯行だと考えているのですね〉

「そうだ、間違いない。これは銃欲しさに警官を襲う強盗殺人なんかじゃない。少なくとも高橋さんは、何かを思い出し、何かに気づいたせいでキツネに殺された。まあ、お前は刑事の勘などは信じないんだろうが」

〈言ったじゃないですか。僕は、崎さんの右眼と同じぐらいに弓削さんの勘を信頼しています〉

「その尾崎の能力を知らないキツネは、似顔絵のチラシを見せられて驚いただろうな。ガソリンまで撒いて全てを焼き払い痕跡を完璧に消したはずなのに、顔や身長、背中のタトゥーのことまで警察に知られている。自分の犯行に何のミスがあったのかってな」

〈これがキツネの犯行ならば、自分のすぐ後ろに狩人の靴音が迫っていることに気付いた筈です。焦って高橋巡査長を殺害したということですか〉

「お前はイソップか」

〈けど、キツネは確実に追詰められているのは確かです〉

「逃げるか、逆に巣穴にこもるか。奪った銃で犯行を重ねるか……」

〈そうですね。上が一番恐れているのもそこです。奪われた銃で一般市民が殺されでもしたら、警察の立場がなくなる〉

「本部のお偉いさんが心配しているのは一般市民の命なのか、それとも警察のメンツなのか、どっちだ」

〈耳の痛いことを言わないで下さい。報告では、本部の庶務担当管理官も現場に臨場しています。このまま初動捜査で犯人を確保できなければ、今日にでも署内にこの事件の特別捜査本部が開設されます〉

「わかった。だが、キツネは焦ってはいるが、少なくとも警察を恐れてはいない」

〈何故そう言いきれるのですか。それも勘ですか〉

「そうだな、よく考えてみろ。今までの犯行で、キツネは狡猾に証拠を残さなかった。だが今回は、高橋さんを銃殺する前に、河原の石を似顔絵で包んで口へ突っ込んだ。キツネは追ってくる狩人を挑発してんだよ。わざわざ証拠を残して」

〈その点については、弓削さんの勘が外れることを祈るしか無いですね〉

「何か進展があったらまた連絡する」電話を切った。

寝不足のせいか、煙草が足りないのか、頭の中の情報を整理しきれずにいた。

隣接する公園から、鳥の鳴き声が聞こえてくる。交番の前を通り過ぎる登校中の小学生が「おはようございます」と気軽に声をかけてくる。煙草を後ろに隠し、逆の手を上げて振った。通勤、通学の時間に入り、道路はバスや車で混み始めている。上げた手の向こうに朝のアーケード商店街の入り口が見えた。

キツネは放火の後、地下鉄で逃げるのに、交番の前を通らずに遠回りになるアーケード商店街を抜けるルートを選んだ。「交番があるのを知っていて避けたんですかね」昨日ここで尾崎と交わした会話を思い出した。キツネは……もしかして警察を避けたのじゃなくて、ここにいた高橋個人に顔を見られるのを避けたのか。高橋は、どこかで見たような気がするとしきりに言っていた。

高橋とキツネは警官と一般市民の顔見知り以上の関係性があったのか。だが、知り合いだとしたら似顔絵を見たらすぐにわかったはずだ。それとも、似顔絵の出来が悪くてすぐには思い出さなかったのだろうか。尾崎は完璧ではないが良く似ていると似顔絵の出来を評価していた。それなのに、どうして。

「あのとき高橋さんが思い出すまで詰めていたら、少なくとも昨日の電話ではっきりと相談の内容を訊いておけば……」

キツネは市営住宅の五〇五号室を仮のねぐらにしていた。近藤班長が言っていたように岡崎史郎と何らかの接点があり、まわりが知らない血縁者なのかもしれない。だとしたら似顔絵のキツネと岡崎がどこか似ていてもおかしくはない。高橋さんはそれに気づいたのか。だが、岡崎は以前、俺は天涯孤独だと佐藤にクダをまいていたが……。岡崎の写真が見つかったら、キツネの写真と一緒にH県警に送って確認してもらう必要がある。

「教えてくれ高橋さん。あんたはキツネの似顔絵を見て何を思い出し、何に気づいたんだ」

弓削は煙草の煙を空へ吐き出し、捻り潰すように灰皿スタンドで消した。

「どうかしたんですか」

考え込みながら交番に入ってきた弓削に野上が訊ねた。

「いや、ちょっと気になることがあってな。岡崎の近親者に関してのH県警からの返事はまだないのか」

「昨日の今日ですからね。必要なら後でもう一度先方に問い合わせておきます」

「うん、よろしく頼む……」弓削が生返事で返す。「これを見てもらいたいんだが。似顔絵の男の写真が見つかった」

佐藤と川野に、尾崎から携帯に送られてきたキツネの写真を見せた。

「見たことないですね。僕はここに配属になってまだ半年なので」川野が言った。

「私も記憶にないですね。全部の市営住宅の住民を覚えていたわけじゃないですが、おそらくいなかったと思います……」佐藤が自信なさげな顔をした。

「岡崎の顔を思い出してくれ。こいつが岡崎と血縁関係のある人物で、鼻なり目や耳が似ていて、高橋さんはそれに気づいたってことは考えられないか」

「岡崎の爺さんの親戚って……。年齢を考えると孫、もしくは甥ってことですか。思い出す限り……明確に似ているとは言い切れませんね」佐藤が腕を組んで答えた。

「そうだな、ちょっと無理筋ではあるか……」弓削は高橋の椅子に座りこみ暫く考えた。

「ほかに何か気になることでも」野上が訊いてきた。

「いや、市営住宅に高橋さんと個人的に親しかった人物はいなかったのかなと思ってな」

「高橋さんと個人的にですか」

会話を聞いていた佐藤が川野と顔を見合わせた。

「昨日お話しした市営住宅の住民自治会長とは防犯講習会を開いたり、市営住宅内の住民トラブルなどで相談には乗っていましたが。他に個人的に親しかった住民はどうだったかな。思いつきませんね」佐藤が言った。

「その市営住宅の住民自治会長の家はここから遠いのか」弓削が野上に訊いた。

「石上勉ですね。はい、車で三、四十分ほどです。行ってみますか」

「当直明けにすまないが、頼まれてくれるか」

「そんな、大丈夫ですよ。ここで帰ったら班長になんて言われるか」

佐藤と川野には何か思い出したことがあったら連絡をくれるように言って、野上と一緒に交番を出た。

3

「弓削さん、着きましたよ」野上の声で起こされた。

車に揺られ、いつの間にか眠っていたようだ。気がつくと、野上の運転する車が砂利の敷かれたアパートの駐車場に止まっていた。

「ここの二階の奥の部屋です」

野上がフロントガラス越しにアパートを見上げ、携帯で電話をかける。緑山交番を出たところで、いちど石上には電話をいれたが、呼び出し音が鳴り続けるだけで誰も出なかった。

「繋がりませんね。留守かもしれません」諦めて携帯を切った。

「ここまで来たんだ、一応あたってみよう」

赤い瓦の二階建てのモルタルの古いアパートだった。手前には、錆びた自転車が何台か置かれ、奥にある郵便ボックスからはダイレクトメールがあふれている。塗料が剝げた外階段は、一歩上るたびにギシギシと軋んだ。

チャイムを押してドアをノックしたが返事は無く、微かにテレビの音が聞こえる。

「留守なのかな。石上さーん、昨日お話を聞かせていただいた登坂警察署の野上です」

ドアの向こうで物音がし、人の気配がする。野上と顔を見合わせる。

「石上さん。朝からすみません、警察です。もう一度お話を伺いにきました。石上さん、いらっしゃいませんか」

鍵がはずされる音がして、ドアが薄く開いた。上下グレイのくたびれたスウェットのトレーナーに紺色のパーカーを引っ掛けた、鷲鼻の老人が顔を覗かせる。齢の割に白髪はふさふさだったが、痩せていて前歯が何本かなかった。紐のついた眼鏡が首からぶら下がっている。その眼鏡をかけることもせず、野上のかざした警察手帳を暫く睨みつける。目が悪いせいか眉間にしわが寄り、機嫌が悪くイライラしているようにも見えた。

「誰だ、あんたらは」耳も遠いのだろう、やたらと声が大きい。

「ほら昨日、三年前の市営住宅の火災の件で話を伺いにここへ来た、登坂警察署の野上です。こっちは同じ警察署の弓削です」野上が大きな声で紹介した。

「あーっ。なんだ、またあんたらかい」石上が俯いて曖昧に言葉を返した。

「こちらに来る前に電話したんですけど、繋がりませんでした。いきなりお訪ねして申し訳ありません。すぐ終わりますので、もう一度お話を聞かせてください」

「わかった、わかった。まあ入りな。婆さんには、知らん所からの電話には出るなと言っとる。今どこかに出かけていていないから茶は出せんぞ」

「お気遣いなく」野上が靴を脱ぎながら振り返り、弓削に小声で言った。「奥さんは、たしか五年前に亡くなっています。話が横道にズレると長くなりますから、僕に話を合わせてください」

弓削はうなずいて、靴を脱いだ。玄関を入ってすぐの板の間の台所は、男の独り住まいにしては片付いていた。奥の畳の部屋には丸いちゃぶ台が置かれ、テレビがついている。石上がテレビを消した。その横にファックスと兼用の電話が埃をかぶっている。奥の襖が少し開いていて、敷かれたままの布団が見えた。黒電話でこそ無いが、昭和で時間が止まったような部屋だった。

「石上さん、この広報誌の写真を見ていただけますか」

野上が持ってきた四年前の広報誌の春号をちゃぶ台の上に置き、前に座った石上に防犯講習会のページを開いてみせる。石上は首に下げていた眼鏡をかけ、広報誌を手にとってじっと見た。

「おっ、懐かしい写真だ。もう四年前になるかな。これが最後の防犯講習会になったんだったな。この写真の右端が儂《わし》だ」

少し震える指で広報誌の写真をさして懐かしそうに笑った。

「この頃からかな、市営住宅の住民がだんだん少なくなっていったのは。けど、まだ良かったかな。閉鎖が決まる数年前からは、やたら知らない住人や外国人が増えて、階段ですれ違っても挨拶はしないし、町内会費も払わない。年に二回の草取りにも出てこない。風紀も乱れて、大変だったんだから。それに……」

「あの、すみません。石上さん」市営住宅の思い出話が続きそうなので、弓削がむりやり会話に割って入った。「だれか高橋巡査長と特別親しかった住人はいませんでしたか」

石上が話の腰を折られ、眼鏡の奥から弓削を不機嫌そうに睨んでくる。

「緑山交番の高橋巡査長です。よく住人トラブルの相談をされてましたよねー」

子どもをあやすように野上がフォローする。

「高橋巡査長って、高ちゃんかい。ありゃ、いつだったかな。長く入居している住人と外国人の住人がゴミの捨て方で喧嘩をおっ始めて大変だったよ。駆けつけてきた高ちゃんに仲裁をしてもらって……」

「石上さんこの広報誌の写真を……」弓削が大きな声で遮る。

「あぁ、わかっとる、何度も言うな。あんたら警察は人をボケた老人扱いしおって、それに比べて高ちゃんはいつでも儂らのことを……」

弓削は野上と目を合わせてため息をついた。内ポケットの携帯が震える。

「ちょっと外す」野上に目配せをして台所へ出る。電話は、尾崎からだった。

「尾崎。ちょ、ちょっと待て――」

大きな声で市営住宅の思い出話を続けている石上を避けて、アパートの廊下に出た。隣の竹林からは風に煽られて、竹と竹の幹がぶつかり葉が擦れる乾いた音が聞こえてくる。

〈弓削さんすごいですね、よく見つけましたね〉

興奮した尾崎の大きな声が、携帯から聞こえてくる。

「尾崎、声がでかい。俺は耳の遠い爺さんじゃない。広報誌の写真データはあったのか」

尾崎は自分と弓削の温度差を感じたのか、声を落として訊いてきた。

〈はい、写真のデータは見つかりました。弓削さん、これってキツネの写真ですよね〉

「えっ、尾崎。もういっぺん言ってみろ。写真の中にキツネがいるのか！」

今度は、弓削が電話に向かって怒鳴リ返した。

〈はい。あれっ、違うんですか〉

弓削は勢いよくドアを開け、靴を脱ぐのももどかしく畳の部屋に入った。まだ石上の市営住宅の思い出話は続いていた。「……だから、あんときに儂がうるさく言ったんだ」

石上が手に持っている広報誌を引ったくるように奪って、もう一度写真を見た。

「何だよあんたいきなり……」上機嫌で話をしていた石上が、目を白黒させて弓削を見上げる。

「どっ、どうしたんですか弓削さん」野上も弓削の剣幕に驚いて訊いてきた。

ふたりの言葉を無視して広報誌をちゃぶ台の上に広げた。

「尾崎、どういうことだ。奥の列の高橋さんから数えて五番目、ベストに黒っぽいズボンの小さい爺さんが岡崎史郎だ。どこだ、どこにキツネがいる」

「えっ、キツネが写っているんですか！」おもわず野上が大きな声で叫んだ。

〈この人が岡崎ですか。キツネはその隣です〉

弓削は、岡崎の横に立っているハンチング帽の男をじっと見た。六十代のその男は身長も岡崎とそんなに変わらない。体形は小太りだった。

「違うんじゃねえのか。さっきお前が送ってきたキツネの写真と」

〈弓削さん、写真をよく見てください。岡崎の右隣です。キツネは女に化けてます〉

「えっ……」

弓削はじっと広報誌の岡崎の右横にいる、俯き加減の髪の長い眼鏡の女を見た。

「おい、間違いないのか」

〈あいつの顔をこの右眼で直接見たんです。いくら化けていても私が見間違うはずがありません。印刷ではわからないかもしれませんが、写真のデータを拡大すると唇の左下のホクロも見えます。間違いなくこの女がキツネです〉

「クソっ。尾崎、広報誌では小さくてよく見えない。この牝ギツネの写真を、俺と航、近藤班全員にすぐ送れ！」弓削が大声で叫んで乱暴に電話を切った。

石上に詰め寄り、摑んでいた広報誌を石上の顔の前にかざして訊いた。

「おいっ爺さん。これを見ろ！　この岡崎史郎の横にいる眼鏡の女は誰だ！」

弓削の勢いに押された石上が、後ろによろめいて手をついた。

「弓削さんこの女がキツネなんですか」

石上の後ろにまわりこみ、広報誌に掲載された集合写真を覗いた野上が訊いてきた。

「そうだ」弓削はうなずいて石上に広報誌を押し付けるようにして渡した。

石上は少しでも明るい所で見ようと、よろよろと立ち上がった。眼鏡に息を吐きかけ窓のカーテンでレンズを拭く。眼鏡をかけ直し広報誌の集合写真を食い入るように見る。

「この岡崎の爺さんの横の女は……、Ｂ棟の四〇五号の、ええっと名前は何だったかな、思い出せん。たしか夜の店に勤めていたんだったな」

「思い出せ、爺さん！」弓削は逸る気持ちが抑えられず、声を張り上げる。

「二年半ぐらい前だったかな。市営住宅の閉鎖が決まり、以前住んでた人達にも声をかけて桜を見ながらお別れの花見会を開いたんだ」記憶を探る石上の顔が歪む、目が遠くを見て虚ろになる。

「そん時はこの娘はもう市営住宅を出ていた。警察だったら前に住んでた人の新しい住所なんかも分かるんじゃないかと思って、高ちゃんに相談したことがある」

「それでこの女性は、お別れの花見会に来てたんですか」野上が訊いた。

「いや、来なかった。そういえばこの娘、高ちゃんとよく話してたな」

「いいから爺さん、名前はなんだ」弓削が苛つく。

「そういえば、あの花見会でも、噂になってた。夜の店の仕事で貯まった資金で、株とか金融商品のなんとかトレンダーになって大儲けしてると……」

「デイトレーダーですかね」野上がメモを取って訂正した。

「爺さん、そんなことはいいから、この女の名前を思い出せ！」

「松原、いや松本だったかなー。あ、あんたら警察は、そんなに儂をうるさく責めるんだったら、高ちゃんに訊けばいいじゃないか」

「高橋さんにはもう、訊こうにも訊けないんだよ。爺さん、B棟の四〇五号だということは間違いないんだな」

弓削の剣幕に石上は怯えて大きくうなずいた。

「あぁ、儂の将棋相手の上の階だったんだ。それは間違いない」

あの日ロッカーの中から集合写真を探し出し、岡崎の隣に立つこの女を見て高橋は気づいた。いや、少なくとも似顔絵の男とこの女が同一人物じゃないのかと疑った。知人を疑うことの後ろめたさもあったのだろう。継続捜査支援室に写真を持ち込む前に確かめてみようと、以前調べていた新しい住所を訪ねたということなのか。

「しまった。あのとき高橋さんには、もっと詳しく説明しておくべきだった……」

緑山交番に持ち込んだのは、あくまでも三年前の市営住宅放火事件の犯人の似顔絵。死人が出ていないどころか負傷者も出ていない。人のいい高橋のことだ。本人なら、まず説得をして自首をすすめようとでも考えていたのかもしれない。もし、連続殺人の被疑者だと説明していたら、迂闊に近づくことはなかったはずだ。弓削は唇を嚙んだ。

携帯を取り出すと電話をかけた。暫く呼び出し音が続きつながる。

〈はい、深澤です。弓削さん、何でしょうか。これから合同捜査特別本部の事前打ち合わせの会議が始まるのですが〉

「航。わるい、急ぎだ。今どこにいる」

〈署長室ですが、なんですかそんなに慌てて〉

弓削は、大きく息をした。「まずは尾崎からのメールの写真を見たか」

〈ええ、見ましたよ〉

「結婚式場で映り込んだ写真じゃあない。ついさっき尾崎から写真が送られてきてるはずだ」

〈えっ、いえ、まだ見てないです。何の写真なんですか〉

「いいから急いで開けて見ろ！」

待ってる間に弓削と野上の携帯にも、尾崎からメールが届いた。〈牝ギツネの尻尾〉というタイトルで、写真が添付されている。野上が石上に見せてこの女に間違いないか再度、確認をした。石上は、そうだと何度も大きくうなずいた。

〈弓削さん。この女性の写真は誰なのですか、もしかしてキツネの女ですか〉

「いや、こいつはキツネ本人だ。こんどは女に化けてやがる。お前、そこに市営住宅の巡回連絡カードのコピーを持ってるか」

〈えっ、はっ、はい。ありますよ〉

「B棟の四〇五号の住民は、なんという名前だ」

ちょっと待ってくださいという深澤の声と紙のめくれる音が聞こえる。

〈B棟の四〇五号は空室ですね。あっ、でも古い住人の記録も残ってます。前の住人はまつながりょうこになってます。門松の松に永遠の永、りょうこは、司馬遼太郎の遼に子どもの子です。あれ、遼子のあとにかっこ書きで遼悟と書かれてます。りょうごのごは覚悟の悟です〉

「松永遼悟、そいつがキツネの名前だ」

〈ちょっと待って下さい。市営住宅の住所を斜線で消して、その上に別の住所が書き込まれています！〉深澤が珍しく興奮した声で言った。

「高橋さんが書き込んだんだ。クソっ、俺のミスだ！　まさか全ての答えが最初からそこに書かれていたとはな。住所を教えろ」

〈いいですか、松永遼悟、新しい住所は、登坂市南区若葉台《わかばだい》――フォレストテラス九〇一号です〉

　弓削が復唱して、手でメモをするジェスチャーで野上に筆記させた。

〈弓削さん、何ですかミスって〉

「高橋さんは市営住宅の花見会に誘うために、以前四〇五号に住んでいた女の新しい住所を調べていたのを思い出したんだ。今日の昼に集合写真と一緒に、その住所をうちに届けようとしていた。俺がもっと詳しく、似顔絵の男は放火だけじゃなく、笹塚一家全員を殺害した凶悪な犯人だと伝えていれば、高橋さんはキツネに殺されずにすんだ」

〈そんな、それは考え過ぎですよ〉

「航、ちょっとこのままで待て――」

　弓削が今までの話を全て聞いていた野上に言った。

「野上、高橋巡査長を殺したのはキツネに間違いない。やつのマンションは殺害現場からも近い。お前の班が聞き込みに回っているはずだ。近藤班長に合流できるように電話しといてくれ、頼む」

　しかし、キツネが以前から高橋と顔見知りなのだとしたら、なおさら殺害前に指を三本も切り落とすようなことをしたのは何故なんだ。キツネは高橋に、いや警察に何か恨みでも持っているのだろうか。

「緊急逮捕というわけにはいかないのか」

〈現段階のキツネの容疑はあくまでも放火事件ですので殺人での緊急逮捕は難しいですね。それに、崎さんの目撃証言以外、事件につながる証拠も出て来てない。まずは重要参考人として任意で引っ張りましょう〉

「たしかに、高橋さんの口に詰められたキツネの似顔絵だけではな。指紋ないしは皮膚片などからDNAでも検出されるのを待つしか無いのか。航、お前から登坂大学法医学教室の樋口教授に検視報告書を急ぐよう電話入れといてくれ。鑑識の岩さんにはこっちから電話を入れとく」

〈わかりました。前にも言いましたけど、右眼の能力で突き止められた状況証拠だけでは、キツネは逮捕できません。無理矢理逮捕まで持ち込めたとしても、崎さんの目撃証言を法廷に持ち込めないのでは起訴以降の公判がもちません。有罪にできる証拠がないと、せっかくケージにキツネを入れても逃げられてしまいます〉

「わかってる。だが、キツネの住居を家宅捜索すれば何か出てくるかもしれない」

〈放火された市営住宅みたいな、隠れ家とは考えられませんか〉

「そうだな。だが探る価値はある」

〈……そうですね。わかりました、裁判所にこの住所の捜索差押許可状を請求します。執行令状が出しだい近藤班長に届けますので、キツネの所在を確かめてください〉

「わかった。俺は近藤班と合流する」

〈松永がキツネだとすれば、奪った銃を持っていると考えられます。近藤班長にまわりの一般市民に被害が出ないように十分注意するよう伝えてください。重要参考人として任意で引っ張り、どうしても同行を拒否するなら証拠隠滅、逃亡のおそれがあるとみなして逮捕しましょう〉

　野上が近藤班長に繋がった携帯を差し出す。

〈弓削ちゃん、一体どういうことだ〉

野上から簡単なあらましを伝えられた近藤班長が、開口一番に訊いてきた。弓削は深澤に説明した高橋巡査長の殺害状況と電話で打ち合わせをした逮捕までの手はずを伝えた。それに、聞き込みのときの自分の情報伝達不足で殺害されたのではないかという疑問まで含めてこれまでの捜査の概略を報告した。

〈分かった。間違いなさそうだな。今、野上から聞いた住所に向かっているところだ。着いたらまずマンションの管理人にあたってみよう。けどな、弓削ちゃん。あの時点でキツネはあくまでも放火事件の重要参考人扱いだ。高橋巡査長の件は仕方なかった〉

「……はい」それはキツネの正体を知らない者の判断ならば、仕方がなかったと割り切れる。しかし、尾崎の能力によって、キツネの凶悪さを熟知する者としては、やはり判断ミスでしかない。いくらその時点で高橋とキツネの関係を知らなくても……、何かできたことがあった。

〈いま聞き込みに回っているうちの班の全員を集めてる〉

「野上と一緒にそっちに行きます」

〈お前らふたりは完徹だろ。こっちはうちの班に任せろ〉

「行かせて下さい、班長。キツネの顔だけでも拝みたいんです」

野上もこちらを見て大きく頷いた。

「高ちゃんが死んだって？　おい、どういうことなんだ」

しつこく訊いてくる石上に、捜査上のことなのでお話しすることはできませんと断り、アパートの階段を駆け下りた。

「あんたたちが教えてくれないんだったら、儂が警察に直接訊いてやる」

二階から叫ぶ石上の声を無視して車に乗りこみ、鑑識課の岩渕に電話をかけた。

「岩さん。今朝の事件の似顔絵のチラシとレインコートから個人を識別できる指紋か皮膚片、体毛は出てきてないですか」

〈なんだい弓削ちゃん、そんなに急かすな。今始めたばかりだ。わかるだろう〉

「すみません、そうですよね。任意で引っ張る重要参考人が挙がってきました。だけど、今のところ状況証拠しかないもので、つい……」

〈どうした、珍しいな。お前さんがそんな焦って感情的になるなんて。身内を殺されてんだ、言っていたナイフの件を含めて最優先で片付ける。任せろ〉

「……お願いします」座席に深く座り直し、腕を組んだ。

寝不足の頭に交番で見つけた写真がよみがえる。鼻の上に絆創膏を貼って敬礼していた高橋の誇らしげな笑顔が目に焼き付いて離れない。

「クソっ」小さく呟いた。

野上が運転席から心配そうにチラチラと見てくる。

「ちゃんと前見て運転しろ。事故るぞ」弓削は目を閉じて呟いた。

「はっ、はい」

「野上、悪いが寝かせてもらう。着いたら起こしてくれ」

4

目は閉じていたが結局一睡もできなかった。巡回連絡カードに書かれていたキツネのマンションの前を通り過ぎ、一つ目の角を曲がった所にあるコンビニの駐車場に車を停めた。先に着いていたワンボックスカーの後部スライドドアが開き、近藤班の篠田が無言で手をあげた。弓削が乗り込むと、奥へ移動し席を空ける。

「管理人に似顔絵と写真を見せた。唇の左下にホクロも有り、髪は似顔絵のような坊主でもなく、肩まで伸ばして後ろに結んでいる。さっき送られてきた牝ギツネの写真のほうが中性的な全体の雰囲気が似ているらしい。あまり部屋から出てこないらしく、日が有るうちに外に出かけることは珍しいという証言だった」

野上が車に乗り込みドアを閉めた。

「キツネはデイトレーダーをやっているみたいですね」

「そうらしいな。九〇一号室は大きなルーフバルコニー付きのワンフロアまるまる一軒の部屋だ。そこに独り住まいらしい。豪勢な暮らしっぷりだ。そんなに儲かるのかデイトレーダーってやつは。今朝十時頃に、サングラスをかけジョギングの格好で出かけて行くのを見たそうだ。午前中に会うのは珍しかったので声をかけると、スポーツジムに行くと答えたそうだ。そのまま、まだ帰ってきてない。これを見ろ」

篠田が膝の上に抱えていたノートパソコンをこちらに向けて動画をスタートさせた。マンションの防犯カメラの映像だった。下の時計のデジタル表示が九時四十八分に変わろうとする瞬間にサングラスをかけジョギングウェアを着たキツネが、マンションの玄関ホールのカメラの前を通り過ぎた。黒いバッグを背負い帽子を目深にかぶり顔は見えない。

「カメラの位置をかなり意識している。だが、似てるな、笹塚家のマンションの防犯カメラに写ったキツネの歩く姿に」

「これが昨日の夜の映像だ」

エントランスホールを歩きエレベータに向かう高橋巡査長の姿だった。

「もうひとつがこれだ」

キツネが旅行用の大きなスーツケースを押してエレベータに乗り込み、地下駐車場に向かう映像だった。

「この中に気を失った高橋さんを隠して車まで運んだのか」

スライドドアが開いて、ハンカチで手を拭きながら近藤班長が乗り込んできた。

「おう、お疲れさん。年取るとトイレが近くなっていかん。弓削ちゃん、徹夜なのに悪いな。防犯カメラの映像は見たかい」

「はい、間違いないと思います。急いで尾崎にも送ってください。目撃者に確認させます」

「お前に言われなくても、もうやってるよ。今日の分も合わせて残っていた二週間分のマンションの防犯カメラ映像をデジタル分析室にも届けさせた」篠田が答える。

「弓削ちゃんそう焦るな。今、近隣のコンビニや店舗の防犯カメラのデータをあたらせている。キツネの顔が一瞬でも映っていればいいんだが」

「顔さえわかれば三次元顔画像識別システムで、結婚式で写り込んだ男とこの女の写真を照合して個人識別ができますよ」野上がうかれて言った。

「それじゃあ駄目だ」弓削が声を荒らげた。「それで特定できるのは市営住宅の放火犯につながる手掛かりだけだ。高橋さんの殺害や笹塚一家殺害事件を含めた事件の決め手にはならない」

篠田が腕を延ばし、弓削の胸ぐらを摑んだ。

「ふざけんな、弓削。高橋巡査長が殺されたことに、お前が何の責任を感じて自分を責めているか知らんが、いい加減にしろ！」

「……すまん」弓削は篠田の言うことに、なんの反論もできずに俯いた。

「諦めるのは早いかもしれんぞ。デジタル分析室の坂井がN大学に問い合わせている。あそこには、歩幅や手の振り、重心、上体の反り具合などで個人を歩容認証できるＡＩがある。この防犯カメラの映像と笹塚家のマンションの防犯カメラに写った犯人の歩く姿を比較して同一人物か否かを特定することが、ある程度できるらしい」

「ある程度ですか……」野上が沈んだ声で言った。

「だがな、ＤＮＡや指紋みたいな百パーセントに近い確証はいらない。ある程度高い認証率が出さえすれば、キツネは放火の犯人というだけではなくなる。特別捜査本部の方針を変え、似顔絵と写真の男を高橋巡査長や笹塚一家の被疑者として追うことができる」近藤班長が力強くうなずいた。

「署からガサ状はまだ届いてないのですか」

「いや、まだだ。こうなると、未だにキツネの所在が掴めないのが気になるな」

「班長、野上と一緒にこの近くのスポーツジムをあたりましょうか」

「そっちは他の者があたってる。お前らはここまでだ。ふたりとも徹夜明けだ、今日はもう帰って身体を休めろ」

意地を張って暫く張り込みを続けたが、キツネが帰って来る様子はなかった。結局、野上は当直明けなのを考慮され明日の昼からの張り込みに、弓削と尾崎は、明日の朝八時からマンションの裏口の張り込みに割り振られた。

5

睡眠をとる間もなく、野上が運転する車が登坂警察署の地下駐車場に着いた。弓削の携帯が震える。連絡がないことにしびれを切らした尾崎からだった。

〈弓削さん、篠田さんからキツネの防犯カメラの動画届きました。キツネに間違いないですね。今から私が面通しに行きましょうか〉

「あせるな、尾崎。俺とふたりで、明日の朝の八時からマンション裏口の張り込みだ。お前はキツネの顔を直接見てんだ、頼むぞ」

〈わかりました。今どこですか？〉

「野上と一緒に署に戻ってきたところだ。今、地下の駐車場にいる」

〈ちょうど良かった。ロビーに、弓削さんを訪ねてお客さんが来てましたよ〉

弓削は車を降りた。「客、誰だった？」携帯で話しながら、野上と一緒に地下駐車場のエレベータホールまで歩く。

〈それが、名乗りませんでした。五分ほど前です。一階のロビーにある受付電話から、弓削さんはいらっしゃいますかって、こちらに電話がありました〉

「何の用件だった」

〈只今、外出してますと応えると、黙って切れました。今ならまだ、一階のロビーにいらっしゃるかもしれません〉

市営住宅の元住民自治会長の石上が高橋の捜査状況を訊きにきたのだろうかと思ったが、署に直接訪ねてくる人物に心当りはなかった。

「わかった、ロビーをまわってから戻る。航はそこにいるのか」

〈はい、先程こちらに。替わりましょうか〉

「いや、いい。詳しい報告は戻ってからすると伝えておいてくれ」

野上と一緒にエレベータホールの横の階段を使って一階の玄関ロビーに上がる。受付の前で弓削が呼び止められた。登坂警察署には正式な受付は無い。カウンターがあり、机が近い総務課の女性職員が兼任で対応していた。

「弓削さん。継続捜査支援室を訪ねて人が来てましたよ」

女性職員が指差した玄関ロビーには誰もいなかった。

「あれ、さっきまでそこのロビーに居たんですが、帰られたのかな。名前だけでも訊いとけば良かったですかね」

「誰だろう。まぁ、用事があるならまた来るさ。すまんな」

エレベータに向かいかけた足を止めて振り返り、対応した女性職員に再度訊いた。

「俺を訪ねてきたやつの年齢は幾つぐらいだった？　それに顔や身なりは？」

「若かったです、見たことがない顔でした。継続捜査支援室の場所を訊かれたので、てっきり捜査応援で来た余所の地域課の警官だと思ったんですが」

「……そいつは制服警官だったのか」

「ええ、内線がつながるカウンターにあるインターフォン電話を教えました」

弓削はカウンターのインターフォン電話を見てしばらく考えた。

「まさか……」背中を冷たい汗が伝うのを感じる。

「どうかしたんですか、弓削さん」

エレベータに向かっていた野上が、引き返した弓削に気づいて戻ってきた。

「野上、彼女と一緒に不審な制服警官がいないか、ロビーと一階のトイレを見てこい。いいか、遠目に見て確認するだけだ、声をかけるな。見つかったら俺に知らせろ」

「不審な制服警官……。えっ弓削さん、まさか」弓削の考えていることを野上が察した。

弓削は指を唇にあてて頷いた。野上が女性職員に事情を説明する。緑山交番でひとつ気になっていたことを思い出し、携帯で電話をかけた。〈はい緑山――〉

弓削は電話口で聞こえてきた佐藤の声を途中で遮り話し始めた。「弓削だ。昨日そちらを訊ねた時、高橋さんと君に継続捜査支援室の名刺を渡したと思うがそこにあるか」

〈名刺ですか、ああ、はい。私がいただいたのはここにあります。高橋さんはたしか、名刺ケースに入れていたと思ったのですが……。あれ、無いな。引き出しの中にも見当たりませんね。なにか――〉

無くなったのは、写真と古い巡回連絡カード、警官の制服と装備品だけじゃなかった。昨日の電話は携帯にかかってきた。高橋巡査長は名刺を持って交番を出ていた。

「無いんだな。すまん、ありがとう」

弓削は佐藤の返事を最後まで訊かずに、再度尾崎に電話をかける。

「尾崎、そこに航もいるな」

〈はい、いますよ〉

「この電話をスピーカーにしろ」

弓削は先程尾崎が受けた内線電話、それが受付に継続捜査支援室を訪ねてきた、見知らぬ顔の地域課の制服警官だったことを説明した。

〈弓削さん、それってどういうことですか〉電話の向こうで深澤の声がする。

「ちょっと待て」

ロビーで野上が誰もいないと、両腕でバツをつくった。女性職員も隣で首を振っている。

「野上。班長へ電話して、キツネの所在が摑めたか確認しろ」野上に向かって言った。「いいから、早く電話しろ。俺の勘が間違ってたらそれでいい。だが銃を持ったキツネが警官に化けて署内にいたんじゃ、しゃれにならん」

〈まさか、キツネが署内にいるんですか!〉深澤の声が聞こえる。

「航、いいか。一つ、キツネは高橋さんの銃の他に制服と装備品全てを奪った。二つ、高橋さんに渡した俺の継続捜査支援室の名刺が消えている。三つ、高橋さんは現場で右手の指を三本切断される拷問を受けていた。キツネに何かを訊かれ、そして何かをしゃべらされたのかもしれない。一たす二たす三はいくつだ」

弓削にも、キツネがいくら大胆で狡猾だとしても、警察署に侵入するとはいくらなんでもあり得ないという気持ちが何処かにある。だが、積み重なった状況から導き出されるのは、キツネが弓削を訪ねてこの登坂警察署に来た。そして、まだ署内のどこかに潜んでいるかもしれないという答えしか出てこなかった。

〈でも、それだけでは。キツネは高橋巡査長の遺体の身元を隠すために服装と装備品を奪っただけということも……〉尾崎が言葉を挟む。

「だといいんだが。このままでちょっと待ってくれ」

野上が携帯を差し出してきた。「弓削さん、班長です」

〈弓削ちゃん、こんどは何事だ〉

「班長、キツネの所在はつかめましたか」

〈いや、まだだ。マンションには戻ってきてない。それとスポーツジムをあたってた組から情報が入った。キツネが通っていたのは、ただの駅前のスポーツジムじゃなかった。護身術や刃物の使い方も教える、実戦総合格闘技系のジムだ。松永遼悟の名前で会員になっている。今日はまだ来てないが、いつもは夜八時までのナイトタイムの使用が多いということだ。トレーナーが言うにはナイフの使い方など、そこそこ優秀らしい〉

「実はさっき署の受付に、俺を訪ねて知らない顔の制服警官が来ました」

〈それがどうした。……おい、おい。弓削ちゃん何恐いこと考えてる。まさか……。いや、それはないだろ、いくらなんでも。対応した職員が顔を知らない制服警官は署内にも沢山いる。それに今、うちの署には帳場が立ってるんだ、余所の署の捜査員も応援にきている。知らない顔の地域課の制服警官が出入りしていても何等おかしくはない〉

「そう、だから制服警官の姿で侵入しても誰も気づかない。そんな署内の情報をキツネは高橋さんの指を切断して訊き出した、ってこともあり得ます」

〈市営住宅に住んでいた眼鏡の女の次は、地域課の制服警官ってことなのか〉

「とにかく、あいつは狡猾です。班長も気をつけてください」

〈おっおう、わかった。そっちもな〉

弓削は電話を切り、携帯を野上に返した。

「聞こえたか。近藤班はまだキツネの所在を摑めていない。署の一階ロビーの防犯カメラの映像を見たい。それと鑑識を呼んで受付の内線電話の指紋をとって、キツネのマンションのドアノブの指紋と照合させせろ。もしキツネがまだ署内にいるのなら、署の全ての出入り口を封鎖して、捕まえることができるかもしれない。どうする」

〈言ったじゃないですか。崎さんの右眼と弓削さんの勘を僕は信じているって。下で待っていてくださいい、すぐ行きます〉

〈弓削さん、私も……〉まだ繋がっている電話から尾崎の声が聞こえた。

「いや、尾崎。お前は継続捜査支援室のドアに鍵をかけて、そこから動くな。高橋さんを拷問して情報を訊き出し、ここに侵入したんだとすれば、キツネが会いたがっているのは、俺ともうひとりはお前だ」

第五章　侵入

1

「わかりました。気をつけてください」

　尾崎は持っていた受話器を置いた。椅子から立ち上がり、ドアに鍵をかけようと踏み出した足を止める。深澤が慌てて出て行ったドアが半開きになっていた。

　入り口近くに、嵌め殺しの高窓を通して屋上からの光が差し込んでいる。細かい塵に光が当たり、まるで生き物のように空《くう》を舞っている。その光が制帽のひさしを下げ、俯き加減に立っている制服警官に、スポットライトのように降りそそいでいた。

「こいつ、いつのまに」聞こえないように口の中でつぶやいた。

　笹塚家のマンションで感じた恐怖が甦った。身体は正直だ、背筋が凍りつき足が動かない。静まりかえった部屋に、エアコンの音だけがやけに騒がしく聞こえる。尾崎は自然に振る舞えと自分に言い聞かせた。正体に気付いた素振りを見せずに、震える声を抑えて訊いた。

「お疲れさまです。何か御用でしょうか」

　制服警官が、制帽のひさしに指をかけて顔を上げる。ひさしに隠れていたあの空洞のような眼がこちらを見ている。制服警官はキツネだった。

「弓削拓海警部補はいらっしゃいますか」

抑えたトーン、だが決して低くはない声が聞こえた。

「弓削でしたら今、出かけていますが」

尾崎は机の上の書類を片付け、さりげなく電話の受話器を取り上げた。

「今から連絡をとりますけど、どういったご用件でしょうか……」

目を合わせないように平静を装って応えたが、語尾が詰まり受話器を持つ手が震えた。

「いえ、いらっしゃらないのであれば、後日また伺います」

キツネが顔を伏せたまま歩きだし、両開きのドアの前に立つと足を止めた。尾崎は笹塚家での犯行後、同じようにドアの前でじっと佇んでいた後ろ姿を思い出した。肩がかすかに揺れ始め、静かな笑い声が聞こえてくる。開いたままになっていたドアを閉め、把っ手の下にあるツマミをまわして鍵をかけた。

「……なーんてね。危ない、危ない」振り返ったキツネが笑っている。

キツネが腰を落とし、裾をたくし上げる。足首にくくられたホルスターに納めていたナイフを抜き、ドア横の床に延びている電話線を切断した。かぶっている制帽をソファーに投げ捨てる。全体を白く脱色し、左右のサイドと襟足を刈り上げ、頭頂部にかけて長くなっている髪が揺れた。

「なぜ、僕が偽物だとわかった?」白い髪のキツネが訊いてきた。

「下で不審な侵入者があったと電話で警告がきた。それに、署内で顔とその髪を隠そうとしたのでしょうけど、警察官は……」

尾崎は手に持っていた受話器を戻し、右手首にした腕時計を強く握りしめた。

「警察官は、交番勤務などは例外として室内では制帽はかぶらない」

「へー、そうなんだ。勉強になりまーす」

おどけて腕を曲げ、ナイフを持ったまま左腕を上げて敬礼をした。

「ついでに言うと挙手の敬礼は必ず右手。それに室内で制帽をとったときは十五度の敬礼、つまりお辞儀をするの」

「何だよそれ。ルール、ルールで息が詰まるよ！」

足もとにあったゴミ箱を蹴った。たこ焼きの容器があたりに散乱する。壁に跳ね返された円柱形のゴミ箱が、大きな音をたてて床に転がる。笹塚家や市営住宅では声を聞くことはできなかった。初めて聞いたキツネの声は想像していたよりも高く中性的で、言葉遣いはまるでガキだ。

傍観者と割り切って、どこか別の世界の出来事のように安全な場所からキツネの犯行を見ていた。尾崎にとってキツネは、右眼が見る時空だけにいて、絶対に触れることのできない幻の怪物みたいな存在……のはずだった。

それが、時空の亀裂から現実の世界に現れたキツネが目の前に立っていた。左手に握られているナイフに見覚えがある。脳裏に血だらけのキツネが、母親の背中を踏み越えて走ってくる光景が蘇る。身体を通り抜け、陸人に襲いかかるのを止められなかった。その無力感からくる悔しさは右眼に刻まれていた。

これは現実だと自分に言い聞かせ、それを受け入れて腹をくくるしかない。この世界では、ナイフで刺されれば痛みを伴い血が流れる。そして傍観しているだけでは殺されてしまう。

「あなたが……松永遼悟ね」震える声を抑えて訊いた。

手持ちの最初のカードを切った。今、尾崎にできることは右眼が見た情報のカードで、キツネがここにいることを誰かが気づくまで時間を稼ぐしかなかった。

「へっ。久しぶりにその名前で呼ばれたよ」そう言って、白い前髪をかきあげた。

「その髪は本物？」

「美容室で脱色したんだ。どう、似合うかなー」

笹塚家のマンションで見た三年前のキツネは、スキンヘッドに眉さえも無かった。あらためて見るその顔は、女性に化けても遜色ない整った造りだった。見た目が端整なだけに、犯した殺人の罪はより醜く感じられた。

「何故……、何をしにここへ」

「さあね。強いて言うなら、好奇心かな。あんたらも僕に会いたかったんだろ」

ホワイトボードに貼ってあった似顔絵を剝ぎ取り、ナイフで切り裂いた。

「ご丁寧に、こんなもんまで作ってさぁ」

テーブルの上に置かれていた似顔絵の束を見つけ、高い天井に向かって放り投げた。ばらまかれた三十枚ほどのチラシがゆっくりと舞う。キツネがそれを見上げてほくそ笑む。

尾崎はその隙に、机に置いていた携帯のロックを解除した。電話履歴から弓削の名前をタッチし、書類の下へ押し込んだ。

キツネが床に落ちた似顔絵を踏みつけた。

「それに、このへったくそな似顔絵を作った目撃者ってやつに会ってみたかったんだよ。さっさと言いなよ。どこの何奴だよ、僕を見たって言ってんのは」

「会ってどうするの」

「警察って怖いよね。犯人を捕まえるためなら何やってもいいってこと？　偽証、捏造、作り話じゃないの。市営住宅の住人？　向かいの棟から僕を見ていたってこと？　目撃者って本当にいんのかなー。いるんだったら今すぐ連れてきなよ、ここに」

「そして……、そのナイフで殺すのね」

キツネがナイフの刃に指を当て少し考え、ニヤリと笑った。

「おばちゃん、口が悪いね。会って話を聞きたいだけだよ。さっさと言いなよ」

「それじゃあ、弓削がここにいるって誰に訊いたの」

「誰でもいいじゃん。それに……」

キツネが苛立ち、いきなりソファーの背もたれにナイフを突き立てた。「訊いてんのはこっちなんだよ。質問を質問で返すんじゃねえよ！」

尾崎は笹塚家で見た結衣の胸に深々と突き刺さったナイフを、思い出さずにはいられなかった。

キツネは目線をこちらにむけたまま、ソファーを裂きながらゆっくりと歩く。ずぶずぶとナイフがソファーの革を裂く音が聞こえる。裂け目から押し出された白いウレタンが、内臓のようにはみ出してくる。それを見てキツネがニヤリと笑った。

「おばちゃん。ここにいるってことは、あんたが尾崎なんだろ」

「その警官の制服はどうしたの。私の名前を知ってるってことは、高橋巡査長を殺したのはあなたなのね」

数少ないカードの二枚目を切ってキツネを睨んだ。

2

エレベータのドアが開き深澤が降りて来る。

「弓削君……」

携帯を耳にあてた弓削が、指を立てて会話を遮った。

「継続捜査支援室にキツネが侵入しました。尾崎をナイフで脅しています」

「えっ、さっき私が部屋を出たときは、尾崎君だけだったが」

「七階の廊下の陰か向かいのトイレにでも隠れていて、署長と入れ替わるようにして侵入したんだと思われます。電話がかかってきて、出てみるとキツネと対峙している尾崎の会話が聞こえてきました」

弓削が携帯をスピーカーに切り替えた。

〈――そのナイフで殺すのね〉尾崎とキツネの声が聞こえてきた。

「間違いないな」深澤は顎を人差し指で掻いて暫く黙り込んだ。

「あの、失礼ですが署長。いまは、考えている時間はないと思いますが……」

携帯の会話を聞いて事態を察した野上が後ろから進言した。

「わかっている。だが、ちょっと待て」深澤が手を上げる。

携帯を持って走り出さんばかりに、じれた弓削が大きな声をあげる。

「署長はとりあえず、残っている刑事課全員を集めて銃を着装させる準備を、私と野上は二階で銃を受け取り、継続捜査支援室へ向います！」

「いいから待つんだ、ふたりとも」

指示を聞かずに、慌てて走り出そうとする弓削と野上を深澤が引き止めた。近くの電話の受話器を摑み電話をかける。

「県警本部ですか、こちらは、登坂警察署署長の深澤です。富樫雅之《とがしまさゆき》本部長をお願いします。はい、いいえ緊急の用件ですとお伝え下さい」

深澤が電話の通話口を押え振り返った。

「本部に『特殊班』の出動を要請します。これは刑事課の捜査員が大勢で押しかけて解決できる事案ではありません。キツネは銃を持っている。ここは進行中の特殊犯罪に対応する、専門家に任せるべきです」

出動要請しようとしている『特殊班』は、N県警本部の刑事部に所属する特殊事件対策班のことだ。県警内の選りすぐりの警察官で構成され、誘拐や人質立てこもりなどの特殊犯が起こした現在進行中の事件の対応を専門に、県警本部内に設置されていた。

「はい、登坂警察署署長の深澤です。至急対処いただきたい件でお電話しました。先程、当警察署内七階の継続捜査支援室に不審者が侵入しました。人質立てこもり事案です。不審者の名前は松永遼悟。――はい一人です。女性捜査員の尾崎冴子巡査部長が人質になっています。――ナイフで武装しています。この実行犯はいまだ確たる証拠は出てきていませんが、今日未明に起きた緑山交番高橋巡査長殺害の犯人ではないかと思われます。――はい、そうです。奪われた装備品を身につけて制服警官を装って本署へ侵入しました。――はい当然ながら、高橋巡査長から奪った銃も所持していると考えられます。至急、特殊事件対策班の出動をお願いします。えっ、いやこれは、訓練じゃありません。はい、わかりました。よろしくお願いします」

「どうなりました」

「いま上で協議中だ、折り返し連絡がある。いつものことだが腰が重い」

「署長、キツネの逃げ道を考えるとそう多くはない。警官の服装で堂々と出ていくか、服装を着替えてパニックになった一般市民にまぎれて逃げる。チャンスがあるとすればそのどちらかです。立てこもった場合のキツネへの対応は『特殊班』にまかせるにしても時間がかかります。今できることは、署の出入り口を見張り、逃げようとするキツネを取り押さえることです」弓削は携帯を耳にあてながら言った。

「私も同じ考えです。それでは、ええっと君はたしか……」

「捜査一課近藤班の野上蒼汰巡査です」野上が背筋を伸ばし、直立不動になって応える。

「よし、野上君。君は刑事課へ戻り、電話対応の人員を残して、捜査員と地域課に残っている全員、銃を着装させて第二会議室に集めてください。それと全員に配布するキツネの写真のコピーの準備をお願いします」

「わかりました。直ちに」野上はエレベータの横の階段へ走る。

一緒に動こうとする弓削を深澤が呼び止めた。

「ちょっと待った。弓削君。君にはキツネとの人質交渉を担当してもらう」

「署長、県警本部からです」女性職員が、かかってきた電話を深澤に差し出した。

「はい、署長の深澤です。――そうです。それと、現場は七階です。屋上の出入り口に繋がっています。警備部から狙撃班の派遣を要請できないかと――はいこちらは念のためです。よろしくお願いします。――はい、まだ犯人からの要求は出ていません、今からうちの捜査一課の者が交渉に当たります。詳しい情報はこちらの三階の第二会議室をこの事件の対策指揮本部にあてますので、よろしくお願いします」

電話を切り、深澤が手を叩いて一階にいる総務課の職員に指示を出す。

「はい、皆さん仕事を一旦中止して聞いてください。緊急事態です。七階に不審者が侵入しています。まず、電話対応の人員数名を残し、それ以外の職員は署内を回り、この建物に残っている一般市民を外へ誘導してください。ただし、七階には絶対に近づかないように」

深澤がてきぱきと指示を出し終え、弓削に近寄り声をひそめた。

「弓削さんには、継続捜査支援室へいって、人質解放の交渉を進めてもらいます。『特殊班』の交渉人を待っている時間はありません。キツネの所持している凶器の有無、侵入目的を訊きだして下さい。ただし、くれぐれも無茶しないように」

「わかった、どのくらいで『特殊班』の配備は整うんだ」思わず出した声が大きくなる。

「落ち着いて下さい。焦ってもしょうがありません。県警本部は『特殊班』の準備を始めています。しかし、警備部の狙撃班の方は、まず責任者を派遣して事件内容を聞いてから向こうが判断することになると思います」

「決断が遅いのはいつものことだが、急がせろ」

「地理的に近いとはいえ、配備が整うまで早くて一、二時間ほど。狙撃班が狙撃ポイントを探し近隣のビルに配備されるには、それ以上はかかるでしょう。それも警備部の了承がすんなり出たとしてです」

「わかった。少しでも時間を稼ぐしかないか」

「上はまだキツネを笹塚一家殺害の犯人とは認めていません。それに、高橋巡査長殺害も、マンションの防犯カメラの映像はあるが、まだ確たる証拠は出ていない。弓削さんと入れ替わりに捜索差押許可状の執行令状を近藤班長に届けさせたばかりです。あの部屋から確実な証拠が出て来るにはもう少し時間がかかるでしょう。先程は『特殊班』の出動を早めるために詭弁を使いました。おそらく、本部は警備部からの狙撃班の派遣も時期尚早と考えています。組織が大きいと腰が重い上にふらついている。このままキツネに逃げられて無駄になったとしても、早めに対処しとかないと。これには崎さんの命が……」

「わかってる。あのじゃじゃ馬のお嬢ちゃんがおとなしく人質になってるとも思えんしな。ただ、突入準備が整ったら七階のエレベータホールに『特殊班』をひとまず待機させろ。あそこなら継続捜査支援室から直接は見えない。まずキツネの説得をしてみる。俺の指示があるまで強行突入はさせるな」

「わかりました。崎さんを頼みます」

弓削は小さくうなずいた。

3

「高橋巡査長って誰。あれっ、もしかして、高ちゃんのこと知ってるの」

「白々しい。指を切る拷問までして、ここのことを聞き出したくせに」

キツネの笑みが消える。暗い闇をたたえた瞳をすぼめた。

「……だって、さっさと言わないからさぁ。僕もあんなことしたくなかったのに。まさか、許してくれって涙まで流すとか、まじであり得ないんだけどね」

「どうして殺したの、あなたは高橋巡査長とは知り合いだったんでしょ」

「高ちゃんは、僕がむかし勤めていたお店の常連だったんだ。ここのことだけじゃないよ、いろいろ教えてもらった」

キツネが机の上の電話機を摑んで、女装した自分の姿が映るパソコンに叩きつけた。大きな音と共に液晶モニターが白くひび割れ、電話機と一緒に机の向こうに落ちた。

「なのに、たかがオンボロ住宅の部屋を燃やしたぐらいのことで、大騒ぎしやがって。こそこそ調べ回り、マンションまで嗅ぎつけるとはね」

　電話コードに引っ張られて机の上の書類が散乱する。隠していた携帯が床に落ちた。とっさに隠そうと尾崎が前へ足を踏み出した。

「おっと、動くなっ！」

　キツネがしゃがみ込み、通話中の名前が表示されている携帯を見た。左手のナイフは尾崎に向けられたままだった。今なら……、座り込むキツネを取り押さえようと考えたが、恐怖で身体が動かない。

「へえ、おばちゃん。見かけによらず、腹ん中は真っ黒だね」上目遣いで尾崎を睨む。

　キツネが携帯を拾い上げ、通話中の画面からスピーカーをタップした。「弓削さーん。聞いてんだろ、こそこそと。応えなよ」

〈………〉携帯からは弓削の微かな息づかいだけが聞こえる。

「いいだろ、応えたくないんだったら。いいかい、ここには近づくな。じゃないと、この尾崎っていうおばちゃん、……死んじゃうよ」

　キツネが携帯を床に放り投げて立ち上がり、足で何度も踏み砕いた。液晶画面にひびが入り、破壊された部品があたりに飛び散った。

「いろいろ、やってくれてんなあ」

　キツネが腰を落としナイフを突き出してくる。尾崎は深澤の机の上にあった黒い折りたたみ傘を摑んで、半身に構えた。右眼を覆っていた眼帯をむしり取るようにはずす。後ろから光を浴びる。オーバーフローのリスクはあるが、たとえ擬似的な間合いでも、まったくとれないよりはマシだと考えた。このままでは気絶して倒れるより先に、ナイフで命を奪われる。

電話を聞きながら走っていた弓削が立ち止まった。二階の銃保管室に続く廊下で、刑事課に残っていた捜査員達とすれ違う。野上も一緒だった。

「どうしたんですか、弓削さん」

「電話が切れた。野上、携帯が繋がっていたことに気付かれたと署長に言っといてくれ。俺はこのまま継続捜査支援室へ行く」

「無茶です。キツネは銃を持っているんですよ。丸腰で交渉するつもりですか」

「いいから。どのみち今の俺の銃の腕じゃあ、キツネどころか兎にも当たらない」

弓削は廊下を引き返した。エレベータは六階を表示していた。

「クソっ」

弓削はエレベータホール横の階段を駆け上がった。

4

「ここは警察署、まわりは警察官だらけよ。あなたが侵入したことは、もうばれている。木を隠すならば森の中。大勢いる警察官にまぎれてここから逃げきれると思ったんでしょうけど、残念ね。出頭する気がないのならケージの扉が閉まる前に、早く逃げた方がいい」

ふん、とキツネが鼻で笑う。三つの資料棚が並ぶコーナーへ歩いていき、いきなり一番奥の資料棚にかかっていた梯子を手で摑み全体重を掛けて引っぱった。棚の上部に力が加わりゆらゆらと揺れてあっさりと奥の棚が傾く。残りの棚へとドミノのように崩れ、一番手前の大きな資料棚が音を立てて床に倒れる。

　載せられていた多くの資料の箱が崩れ落ち、内開きのドアの前にバリケードを作った。埃がまいあがり、部屋中に白く立ちこめる。キツネが倒れた棚と箱の山を踏み越え、ドア横の傘立てにあった傘を両開きドアの把っ手にかんぬきのように通した。

　バリケードの山に登ったキツネが振り返り、尾崎を見下ろし嘲笑う。

「わかってないな、どっちが獲物でどっちが捕食者なのか。ケージに捕まったのは、僕じゃない。おばちゃん……、あんたの方だよ」

　尾崎はキツネを睨みながら後ろを見ずに下がる。弓削の机の上にあった梱包用の黒いガムテープを手に取り、素早く折りたたみ傘に巻きつける。

「ふん、そんな物でどうすんの」尾崎の構えた傘を見て笑った。「高ちゃんは論外だった。けど、僕の邪魔をすることは許さない。それに、あんたらはどうやら僕のことを知りすぎている」

「そうよ、チラシもモニターも見たでしょ。もうあなたの情報は全ての警官に流れている。もう何処にも逃げられないのはわかっているわよね。おとなしく投降しなさい」

　本腰を入れてキツネを追って動いているのは県警でもなく、所轄でも一部の捜査員だけ。けれどここは、ブラフをかけてキツネにプレッシャーを与えるしかなかった。今、尾崎がキツネに対抗できるのは、右眼で見た三年前の情報と手に持っている折りたたみの傘だけだ。

　ニヤついたキツネがナイフを弄び、バリケードの山を下りてくる。

「へっ、だから何だよ。おばちゃんが偉そうに」

　尾崎は右足をやや前に出し、半身になって傘を前に構えた。

　キツネがナイフ突き出す。上下に二度三度とフェイントを繰り返し、尾崎との間合いを詰めてくる。刃物と向き合うことに怖じ気づき、逃げたい衝動に駆られる。足もすくみ身体が思うように動かない。防御するたびにちぎれた傘の布がぱらぱらと床に落ちる。フェイントだとわかっていても、落ちた布の数だけ恐怖に心が削がれた。

尾崎は大きく息を吐いた。「相手に呑まれるな」祖父の声がする。

その瞬間、ナイフが尾崎の首筋をついてきた。今までのフェイントとは違う。この軌道は笹塚家のマンションで見ていた。キツネの口からシュッと息が漏れる。尾崎は咄嗟に上半身を捻る。腰を落とし、右手で腕を払いナイフをいなす。身体が泳いだキツネの首筋を、持っていた傘で突いた。傘の骨が軋むほどの手応えがあった。

キツネがたまらず喉元をおさえて咳をする。膝が崩れ床に手をつく。左腕をとって押さえ込もうと背後から飛びかかる。だが、読まれていた。キツネが屈んだ姿勢のまま腰を回し、ナイフを突き出してきた。尾崎はとっさに身体を捻るが、勢いがついて避けきれない。ナイフの切っ先がシャツを裂き、左の脇腹を掠めた。熱い痛みが走り思わず息が漏れた。身体を捻った分バランスを崩し、床に倒れ込む。

素早く立ち上がるが、腹部に刺すような痛みが走った。左手で傷口をさぐる指先がぬるっとした温かいものに触れる。傷口が気になり視線を下げたとき、笹塚家の殺戮が脳裏を掠めた――次が来る。身体が無意識に反応し、首筋を傘で防御した。ギリギーッ、ギッ。キツネのナイフが傘の骨を削る音が耳のすぐ横で聞こえる。ナイフの勢いに押され、力で押し込まれる。ずるずると身体が傾く。左足を踏ん張り、右足をあげてキツネの足の甲を狙い踏みつける。「ぐっ」キツネがたまらず声をあげて後ろへ下がった。

尾崎は脇腹を押さえ、再び腰を落として傘を構えた。アドレナリンのせいか、感覚が研ぎすまされる。流れ出た血が指を伝って床へ落ちるのを感じる。傷口を見たいが、同じ間違いを犯す訳にはいかなかった。痛覚が麻痺しているのか、痛みはさほど感じない。少しでも血が流れるのを抑えようと左手でシャツの上から傷口を圧迫した。

「あれっ血が出てんじゃん。痛そーっ」

キツネが呟き込む。喉元へのダメージで声がしゃがれている。ナイフに付いた血の匂いを嗅いで興奮している。

「おばちゃん、あまり良い物食べてないね」

首筋を手でほぐすと軽く頭を振った。キツネが痛めた足のコンディションを確かめるように、軽くステップを踏んだ。尾崎のかまえた傘はナイフに削られ、すでにぼろぼろの状態だった。巻きつけたガムテープがかろうじて開くのをおさえている。

キツネが逆手にナイフを持ち替えて、肩甲骨をぐるりとまわす。自分の顎の下に持ったナイフを尾崎の首筋に向かって薙いできた。再び傘で防御する。フェイントだった。踏み込んだ足を軸に、腰を回したが遅かった。傷を負った左脇腹に拳を入れられた。

傷口への衝撃と痛みで息ができない。目の前のキツネがニヤリと笑った。膝が崩れる。うなじの皮膚が粟立った。何も考えずに足を蹴って後ろへ転がる。首筋を狙ったナイフの刃先が空を切った。倒れたまま、臑《すね》を狙って闇雲に傘を振るが、キツネは片足をあげてすばやく下がった。顔を上げると、キツネがナイフをかざし尾崎を睨んだ。

「……やるねえ、おばちゃん」

倒れているままでは不利なのはわかっていた。衝動的に立ち上がる。焦って踏み出した右足が、床の似顔絵を踏みつけて滑った。左に身体が泳ぐ。キツネはその隙を見逃さず、身体ごとナイフを突き出してきた。尾崎は崩れた体勢のまま後ろに下がらず、左足を蹴って前へ出た。驚いたキツネの目が見開かれる。深く間合いに入り、そのままナイフを持った腕を脇に挟み、肘をキツネの顎に叩き込んだ。金属音をたてて床にナイフが転がる。

尾崎はアドレナリンの高揚と興奮で、床に倒れているキツネに思わず叫んだ。

「いい気にならないで。あなたのワンパターンなナイフの軌道は、何度も見てんの！」

ガムテープでまいていた留め具がはずれ、折りたたみ傘が開く。膝を曲げて立ち上がろうとするキツネに傘を投げつけ、落ちているナイフを拾おうと手を伸ばした。その瞬間キツネが仰向けに転がる。継続捜査支援室に銃声が響いた。

銃弾はペンダントライトを砕き天井近くの壁に穴をあけた。――と同時に、尾崎のアドレナリンがもたらす興奮も打ち砕かれた。顔の近くを通り過ぎた銃弾の圧力に押され、二歩三歩と後ろによろめく。追いかけるようにして火薬の匂いが漂ってきた。

銃声が聞こえた。弓削は、七階のエレベータホールで止まり、耳を澄ませた。内ポケットの携帯が震える。

〈弓削さん、何があった〉深澤からだった。

「わからん、今、七階に着いたところだ。尾崎から繋がっていた電話はついさっき切れた。今から交渉に入ろうとしたときに、継続捜査支援室から銃声が聞こえてきた。航、銃が使われたことを知らせれば、上も動く。『特殊班』と警備部の狙撃班の配置を急がせろ。もし人質交換がうまくいかなかったら、キツネを屋上に誘い出す」

〈わかりました〉

「それと、継続捜査支援室の電源を落としてくれ。揺さぶりをかける」

〈キツネを刺激して大丈夫ですか〉

「何でもいいんだ、プレッシャーをかけて人質交渉の条件を増やしたい」

〈わかりました。逐次連絡をください〉深澤が携帯を切った。

5

キツネがソファーの肘掛けに手をかけ、尾崎に銃を向けながら立ち上がる。口元についた血を拭い、唾と一緒に口の中にたまった血を吐き出した。血に混じって折れた歯が床に転がる。尾崎は一歩も動けなかった。

「痛ってえな、あーあっ。奥歯が取れちゃったじゃん」

床に落ちていたナイフを拾い、足首のホルスターに仕舞う。キツネが銃口をまっすぐこちらに向け近づいて来る。一歩も動けなかった。

三年前の資料室の光景が歪む。格闘の衝撃で右眼の時間がズレだしているのを感じる。

「ワンパターンって何だよ、おばちゃん。あんたが何知ってるって言うんだよ！」

肩を押されて後ろによろける。背中が壁に触れる。キツネの突き出した銃口が額に触れた。発射されたばかりの銃口はまだ熱を持っていた。

「さあ、言いなよ」発砲した興奮で目が据わり、唇が歪む。

筋肉がこわばり、壁に縫い付けられたように身体を動かすことができない。それは銃がもたらす威圧だけではなかった。笹塚家で見た、あの空洞のような目が尾崎を睨む。真っ暗な空洞の底に溜まった液体の表面に、脅えた自分の顔が映っていた。

「あんた刑事だろ、拳銃を出せよ」

「私は、持ってない」

「じゃあ、後ろを向いてゆっくり上着を脱げ」

尾崎は、スーツの上着を脱いで机の上に置いた。キツネが尾崎の腰回りをさぐる。いきなり後頭部に硬い衝撃を受け、机の上の書類と一緒に床に転がった。

キツネが握っていた銃を机の上に置き、上着を持ち上げチェックした。

「ほんとに持ってないのかよ」

「警官が……いつも銃を持ってると思ったら大間違いよ」

銃のグリップで殴られた部分を指で触った。出血はないが、後頭部から首筋にかけて心拍に合わせてずきずきと痛んだ。

「おいっ、立てよ。両手を前に出せ」

尾崎は机に手をかけて立ち上がる。左手についていた自分の血糊が机に赤い手形を残す。脇腹を見ると白いシャツに傷口から流れた血が赤くにじんでいた。

キツネがポケットから黒い結束バンドを二本取り出し、足下に投げてきた。

「使い方はわかんだろ。輪っかを作って自分の手首にかけろ。二本ともだ」

二本の結束バンドを手首にかけて両手を差し出す。キツネが結束バンドの端を引っ張り二重に縛った。尾崎は腹部と後頭部の痛みに耐えきれず、継続捜査支援室奥の壁に背をあずけそのまま床に腰を落とした。

ミーティングテーブルの上に胡座をかいたキツネが、床に座る尾崎を見下ろす。右手に銃を持ちサムピースを押して、銃のシリンダーを外す。弾丸の雷管部の打刻印を数え、残弾数を確認している。手首をスウィングさせシリンダーを戻し、銃を左手に持ち替えた。

「どうでもいいけど、左利きの拳銃ってないの。面倒くさいな」

キツネはまるで、初めておもちゃを与えられた子供のようだった。

「外れちゃったな。練習したんだけどな」天井に開いた銃弾痕を見た。

銃口に鼻を近づけて火薬の匂いをかぐ。キツネの目が恍惚の表情を見せる。

「たまんないね。……おっ」

突然、部屋の照明と残っていたパソコンが全て消え空調が止まる。嵌め殺しの窓からの光だけが薄暗くなった継続捜査支援室を照らした。キツネの目に落ち着きがなくなり動揺している。部屋の壁にはり付くように延びる階段と扉を見た。

「おばちゃん。あのドアの向こうは、どこに繋がってるんだ」

「……たっ」声が出ない。「……ただの屋上よ。外には出れるけど、逃げ道はない」

ドアの把っ手の下にあるサムターンがまわる音がして鍵が開く。突然、激しくドアを叩く音が響き渡る。キツネが銃を尾崎に向けた。

「おい、尾崎いるのか。大丈夫か！」弓削の大きな声が聞こえた。

「そこを動くなよ」

キツネが銃を構えドアに近づく。ドアに体当たりを繰り返す音が響き、両開きの把手に通された傘が歪む。ドアの前に倒れている棚がギシギシと音をたてて動き、資料の箱の山が音を立てて崩れる。棚が押されわずかに開いたドアに隙間ができる。そこから弓削の目が見えた。

「うるせえな。ここに近づくなといった筈だ。このおばちゃんの命が惜しかったら、そのドアから離れろ」

「松永遼悟だな。諦めろ、もうここからは出ることはできない。俺が代わりになる、人質を解放しろ」

「弓削さん！」尾崎は叫んだ。

「おい、扉から離れろって言ってんだろが」

キツネがバリケードの山を登り、扉の隙間に見える弓削に銃口を向けた。

扉の向こうで弓削が、ここから出ることはできないと、キツネに明言した。おそらく署の出入り口は封鎖され、監視の人員の配備を済ませている。深澤のことだ、県警本部の特殊事件対策班の派遣要請も出したのだろう。ここまで何とか時間だけは稼いだということか。

「あんたが、弓削さんかよ。まず手を見せろ！」

「銃は所持していない」

「誰がしゃべっていいと言った。ゆっくり上着を脱げ！　それから手のひらを開いてこっちに見せろ。そのまま手を上げるんだよ、そうだ。その場でぐるっと回れ」

「わかった……」

「そうだ、ゆっくり、ゆっくりとだ。パンツの裾をあげろ……。良いだろう。何しにきた」

「お前は高橋巡査長を河原で拷問し、俺の名刺を奪ってここへ訪ねて来たんだろ。用があるのは俺で、そいつは関係ないはずだ。解放しろ」

「高ちゃんに聞いたよ。似顔絵の男や、岡崎の爺さんを探してるって。僕がここにわざわざ来たのは、あんたに訊きたいことがあったんだよ」

「だったら俺をそっちに入れろ。お前の訊きたいことってのはなんだ。人質を解放するのなら答えてやる。言ってみろ」

「ふん、僕があんた達から知りたかったのは、この似顔絵を作った目撃者のことだったんだ。けど、もう見つけちゃったんだよね」

キツネが振り返り、バリケードの山を下りて大股で近づいてくる。銃を腰のホルスターにしまうと、足首からナイフを取り出した。

「あんたなんだろ、目撃者は。どうやって、どこまで見たのか知らないけど、白状しちゃいなよ。——じゃないと死んじゃうよ」

後ろからキツネの腕が首に巻き付き、身体が持ち上がる。冷たいナイフの刃が頰を撫でる。キツネが耳元でささやいた。

「おばちゃん、あんたいったい何もんなんだ」

言葉と一緒に口から吐かれた妙に甘い息が、尾崎の首筋にかかる。

「……何のことを言っているのかわからない」尾崎は震える声を喉から絞り出した。

「そいつの言ってることは本当だ、何も知らない。おい、怪我をしているじゃないか。大丈夫か尾崎」弓削が尾崎のシャツににじむ血に気がついた。

「うるせえな。ちょっとしたナイフのかすり傷だ。拳銃の弾は、あたってねえよ」

「本当なのか、尾崎」

「……はい。ぐっ」首に巻かれたキツネの腕が喉にかかり息ができない。

「おい頼む、傷の手当をさせてくれ。その替わりに俺が人質になる」

「ウッセーな」

首に回されていた腕が緩んだ。尾崎は足に力が入らずその場に崩れ落ちた。

「……弓削さん」たまらず咳き込む。

キツネはナイフを足首のホルスターに戻すと、銃を取り出して弓削に向けながらバリケードの山を登った。

「良いだろう。それじゃ、何でも欲しい物は用意してもらえるのか」

「なんだ言ってみろ」

「このおばちゃんじゃないんだったら、似顔絵を作った目撃者ってやつをここに連れてこいよ。ついでにこの拳銃の弾を差し入れてもらおうか」

「ふざけるな。そんなことができるわけないだろ」

尾崎は意識が朦朧となりながら、ふたりのやり取りを聞いていた。キツネがまず訊いてきたのも目撃者の存在だった。似顔絵を見せられ、放火の犯行を誰かに目撃されたと疑心暗鬼になっているのは想像できる。だが、警察に正体がばれた時点で逃亡することも考えられたはず。なのに、捕まる危険を冒してまでここに侵入してきた。キツネはなぜそこまで目撃者に拘る？

キツネが屋内照明を見上げて言った。「それじゃあまず、ここの電源を入れろ。それと喉が渇いた。とりあえずペットボトルの炭酸水を三本と前の店のマルゲリータとマリナーラをハーフ＆ハーフで持ってこい」

「なんだそりゃ、マリナなんとかって」

「道路を挟んで真向かいにあるイタリアンだよ。おじさん知らないの。石釜を使って焼かれた、薄めの生地が美味いピザがある」

「わかった。その代わりに人質を解放してもらえるか」

「ふざけてんのはどっちだよ。炭酸水三本とピザ一枚でそんなことできるわけないじゃん。『等価交換』ってルール知らないの。だったら、等価分のおばさんの指三本と耳たぶ一枚をそっちに返してやってもいいけど、どうする」

「このクソ野郎……」弓削が言い返そうとした言葉を飲み込んだ。

「あーあっ、言っちゃった。聞かなかったことにしてやる。早く失せろ」

「ピザと水は用意する。だが、そのかわりに俺とそいつの人質交換を考えといてくれ。それこそ『等価交換』だろ」

「あんたにこのおばちゃんと同等もしくはそれ以上の価値があるんだったらな。それが需要と供給、市場の原理、神の見えざる手ってやつだ」

6

白いシャツが赤く染まっている。両手を縛られていては、左脇腹の傷口を見ることはできない。おそらく、この出血量からすれば脇腹のナイフの傷はそう深くはない。……はずだ。目眩がしてふらつくのは、出血や後頭部を殴られたせいばかりではない。眼帯をはずして、すでに一時間半になろうとしていた。だが、この右眼を開いて相手との間合いを見切れていなかったら、今頃はこんな傷では済まなかった。

縛られた手でなるべく右眼を抑えてはいるが、頭痛と目眩、それによる吐き気がしてきて呼吸も苦しい。尾崎は自分の身体が、この件が終わるまで保《も》つのか考えた。時間は稼いだが、自分にはその時間が無くなってきているのかもしれない。このままでは、ナイフで刺されるか銃で撃たれるか、いずれにしろオーバーフローで気を失って動けなくなる。その前に——なぜ殺した？

キツネを前にして、どうしてもこれだけは訊かないわけにはいかなかった。

「三年前……」絞り出した声が擦れた。

「るせぇーな、何だよおばさん。ピザがくるまでそこでじっとしとけよ」

キツネが苛ついている。さっきから目の焦点が定まらず、ソファーのまわりを落ち着き無く歩き回っている。銃を持つ手がずっと震えていた。

「なぜ……、三年前、何の罪も無い笹塚一家を皆殺しにしたの」

尾崎は床から上半身を起こすとキツネを睨みつけ、震える声で三枚目のカードを切った。今まで苛々していたキツネが目を細め、フッと顔を歪ませて笑った。

「なんで……、なんであの家族のことまで、おばちゃんが知ってんのかな」

「あの似顔絵のチラシは見たんでしょ。世の中そうそう悪いことはできないようになってんの。確かに、あなたが探している目撃者なんていない」

「やっぱ、警察のでっち上げなんだ」

「目撃者はいない。けどね……、笹塚家のマンションと市営住宅での犯行の一部始終を見ていた『傍観者』は存在する。笹塚一家四人と高橋巡査長以外に、あなたは何人の人間を殺しているの」

キツネの顔が一瞬引きつった。だが、すぐにニヤつく顔に戻る。

「へえ、やるじゃん。意外と警察も優秀なんだ」

キツネに胸ぐらを掴まれ、壁に押し付けられた。銃口をシャツの上から脇腹の傷口に押しつけてくる。見下ろすと、傷口が開き、シャツに赤い滲みが徐々に広がっていく。

奥歯を嚙み締めた口から言葉にならない呻き声が漏れる。

「素直になりなよ、痛かったら、許してくれって叫んでもいいんだぜ。高ちゃんみたいに」

刺すような痛みで気を失いそうになるが、顎の下に添えられたキツネの腕が尾崎が座り込むのを許さない。

「やっぱりな。おばちゃんが僕のナイフを見切ったときに気がついた。目撃者はあんただって。どうやって、どこから見ていたんだ……、さあ、さっさと白状しなよ」

瞬きができなかった。眼をそらすと、キツネに頭の中を覗かれるような気がした。尾崎にできるのは、その深い瞳を睨み返すことだけだった。

「それでも目撃者じゃあないと言い張るんだったら。あの一家全員が殺されるのを、市営住宅が燃えるのを、ただ見ていただけで何もできなかった、その腰抜けの『傍観者』ってのはどこにいんだよ」

キツネが銃をホルスターにさした。いきなり腰を入れた左の拳が尾崎の顎に入った。結束バンドで縛られた両手では、防ぎようがない。尾崎の身体が床に転がる。

「それじゃあ、これからおばちゃんには全部喋ってもらおうかな」

縛られた両手を床について身体を起こそうとしたそのとき、腹部にキツネの靴がめり込んだ。脇腹の傷には届かなかったが、内臓を直接抉られたような鈍くて不快な痛みを覚える。転がりそうになるところを、こんどは胸部を蹴りあげられた。肺に残っていた空気が全て吐き出される。

「かっ、こほっ」苦しくて叫び声も出ない。

「おばちゃんには指じゃなくて耳か鼻で試してもいいんだけど、どうせ最後には喋るんだから、綺麗な顔のままでいたいだろ。素直に従った方がいいよ、高ちゃんみたいに意地を張って指を何本も失くす前に。じゃないと最後は、泣き叫ぶことになる……」

腹部とあばらへの衝撃で内筋が痙攣したようになり、肺が動かない。呼吸をしようと口を大きく開けるが、次の息が吸えなかった。

「……僕に、殺してくれって」

尾崎は歯を食いしばり、両肘を前について身体を支えた。結束バンドで縛られた手の指が小刻みに震え、額から流れた汗が涙と一緒に床に落ちる。そのまま気が遠くなり横に倒れた。

ようやく肺に流れ込んできた酸素を求めて、むさぼるように呼吸を繰り返した。

7

同じフロアにある貴賓客用の特別応接室から電話、電源の配線が七階のエレベータホールまで延びている。黒い防弾ベスト、肩や膝にパッド、ホルスターには自動拳銃を着装、手にバイザー付きのヘルメットを抱えた黒ずくめの特殊班の隊員達で、息が詰まるほどの緊迫感が漂っていた。壁には防弾盾が立てかけられている。並べられた長テーブルの上には、特殊銃や閃光弾、ファイバースコープ、無線機などの装備品と一緒に三台のノートパソコンも置かれていた。

電子音が鳴り、エレベータの扉が開く。ピザの箱を両手に抱えリュックを背負った野上とその後ろから、隊員がひとり、手に棒状に丸められた紙を持って降りてきた。ホールにいた特殊班全員の間に緊張感が走るのがわかる。

「弓削さん、買ってきました」

そんな空気に気がつかないのか、飄々《ひょうひょう》とした野上がピザの箱と炭酸水の入った白いビニール袋、それと肩にかついでいたリュックをテーブルの上に置いた。あたりに場違いなピザの匂いが漂う。

「これ……」野上がリュックから銃と防弾ベストを出して、弓削に渡してきた。

「銃は保管庫に戻しとけ。もし交渉で尾崎と俺を人質として交換することになったら、みすみすキツネに渡すことになる」

弓削は銃を野上に返し、防弾ベストだけを受け取り身につけた。

「こちらは……」野上がエレベータから一緒に降りてきた隊員を紹介した。

「前線の指揮を任された特殊事件対策班、捜査第一係の杉原《すぎはら》だ」

引き締まった身体に口と顎に無精髭をはやした杉原が握手を求めてきた。弓削が手を握ると指の骨がきしむほどに握り返された。

弓削も自己紹介した。杉原が鋭い眼光で弓削をじっと見たまま、部下に丸められた紙を渡す。エレベータホールに置かれた机にそれが広げられた。目の端に入ってきたのは、継続捜査支援室を含めた七階と屋上の平面図だった。無線が繋がり、部下が杉原に無線を差し出してきた。杉原が無線の向こうの人物と会話を始める。隊員が三台並んだ中央のパソコンを立ち上げると、モニターに屋上のライブ映像が映し出された。

「これは警備部の狙撃班にくっついている、うちの隊員のライブカメラ映像だ。まもなく二組目も配置につく。おい、犯人との交渉はどうなっている」

「これから次の交渉に入る」

「所轄は黙って従ってもらいたいなどと、上から目線で言うつもりは無い。しかし、下にはうちのネゴシ専門の人員も到着している。おたくの署長には、専門家に犯人の対応にあたらせて貰いたいと進言はしたんだがな」

杉原が小さくため息をつき、顎ひげを撫でる。他の隊員に比べるとピリついた緊張感は無かったが、プロ意識に徹した冷徹な威圧感みたいなものがあった。

「何も縄張り意識で意地を張っているわけではない。犯人は高橋巡査長から捜査状況や捜査員の名前を訊き出し、俺に名指しで電話をかけてきた。それに、犯人の情報もいくつかある。申し訳ないが交渉はこちらで対応させてもらう」

その犯人のことを一番知っているのが、人質になっている尾崎だとは言えなかった。

テーブルの上のピザのケースを見て杉原が頷いた。

「わかった。既に交渉も始まっているようだし、交渉人が途中で変わるのも犯人にいらぬ疑念を与えかねない。本部長とおたくの署長からの指示でもあるしな」

「申し訳ない。それでは、位置的に継続捜査支援室の扉から覗くと、そこの廊下までは丸見えになる。犯人に突入班の姿を見せて刺激したくはない。こっちから指示を出すまで、この場で待機していてくれ」

杉原班長の眉がピクリと上がった。値踏みするように暫く弓削を見てうなずいた。

「……いいだろう。待つのもこっちの仕事だ。だが、こうして警備部の狙撃班までお出ましいただいてんだ。犯人と人質の状況を、少しは説明する義務ってもんがあるだろう」

杉原が腕を組み弓削を睨む。まわりを囲み、ふたりの話を聞いていた突入班の隊員も無言のプレッシャーをかけてくる。

「まあ、まあ、まあ。ここで内輪もめしていても何の解決にもなりませんよ。弓削さん、僕も知りたいです。今の状況説明をお願いします」

緊張感の中、間を取り持つように、のんびりとした口調で野上が入ってきた。弓削は杉原に向って頷き、テーブルの上に広げられた七階の平面図にマジックペンで机やテーブル、資料棚、ソファーなどの配置を書き加えた。

「継続捜査支援室の入り口ドアの向こうには、バリケードが築かれている。おそらく、この部分に立っていた資料棚を倒して、簡易的にバリケードにしたものと思われる。ドアの隙間から見えた人質は、両手を結束バンドのようなもので拘束されこの位置に。それと、人質の左脇腹から出血しているのが見えた」

継続捜査支援室の平面図の奥の壁をさして、ペンで丸を描いた。

「えっ、尾崎さん、怪我をしているんですか」

野上の慌てた声を無視して話を続ける。「声をかけて本人に確認をとった。ナイフの傷で銃創ではないということだ。出血は止まっているように見えたが、いつまで保つかわからん。それと、犯人の特徴だが、身長百七十六センチ、左利き。頭髪は白く脱色され、警察官の制服を着装している。凶器に関しては、高橋巡査長から奪ったと思われるリボルバーの銃を所持し、左足首のホルスターにナイフを隠している。新しく入った情報では、犯人は実戦総合格闘技系のジムに通っていてナイフの使い方は心得ている」

「わかった。犯人の人数はひとりで間違いないのだな」

「ドアの隙間から見える限りでは。それに、直前まで通じていた人質の携帯から聞こえてくる声もひとりだった。内線電話はコードを切られて不通状態で、人質の携帯も壊されて繋がらない」

「連絡は取れないということか。部屋に排気口か換気扇はないのか」

「継続捜査支援室は後から建て増しされたので、ビル全体から独立した造りになっている。排気口と換気扇はあるが、直接屋上に繋がっている」弓削が平面図をさしながら答える。

「ファイバースコープを入れて、中を覗くことも出来ないか」

「入り口はここの両開きのドアと屋上へつながる出口のふたつだけだ。近くに屋上へ飛び移れるビルも無く、ドアと天井近くに窓があって、ヘリコプターで近づけばプロペラとエンジンの音で犯人に気づかれる恐れがある」

「それで、俺たちはいつまで待てばいい、突入のタイミングの判断はどうするんだ」

「タイミングはふたつある。初回の交渉で犯人は銃弾を要求してきた。これまでに確認できている情報では、高架橋の下で高橋巡査長殺害に二発、先程の継続捜査支援室内で一発、銃が使われている。何処からか補充したとも考えにくいとなると、あと残っている銃弾は多くても二発。したがって、銃声があと二回して銃弾を撃ち尽くした時点で、指揮本部の深澤署長と協議して突入準備を始めてくれ。これがひとつ目のタイミングだ。ただし、ナイフは残る。人質の安全のことを充分に考えて慎重に頼む」

「言われるまでもない。人質の解放と犯人制圧が我々の任務だ。ふたつ目のタイミングは」

「一度目の交渉では拒否されたが、再度、俺と人質の尾崎を交換するよう交渉する。それが成立し、いま人質になっている尾崎が解放されたときだ」

「それは、あんたが戻らなくてもか……」

杉原が腕を組んだままじっと見据えてくる。弓削がうなずいた。

「わかった」杉原は弓削の提案について、無線で下の指揮本部と協議を始めた。

「弓削さん、それとこれ」野上がリュックを開けて、車のタイヤ交換に使う車載ジャッキを弓削に見せた。「いったい何に使うんですか」

「いいから貸せっ」

リュックを奪って、そこにペットボトル三本を放り込んだ。

「弓削さん。尾崎さんのこと、くれぐれも頼みます」野上が頭を下げた。

「わかってる……」

「――そうですか、了解しました」杉原の無線での協議が終わった。

隊員が右端のパソコンを立ち上げる。まだ固定されていないライブ映像が揺れながら流れてきた。屋上中央には人影はなかった。

「二組目の狙撃班からライブ映像が入った。三十分以内に狙撃準備が整うそうだ。それと先程の突入のタイミングの提案、本部からも了承が出た」

「宜しくお願いします」そう言って弓削は頭を下げた。

弓削には、杉原には報告をしなかった気掛りな点がもうひとつあった。ドアから覗いたとき、尾崎が右眼に眼帯をしてないのが見えた。すでに、キツネが侵入して二時間以上が経過していた。

8

キツネが屋上へ続く階段を見上げた。

「よしっ。ここは息が詰まる、屋上に出て新鮮な空気でも吸ってみようか。おばちゃん、あんたも来るんだ」

壁に背中を預け座り込んでいた尾崎は、言われるままに立ち上がった。「うっ……」身体がきしみ、思わず声が漏れた。息をするたびに、蹴られたあばらに鋭い痛みが走った。

背中に銃口を押し付けられふらつく足で階段を上る。ドアを開けて見上げると、眼帯をはずしている尾崎の目には白い雲とふたつの太陽が見えた。床から二メートルほど高くなっている継続捜査支援室の壁に沿って掃除用ロッカーが三つ並んでいる。その横にビル全体の業務用エアコンの大型室外機が八台並び、低い音を立てて稼動していた。キツネが尾崎を盾代わりにし、壁に背中をつけて室外機の向こうの屋上を見渡す。誰もいないことを確かめると継続捜査支援室の壁と室外機の間に身を潜めた。

「他に出口は無いのかよ。非常階段みたいなものは」

「ここは屋上に建て増しされた資料室だったの。屋上への入り口はここしか無い。諦めて、投降しなさい」

「うるせーな！　同じことを何度も言わせんな」

キツネが尾崎の背中を蹴った。結束バンドで拘束されていては受け身も取れず、屋上の床を転がって壁に背中を打ちつけた。その衝撃で右眼の見ている光景がスキップし、見上げている雲が勢いよく秋の空を流れていく。

縛られた両手を床につき、上半身を持ち上げて壁に背中をつける。

「もう一度訊くけど……。なぜ、何の罪もない笹塚家の家族全員を殺害したの」

「へっ、罪がない？　あのとき、ランドセルを背負ったあいつには公園で忠告したんだ。家族っていうものは幻想だ、それだけで罪なんだって」

継続捜査支援室のドアの前で、弓削の内ポケットの携帯が震動した。

〈弓削さん、崎さんとキツネが屋上に上がったようです〉深澤の声が聞こえた。

「狙撃班はどうなってる」

〈その狙撃班からのライブ映像を見ています。一組は北西のビルに待機し、もう一組は屋上の中央へキツネを引き出せば狙えるポイントを探しています。後は、こっちの狙撃許可命令を待っている状況です。キツネも警戒していて、屋上に出るドアの側にある、掃除用具のロッカーとエアコンの大型室外機の陰に身を潜めて詳しい様子は見えません〉

「航、なるべくならキツネを生け捕りにしたい」

〈わかっています。警備部から狙撃班に出張ってもらってはいますが、あくまで『特殊班』が主導で対応しています。人質の解放と犯人確保が主な目的で、狙撃は﨑さんの命を救うための最終手段です。それは『特殊班』の杉原係長も了解しています〉

弓削はリュックを降ろし継続捜査支援室のドアの前に座り込んでドアの隙間から中を覗く。確かに室内に人影は無く、天井近くの窓の向こうにキツネの後ろ姿が見えた。

「屋上に上がったってことは、水とこのピザはただの時間稼ぎか。あの野郎、俺をパシリ扱いしやがって」

携帯を置いてスピーカーモードにした。床に胡座をかいてリュックからジャッキを取り出し作業の準備をしつつ、携帯に呼びかけた。

「航、今俺が着ている防弾ベストはどのくらいの性能なんだ」

〈それを訊いてどうするんですか〉

「いや、一応な……」

〈ライフルなどの貫通力の高い銃には通用しませんが、キツネが強奪したサクラぐらいなら耐弾可能です。でも、試したことは無いですけど、着弾した場所や距離が近すぎると骨折ぐらいはするかもしれませんね〉

「だよな……。ひとつ頼みがある。十分後に一般市民に向けて署内の警報ベルを一分だけでいいから鳴らしてくれ」

〈今度は警報ベルですか。今更そんなことしても一般人の警察署からの退去は、ほぼ終わっていますが〉

ピザの箱を開ける。チーズの美味しそうな匂いが漂う。

「キツネがドアの向こうにバリケードを張っている。一回目の交渉でわかったんだが、継続捜査支援室の床はリフォームしたてでワックスがきいている。隙間に車載ジャッキをかましてこじ開ければバリケードは動く。そうすればドアの隙間から中へ潜り込むことができるかもしれない。ただ屋上のキツネに作業音を聞かれたくない。一分もあれば充分だ」

〈ちょっと待ってください、中に侵入するつもりですか。無謀です〉

「屋上だとここから遠くて声が届かない。心配するな、ただキツネと交渉するだけだ」

弓削はピザ一切れを、手に取って口に入れた。少し冷めていたが、ぱりっとした生地にチーズとソースの味が絶妙だった。「あの野郎、美味いじゃないか」

〈えっ何ですか〉

「いや、なんでもない。さっき継続捜査支援室を覗いたとき、尾崎は右眼の眼帯をしていなかった。そんなに時間はない、頼んだぞ」

〈はぁー、仕方ないですね。わかりました。それでは十分後、ちょうど二時二十五分に警戒アナウンスと一緒に警報ベルを一分間鳴らします。でも、気をつけて下さい、キツネが潜んでいるあの位置だと、窓からは継続捜査支援室のドアは丸見えです。それに『特殊班』も待機しています、くれぐれも無茶だけはしないでくださいね。弓削さんに最前線で早死にされても困ります〉

「心配するな。お前が知らないだけで、俺は人より臆病な人間だ」

炭酸水をひとくち飲んで、携帯の電源を落とした。前回、無理矢理押し開けた継続捜査支援室のドアの隙間にジャッキをかませる。ピザの残りを口に放り込んで腕時計を見た。

9

あいつって誰――。

「ランドセルってまさか。あなたが言ってるあいつって、笹塚陸人君のことなの」

尾崎は、刺される瞬間の目を見開いた陸人の顔を思い出した。あれは、自分の家に現れた顔見知りの男が母親を殺し、自分に襲いかかってきた、その驚きと絶望からくる表情だったのか。マンションを出るとき、キツネが玄関ドアの前に暫く立ち止まって見ていたのは、廊下の先に倒れていた陸人。だとすれば、小学校二年生の陸人とキツネの間にいったいなにが――。

「初めて会った時、あいつは公園で拾った雀のヒナにミミズをやっていた。だから教えてやったんだ。いちど巣から落ちた弱いヒナは、他の動物の餌になるか衰弱して死ぬしかない。それがこの世界の万物を支配する法則だって」

「雀のヒナって……」

「そう言ったら、あいつは急に泣きだした」

「まだ小学校二年の陸人君に、そんな理屈わかるわけがない」

「でも、声をかけてきたのはあいつの方からだ。この雀を助けられるのかって真剣な目で訊いてきた。頷くとヒナと一緒に僕の後を付いてきたんだ」

「それがあの市営住宅の部屋……」

「そうさ。燃えた市営住宅五〇五号室で、僕らは雀を育ててた」

キツネが遠くを見るまなざしで、誰もいない屋上を眺める。やはり動画〈メリーゴーランド〉の最初のカットは、あの部屋で撮られていた。

「……あなたが『ダイス』に送った動画を見た。最初のシーンで、雀を包んでいた手は、陸人君なのね」尾崎は生唾を飲み込み四枚目のカードを切った。

キツネが何かの儀式のように空を見上げ、大きく両手を広げた。

「ほら、ほら。やっぱり見てたんじゃん、あの動画。ダイスのオーナーが逮捕されたニュースが流れてサイトが閉鎖されたとき、もう誰にも見てもらえないいんじゃないかと心配してたんだ。じゃあ、じゃあ、僕が送った他の動画も見たんだろ」

キツネが壁に手をつき、上から覗き込んでくる。尾崎からは逆光になり、黒い影の中に子どもみたいにはしゃぐ白い歯だけが見えた。

「でっ、でっ、でっ、どうだった。僕の撮った動画」

「反吐《へど》が出る。あなたは、他の動画の現場でも誰かを殺しているの」

「さあね、どうだろ。あんたも警察官なんだろ、人に訊かないで自分たちで調べなよ。但し、おばちゃんがここを出てそれをやれる保証はないけどね」

「動画を投稿した名前の〈XV〉って、どういう意味なの」

「そんなことどうでもいいじゃん。忘れた」キツネがごまかした。

あくまでも惚《とぼ》けるつもりなのなら、餌を撒くしかない。

「じゃあ、私が持ってる『傍観者』の情報は知りたくない？　『等価交換』って、弓削には言ってたよね」

「ふーん。聞こえてたんだ」

キツネが暫く考えて口を開いた。「おばちゃんには、鼻か耳を削いで訊くこともできるんだけどな……。まぁ、いいだろう。〈XV〉は簡単、ただのローマ数字の15だよ。それ以上でもそれ以下でもない。それじゃあ、僕から……」

「あなたのラッキーナンバーなの」

キツネの顔が朱に染まり、いきなり尾崎が背中を預けていた壁を蹴った。

「ラッキー？　ふざけんな、僕は運なんてものは信じない」キツネの目尻が上り、凶暴に光る。

顔のすぐ横の壁に靴をかけたまま尾崎を覗き込む。

「そんなに訊きたいんだったら、教えてやるよ。15は、僕が赤ん坊のとき捨てられていた駅のコインロッカーの番号だ。ついでに言うと、松永遼悟って名前は歴史小説好きの養護施設の院長が駅名と作家の名前からつけた。けど施設の連中からは陰で遼悟じゃなくて、ずっと『ジューゴ』って呼ばれてた」

それを聞いて尾崎の頭をかすめたのは、以前かかわった事件だった。暗く薄汚れた公園のトイレで、凍死して見つかった生まれて間もない新生児。へその緒がついたままピンク色のキャンディの箱に入れられていた。逮捕されたその子の母親は、まだ女子高校生だった。

「人が生きていれば、多かれ少なかれ運というものに左右される。あなたは生きてる。それは、運が良かったってことじゃないの」

「小学生のとき院長室に忍び込んで、ファイルの中にあった新聞の切り抜きを読んだ。あのとき泣き声で駅の係員が気づかなかったら、あの狭くて昏い箱の中で赤ん坊は死んでいただろうって記事にあった。あれは運なんかじゃない、自分の力で切り開いた運命だ。僕は必死に泣き叫んで、あそこから生き延びたんだ」

電気の消えた薄暗い継続捜査支援室ではどこか落ち着きがなく、顔に不安の表情が見えた。キツネには閉所か暗所恐怖症の傾向があるのかもしれない。わざわざ逃げ場のない、不利な屋上を選んで上がってきた理由がわかったような気がした。

「ほら、今度はおばちゃんの番だ」

キツネが壁にかけていた足をはずし、顎を振って尾崎に等価分の情報を要求した。

「『傍観者』は笹塚家や市営住宅で、あなたの犯行の全てを見ていた」

「それをどうやって証明するんだ」

「あなたの背中に彫られたタトゥー。その意味は何なの」

「それは答えじゃなくて質問だ。それにその情報は、あの似顔絵のチラシに載っている」

尾崎は少し考えて応えた。「あなたは笹塚家のマンションで母親をナイフで殺害した後、廊下にあがる前に三和土に脱ぎ捨てられていた陸人君の青い靴をきれいに揃えた」

キツネの目が大きく広がり、そして細く窄《すぼ》まる。

「……ふーん、驚いたな。やっぱり本当に見られてたんだ」

キツネが嬉しそうに笑う。それは今まで見せていた、人を蔑んだ嘲笑とは違った。そういえば、雀に餌をやっているときもキツネは笑った。あのとき、この男はこんな風に笑えるんだと意外に感じた。けどその直後、その笑顔で雀を絞め殺したことも思い出した。

「やっぱり、あんたなんだろ。『傍観者』は……」

だが、その笑顔は長くは続かなかった。突然屋上のドア横の警報ベルが大きな音で鳴り響いた。キツネが慌てて業務用大型室外機の後ろに隠れた。

〈緊急のお知らせです。緊急のお知らせです。署内に不審な人物が侵入しました。一般の方は係員の誘導に従い、速やかに建物の外へ避難してください〉スピーカーから三回同じ警戒アナウンスが繰り返されて、警報ベルも止む。屋上が一瞬にして静かになり、吹き抜ける風の音とビルの向こうの街の騒音が微かに聞こえてきた。

「へっ、驚かせんな。けど、下の階はパニックになっているみたいだ」

壁にある窓から、下の継続捜査支援室を覗き込んだ。階下で慌てふためく署員と一般の人々を想像したのだろう、キツネの顔がニヤついていた。そこに先程の笑顔はない。尾崎は署内の様子も気になったが、頭の中はキツネが語ったあの部屋と陸人の関係でいっぱいだった。

「陸人君がヒナを拾って、必死に助けを求めてきた。あなたは巣から落ちたヒナに、ロッカーに捨てられていた自分を見た。だから、死ぬ筈だった雀を助けたんじゃないの。さっきあなたは、僕らは雀を育ててたと言った、僕らって。あなたにとって市営住宅の五〇五号室は家であり、雀と陸人君は家族みたいなものだったはず。なのにその二つの小さな命を自ら手にかけた。いったいなぜなの」

キツネの瞳の奥に溜まった真っ黒な水。その表面に初めて波紋が起きたのが見えた。

「なっ……、なに言ってんの、おばちゃん。僕はヒナなんかじゃないし、あいつらとは家族でもない。僕はあの日、公園に落ちていたふたつの命を拾っただけだ」

「命を拾った……」

「そうだよ、せっかく拾ってやったのにあいつは……。いつも通りに公園で待ち合わせしていたら、僕は行けないって急に我が儘を言って、簡単に約束を破った」

キツネの目が少しずつ何かを訴えかけるように血走り、一点を見つめている。

「そういえば、あの時、あいつも僕と同じこと言っていた。僕はヒナなんかじゃないって……。

僕は落ちたヒナなんかじゃない、帰る家だってある。今日は僕の誕生日で、祝ってくれる家族もいる。そう言ってあいつは帰っていった」

笹塚家のリビングボードの上に飾ってあった、誕生日パーティの写真を思い出した。陸人は紙でつくった王冠をかぶり、家族の真ん中で満面の笑顔で写っていた。殺される一週間前が最後の誕生日だった。

「陸人君は八歳になったばかりの子供よ」

「年齢は関係ない、子供だろうが、老人だろうが。人間は独りで生まれ、独りで死んでいく。それは人間以外の他の動物でも同じだ。家族がいるからってなんだよ、約束を破っていい理由にはならない。なんだよ……、家族って。僕は独りで生きてきた。家族っていうものは幻想だ、それだけで罪なんだ……」

銃を持つキツネの手がふるえ、片方の手で白い髪をかきむしった。

「そんなことは聖書やギリシャ神話まで遡らなくても、ロシアの文豪やフロイトの本を読まなくても、おばちゃんだってわかってるはずだ。家庭内暴力から児童虐待、家族のあいだで起きた事件を毎日ニュースで見ない日は無い。犯罪統計でも出てんじゃん。殺人事件の半分以上は親、兄弟、配偶者、子ども、家族のなかで起きている。口に出して言わないだけで、家族は罪深いってことなんて皆んな知っている。気づいてないふりで家族という関係をずっと続けてるんだ。あんたら警察も、殺人が起きたら真っ先に調べるのは身内だろうが」

「確かに、血が繋がっている似た者同士だからこそ、お互いに我慢することなく言いたいことを言い合う。家族という関係に甘え、傷つけ合う。それがエスカレートし事件が起きる。しかし、その傷を癒し、受け入れるのも家族。陸人君はあなたとの約束を破ったかもしれないけれど、そんな小さな間違いを許すのも家族のはずよ」

「だから最初から言ってるじゃん、僕らは家族なんかじゃなかった。家族、家族って、家族がそんなに大切で大事なものなのかよ」

「あなただって、いつか家族を持ってみれば……」

「煩わしいんだよ！」キツネの目が据わり、苦しそうに眉間にシワを作る。「なんで……。いつもそうなんだよ。あんたも、僕が家族を知らない可哀想な人間だなんて思ってんだろ。けど違うよ、僕は僕なりに拾った命で家族を作ったんだ。何度も、何度も、何度も」

「ちょっと、拾った命で家族を作ったってどういうこと……」

「そうだよ、何度も……。でも僕は気づいたんだ。人は家族であることで何かに縛られて傷つけ合う。こんな簡単なこと、何で理解できないかな」

もしかして、キツネはダイスに送られてきた動画それぞれの現場で、自分の理想の擬似家族を造っては壊すことを繰り返し、殺人を犯してきたのか。

「待って、待って。あなたは何を言ってるの……。本の知識や統計だけで家族の本質を理解したみたいに言わないで。そんなこと……、そんな理由で、陸人君やその家族を殺したんだとしたら、私には何一つ理解できない」

くっ、くっく……。うつむいたキツネの肩が揺れている。苦しみの表情から、顔を上げたキツネが笑っていた。そして、疲れたように言った。「はあ、はあっ……。そう、そうなんだ、あいつもそれが理解できなくて……。だから……、だから僕が手伝ってやった。肉親の愛情みたいな束縛から、あいつの魂を解放してやったんだ、あの日……」

「あなたの言ってる魂の解放って……。嘘でしょ、ふざけるのもいい加減にして！　他人の命はあなたの所有物じゃない」

「いいじゃん、僕が拾った命だ。どうしようと僕の勝手だ。それにおばちゃん、なに他人ごとみたいに言ってんの」

キツネが素早く動いた。反射的に結束バンドで縛られた両手をあげたが間に合わない。頬と側頭部にキツネの靴先が入り、そのまま床に転がった。

「あんたの命も僕の手の中にあんだよ」

朦朧とした意識の中に、笹塚家のシャワー室で見たキツネの背中に彫られた心臓と翼のタトゥーが蘇った。魂の解放……。初めてキツネの声を聞いたとき、言葉遣いはまるでガキだと思った。が、言葉遣いだけじゃなかった。株の取引で大儲けをしているくらいだ、本も読み、知識もある。頭は悪くないはず、なのに発想や考え方は子ども。大人になりきれず、純粋すぎるゆえの傲慢で独善的な思考と犯行。

「この……、このクソガキが！」尾崎は縛られた手を床につき上半身を持ち上げる。口の中が切れて血の味でいっぱいになる。血で染まった唾液を床に吐き出した。

あの日、コーヒーを飲んでくつろぐ康則、リンゴを剝いて微笑んでいた加代子、携帯で会話をしている結衣、ゲームに夢中になっている陸人、そして次々に血の海に転がっていく笹塚家の四人の姿。頭の中でたびたび甦る、右眼で見た悲惨な光景。尾崎はそれらの記憶を引き剝がすように、パンク寸前の頭を振って言葉を絞り出す。

「そんな……、そんな理由で、あの家族四人を殺したの」

高音の耳鳴りが始まり、結束バンドで縛られた手が震え呼吸が荒くなる。片膝を立てて、顔にかかった前髪の隙間からキツネを睨んだ。

「私には、あなたがどこで生まれ、どう生きてきたかなんて、知ったこっちゃない！　でも、ひとつだけわかったことがある」

「ふんっ、何だよ」

「あなたが、本当に人間の本質は独りだって考えているのなら、他人の人生に一番深く関わる殺人を犯すわけがない。……人が何を言おうが、何をしようが自分とは関係ないんだったら、ほっとけば良かった。本当に魂を解放したいのなら、雀を窓から空へ解き放つこともできた。けれど、あなたは笹塚家全員と雀をその手で殺した」

　今にも身体が傾き、床に倒れそうになる。力が入らない足を踏ん張り、壁に背中をあずけて少しずつ立ち上がる。

「家族は罪、命と愛情の束縛からの解放。何ガキみたいなことを言ってんの。『僕には家族がいる……』陸人君は八歳の子ども、ただ当たり前のことを言っただけ。そこにあなたへの蔑みや哀れみは無かった。……なのに、その何気ないひと言に、あなたは陸人君が自分を馬鹿にして裏切ったと思った。約束を破り、家族を選んだ陸人君が許せなかった……、そして羨ましかった」

「何を……」

「世界の万物を支配する法則、魂の解放……。崇高なお題目を唱えているけど、あなたが陸人君とその家族を殺した動機は、ただの嫉妬」

「へっ、嫉妬って、……んだよそれ。何で僕が」

　キツネの顔が薄く笑ったまま凍りつく。無造作に手にぶら下げられていた銃口が持ち上がる。

　尾崎はそれを睨みつけた。

「……人間の本質は独りって、チャンチャラ可笑しいわ。なーんにもわかってない。あなたは他人のことを知りたがっているし、自分のことを知ってもらいたがってる」

尾崎には、もうキツネを刺激しないようになどという余裕はなかった。

「おばちゃんに僕の何が、何がわかるってんだよ！」

「あなたは、自分の行動が矛盾していると気づいてないの。……笹塚家では指紋は拭き取り、DNAも残していない。市営住宅の部屋に残っていた全ての証拠も焼き尽くした。犯行は完璧だった。なのに、……わざわざそれを見せびらかすように、あの胸くそ悪い『ダイス』というサイトに〈XV〉の名前で五つの動画を送った……自分はここにいるって。赤ん坊のあなたがコインロッカーの中で必死に泣き叫んだように」

壁に背中をあずけて立ってはいるが、膝が震えて倒れそうになる。壁に手をつくがそのままズルズルと床に膝をつく。下からキツネを睨む。

「あなたは何故ここにいるの。似顔絵を見せられて正体がばれたとわかったなら、どこかへ逃げることもできたはず。なのに……、高橋さんを拷問して情報を訊きだし、捕まる危険を冒してまで事件の目撃者を探しにここに来た」

キツネが動揺し、細めた目の奥の黒い瞳が揺れた。

「薄っぺらな精神分析しやがって、吐き気がする。おばちゃんに何がわかんだよ。僕は誰にも知られずに生まれ、誰にも知られずにこれまで生きてきたんだ」

「だから自分のことを知ってほしい、けれど知られたくない。あなたは、孤独という病に冒された飢えた獣ね。そうやっていったい何を探しているの？　魂の解放って、いったい何のために？　誰のために？　そのために何人殺せば気がすむの」

「黙れっ黙れっ、黙れっ！」

キツネの白い髪が逆立つ。眉間にしわを造り、顔が朱色に染まる。怒りで持っていた銃が小刻みに震えだした。

10

突然、継続捜査支援室から屋上に出るドアが軋んだ。開いた扉から黒い影が飛び出して来る。防弾ベストを着た弓削だった。低い体勢から銃を構えたキツネの腰を捉える。ふたりの身体が絡まりながら壁に衝突した。

「弓削さん！」尾崎が叫ぶ。

「こっ、この野郎っ」キツネが銃のグリップと肘で腰に絡み付く弓削の背中や後頭部を殴る。たまらず弓削がキツネの後ろに回り込み、首に腕を絡ませつつ銃を持った手を摑んだ。キツネが右肘を振りまわし弓削の脇腹を突く。屋上にふたりの発する荒い息遣いが絡み合う。

キツネが床を蹴って背中に絡み付く弓削の身体を壁に打ち付ける。弓削の腕が弛み、お互いの身体が離れた。尾崎も壁に背をつけて、ふらつく足で立ち上がる。

弓削は素早くキツネの襟を摑み、上体を腰に乗せて投げようとした。だが壁が近すぎた。キツネの足が壁を蹴って、ふたりの身体がバランスを崩し屋上の床を転がる。キツネが倒れざまに銃口を上げた。起き上がった弓削の身体が一瞬固まる。尾崎は身体をかぶせるように前に出た。結束バンドで拘束され、できることは動くことだけだった。

銃声が屋上に響き渡り、叫び声が聞こえた。尾崎が振り返ると弓削が床に倒れていた。「弓削さん！」太腿部の銃創を押さえた指の間から血が滴り落ちている。

「邪魔だっ、どけ！」キツネに腰を蹴られた。尾崎は大きな音をたててエアコンの室外機に身体をぶつけ、床に倒れこむ。

足を引きずりながらも立とうとする弓削の腹部を、助走をつけたキツネが蹴り上げる。仰向けに倒れた弓削の頭部を狙って引き金に指をかけた。

「やめて、最後の銃弾よ！」尾崎が叫ぶ。

「……尾崎」弓削がキツネの向けている銃口を睨んで、苦しそうにつぶやいた。

キツネが引き金を引くのを躊躇し、弓削の頭部にあてていた銃口を外す。かわりに脚の銃創を全体重を乗せて踏みつける。「がっ」弓削の口から呻き声が漏れる。足を外すとその銃創を狙って何度も蹴り付けた。傷口から流れ出た血が床に広がっていく。

「あぶない、あぶない。大切な弾を無駄遣いするところだった」

「こっ、この野郎」弓削が苦しそうにうめき、キツネを睨んだ。

キツネがニヤつきながら、倒れている弓削の顔と腹部を二度三度と蹴る。弓削が倒れたまま手を後頭部にまわし両腕を折って背中を丸め、キツネの靴先から身体を守った。

キツネが肩で息をしながら、振り向いた。眼が血走り、白い髪が乱れ、汗に濡れた顔が何かに取り憑かれたように笑っていた。腰を屈め、弓削の防弾ベストの内側と腰回りを探った。

「ちぇ、なんだ。こいつも拳銃を持ってねーのかよ」

弓削の残っている意識を潰すように、もう一度腹部を蹴りあげた。弓削の身体が屋上の床を転がる。靴に着いた弓削の血を壁になすりつけながら、銃口を尾崎に向けてくる。

「そこで、おとなしくしてろ」

そう言い捨て屋上のドアを開け、他に誰かいないか継続捜査支援室を見回した。

尾崎はそれを見て立ち上がると、ふらつく足で走った。足が動かない。掃除用ロッカーまでの短い距離が遠く感じる。ようやくたどり着くと扉を開け、その裏に隠れた。

「ったく、どこへ逃げてんだよ、おばちゃん。めんどくせーなっ」

追いかけてきたキツネが開いたままの扉を足で蹴った。大きな音を立てて目の前でロッカーの扉が閉まる。間髪入れずに尾崎がモップの柄を振りかぶる。ブンッという音とともに柄が空気を裂いた。結束バンドのせいで腕が伸びず、モップの金具がキツネの鼻先をかすめる。

腰の前で柄を止めることができずに床を叩いた。ふらつく足を踏み込んで身体をひねる。柄を振りまわし、金具部分を壁の角に叩きつけた。外れた金具が金属音をたてて屋上の床に転がる。木の柄を握りなおし、ゆっくり正眼にかまえた。両手をしぼるようにして握力を確かめる。巻かれた結束バンドが深く手首の肉に食い込んでくる。

「おっとっと。あぶない」キツネはステップを踏むように後ろに下がる。

「おいおい、そんな棒っ切れ持ってどうすんの」キツネは腰を屈め、倒れている弓削のこめかみに銃を向け、尾崎を牽制するように右手を上げる。「――とは、言ってられないか。おばちゃんが棒を持つと厄介だ。それを捨てろ、じゃないとこいつを撃つ」

「撃てっこない、銃弾は残り一発。……有効に使わないと」

尾崎はすり足で、弓削の反対方向へ徐々に円を描くように回り込む。脇腹の刺傷の血は止まっているようだが、一足踏み出すたびにヒリヒリと痛む。だがこの痛みがなかったら、とっくに気を失っていたかもしれない。両目を使いすぎて、心拍に合わせて頭痛がし、目眩と吐き気がする。

キツネの向こうに、倒れている弓削の姿が見える。

弓削には意識があり、腫れ上がったまぶたの下からキツネを睨んでいた。

「おばちゃんは僕のことをコインロッカーで死なずに、運が良かったって言ったよね。けど飢えた獣の立場から言わせてもらうと、獲物の群の中で一番先に狙うのは、運の悪いやつじゃあない。走るのが遅い子供や年寄り、あんたらみたいに怪我をして弱ってる獲物だよ」

「それじゃあ試してみる……私がその弱ってる獲物かどうか」

キツネがチラリと弓削を見て、銃口を尾崎に向けた。

「最後は、自分の力で生きようとするやつが残るんだ。孤独で空腹の中、そうやって僕は生き延びてきたんだ」

「……全ての不幸を背負ったふりと独りよがりの屁理屈で、何でもわかってますって顔をしないで。むかつくっ」尾崎は苦しい息の中から叫んだ。

手に持ったモップの柄が途轍もなく重く感じる。結束バンドに締め付けられて、手の指に血が通わなくなり握力がなくなっていく。柄の先が呼吸をするたびに上下に揺れるのを、自分では止められなかった。

「撃たれたくないなら、早くその棒切れを捨てなよ。歴史の授業で習わなかった？　長篠の戦いで信長が鉄砲を使い、武田の騎馬隊を破ったって。しょせん拳銃に刀はかなわない。しかもそれ、刀じゃなくてただのモップだよ」銃を構えたキツネが笑った。

顔にかかる髪が邪魔になる。噴き出した汗が目に入って沁みるが、今はそれを拭うこともできない。「……この野郎」

「汗すごっ。なんだか顔色も悪いよ、おばちゃん。もう限界かな」

キツネが舌を出して乾いた唇をなめた。

壁ぎわに倒れている弓削を見た。腫れ上がったまぶたが目を塞ぎ、唇から血を流している。それでも壁に背を当ててなんとか起き上がろうともがいている。傷だらけの顔と目が合い、尾崎は小さく首を振った。

「じゃあ……。それじゃあ、いいこと教えましょうか」

「なんだ、命乞いかい」

「剣道を習ってた祖父ちゃんに……、私も小学校の時に同じことを訊いたことがある。銃と刀ではどっちが強いのかって。そしたら……」言葉が続かない。

「そしたら、何だよ」

柄を持ち上げ、右手首に巻かれている腕時計にそっと唇を寄せる。再び両手を前方におろし正眼にかまえた。

「おい。何て言ったんだ、その爺さんは！」

「そしたら……遠く離れた人どうしが刀と銃で闘えば九分九厘銃が勝つ。けど……、けれど、至近距離での闘いでは五分五分だって……。祖父ちゃんが言ってた。相手があのスティーブ・マックイーンでもなって」

「誰だよ、そのスティーブなんとかって！」

尾崎を睨むキツネの目が据わり、細めた目の眼球が小刻みに揺れだす。銃の撃鉄を起こす音が聞こえ、シリンダーが回転する。人差し指がトリガーガードから引き金に掛かるのが見えた。

ポンという乾いた音がして、尾崎とキツネの間に赤いゴムボールが転がる。

キツネの目が一瞬逸れた。と同時に、尾崎は身体を左にかわしながら、下から前方へ潜りこむ。窮屈な低い姿勢で足を踏み出した。全体重が膝にかかり震える。キツネの手首を狙い、手の内を返して柄を切り上げた。無理な体勢で脇腹の傷に痛みが走る。結束バンドが手首に食い込み、腕が延びない。ぎりぎりで届いた柄の先がキツネの薬指と小指を叩いた。同時に銃の発射音が屋上に鳴りひびいた。

そのまま左足を引きつけて踏み込んだ。振り上げた柄を身体に沿って手首を返す。あばらがきしむ。渾身の力で一気に袈裟懸けに振り降ろした。キツネの鎖骨が折れる音がして、後ろに倒れて床を転がった。

一瞬を長い時間をかけて駆け抜けたような感覚だった。

尾崎は目眩がして、堪えきれず床に膝をついた。そのまま前のめりに倒れそうになる身体をモップの柄で支えた。

キツネが足首のホルスターから右手でナイフを抜き、ヨロヨロと立ち上がった。弓削の首筋にナイフをあて、窓から下を覗き牽制する。尾崎は膝に力が入らず動けない。

「……もうお終いよ。銃に弾丸は残ってない」

キツネが屋上の床に落ちている、ただの鉄の塊をじっと見た。

「松永、諦めろ……。すでに周りのビルには警備部の狙撃班も配置されている。バリケードで塞いだドアの外には突入班もいる。お前に逃げ道はない」

「うるさい。お前は黙ってろ」

キツネが弓削を後ろから羽交い締めにし、首にナイフを突きつけて尾崎を睨んだ。鎖骨に痛みが走ったのか、苦しそうに顔をしかめる。

「それじゃー、おばちゃん。最後の『等価交換』だ」

「……なにを」尾崎は突然の提案にたじろいだ。

「あの夜……。訪ねてきた高ちゃんに、いきなりこれはあんたなのかって似顔絵を見せられた。

あのとき、僕は心の底から怖いと思った」

キツネが苦しそうに間を空ける。左手の折れた二本の指が、あらぬ方向に曲がり震えていた。

「けど、それは僕が犯した罪がばれたからなんかじゃない。この世界で僕のことを見ていた人間がいる。……それを知って怖くて怖くて、僕は震えた」

キツネが、弓削の身体から手を離し、ふらつく足で立ち上がった。

「——それと同時に逢いたかったんだ。目撃者……じゃなかった。おばちゃんが言う、その『傍観者』ってやつに。たとえそれで捕まるようなことになったとしても」

キツネが青い空を見上げてにやりと笑った。「これが僕の最後の交換材料だ」

尾崎に見えるふたつ目の太陽が翳り始め、ビルの間に沈もうとしている。

「今度はそっちの番だ。ほら白状しなよ。おばちゃん、あんたなんだろ『傍観者』は……」

足を踏ん張り、柄を杖代わりにゆっくりと立ちあがる。そしてキツネを見据え、黙って頷く。

尾崎は、残っていた最後のカードを切った。

キツネが悲しそうに笑った。

「ふん、逢えてうれしいよ。だったら、僕のことを最後まで見てろよな。あんたは『傍観者』なんだから」キツネが踵《きびす》を返すと、屋上中央に向かって駆け出した。

脱色された白い髪が風になびく。手に持っていたナイフが日差しを受けて一瞬光った。

「待って！」尾崎が叫んだ。

追いかけようと踏み出した足がもつれ、その場に倒れた。斜めになった風景に、屋上を走るキツネが見える。ベンチを踏み台にフェンスに足をかけ、そのまま羽ばたくように空へ身を投げた。

尾崎には、キツネが背中の翼を使って空へ逃げた。——そう見えた。流れた汗が顎を伝い屋上の床に落ちる、その一瞬のあいだ。

静かな屋上に重く鈍い音が響いた。

震える膝に手をあてて立ち上がる。キツネが飛び降りたフェンスまで柄を杖にして歩く。一歩踏み出すたびに景色が歪み脇腹が疼く。フェンスに手をかけ下を覗き込む。

警官の制服を着たキツネがコンクリートの駐車場に仰向けに倒れていた。左足の膝から下が車止めにぶつかったのか、いびつに曲がっている。白い髪の半分ちかくが血で赤く染まり駐車場に貼り付いていた。口と耳からも血が流れ、頭のまわりにも赤黒い血溜まりが広がっている。近くにナイフが転がっていた。

あの空洞のような眼が屋上を見上げ、僕を見てろ……、と語りかけてきた。

「ふざけんな、なんで……」こみ上げる悔しさが口から漏れる。

尾崎は縛られた両手を振り上げてフェンスを叩いた。結束バンドが手首に深く食い込む。脇腹の刺傷の痛みもかまわずに、屋上から見えるビル群に向かって言葉にならない声で叫んだ。

11

フェンスから手を離し、ふーっと息を長く吐く。戻る途中で屋上に転がっていた赤いゴムボールを拾って弓削に返した。

「助かりました」

「こんなモンで良かったらいつでも言ってくれ。それより大丈夫か」

血のにじんでいる尾崎の白いシャツを指差した。弓削のその指も震えている。尾崎は足に力が入らず、弓削の前に膝をついた。

「大丈夫です。もう血も止まっています。弓削さんこそ」

「あの野郎、防弾ベストじゃなく脚を撃ちやがった。どうなったキツネは」

「逃げられました。駐車場に……、即死だと思います」

「そうか、ひとまず終わったか」

弓削が内ポケットから、携帯を取り出し電源ボタンを押した。スピーカーモードにして深澤に電話をかける。

「俺だ、終わったよ。屋上に上がっていいと伝えてくれ」

〈大丈夫ですか、弓削さん〉

「あー、何とかな。俺も尾崎も負傷をしている。救急車を呼んでくれ」

〈すでに手配済みです。『特殊班』のライブ映像を見ていました。キツネのことは残念ですが、ふたりが無事で良かったです〉

「あんまり無事じゃないがな」

〈……ですね。もろもろの手配が終わり次第、そっちに行きます〉

「わかった」弓削が携帯を切って、煙草を取り出し口に咥えた。

階下でドアをこじ開け、バリケードを乱暴に押し退ける大きな音がしていた。

弓削の血だらけの指が震え、ライターに火がつかない。「ええいっ、クソっ」

「私にも一本貰えますか」尾崎は壁に背をあずけて弓削の隣に座った。

「ばーか」弓削が煙草の箱を揺すって差し出した。

尾崎は頭を下げ、結束バンドで縛られた手で一本抜き出して咥える。ライターをあずかり弓削と自分の煙草に火をつけた。喫った煙が肺に入り、思わず咳きこんだ。「うっ」あばらの骨と脇腹の傷が疼いた。

「やっぱ、お前には十年早えーよ。いてっ」弓削が笑った顔をしかめた。

尾崎にはこの煙草が旨いのか不味いのかは、わからない。だが煙草の煙からは祖父の懐かしい匂いがして、目に沁みた。

「弓削さん、なんだか今日はいい天気ですね」

「そうだな……、右眼に見える三年前も晴れてるのか」

見上げる空に、弓削が吐き出した煙草の煙が雲になって流れる。

「はい、もう暮れかかっていますけど……」

警察署の屋上が騒がしくなってきている。上空から報道らしきヘリコプター数機のプロペラ音と救急車のサイレンが遠くから近づいてきているのが聞こえる。床で煙草を消し、弓削が差し出した携帯灰皿に吸い殻を突っ込んだ。

階段を駆け上がる複数の靴音がしてドアが乱暴に開いた。連絡を受けた特殊班がまわりを警戒しながら屋上になだれ込んできた。

隊員のひとりが屈み込み、ナイフで尾崎の結束バンドを切った。解放された手に、熱い血液が流れ込むのが分かる。擦り切れた手首の皮膚が心拍に合わせてひりひり痛む。「怪我は？」と訊かれ、尾崎は血で赤く染まったシャツをたくし上げて脇腹の刺創を見せる。隊員がバッグから救急用のキズパッドを出して応急処置を始めた。

「尾崎さん、大丈夫ですか」屋上に上がってきた野上が、後ろから心配そうに覗いている。

「俺もここにいるけどな」弓削が煙草を持った右手を上げる。

「あっ弓削さんも、無事で良かったです」

無精髭のもうひとりの隊員が、弓削と目を合わせ小さくうなずく。止血用のベルトをきつく縛る処置をして最後に手のひらで脚を叩いた。弓削の口から呻き声が漏れる。

「大丈夫ですか」尾崎が思わず訊いた。

「心配するな。銃弾は脚を貫通している。骨や血管への損傷はないみたいだが、神経のほうは病院に運んでみないと何とも言えんな。無茶をして怪我を負ったのは自業自得だ」

「特殊事件対策班一係の杉原班長だ」弓削が尾崎に紹介した。

「ご苦労様です」尾崎は隊員に向かって頭を下げた。

「俺たちは何もしてないよ。まぁ、出番がなかったのはいいことだ。ライブ映像で見ていた。あの苦しい体勢からの切り上げの小手は、見事だった」

杉原は尾崎の肩を叩いて立ち上がる。そのまま屋上の中央へ歩き、隣のビルにいる部下に手で合図を送り無線で指示を出す。

フェンスから下を覗き込み、携帯で話していた野上が走って来た。弓削に携帯をスピーカーにして差し出した。「班長からです」

「はい……」弓削がしゃがれた声で応える。

〈おう。撃たれたと聞いたが、まだ生きているみたいだな〉

「なんとかですね、けど酷い目に遭いました。班長は今どこに」

〈三十分程前から、キツネのマンションの家宅捜索に入ってる〉

「何か見つかりましたか」

〈まだだ、何せデスクトップ四台とノートパソコンが二台。セキュリティも万全だ。かなり時間がかかりそうだ。今からデジタル分析室に持ち込んでパスワードの解析から始める。だが、どこかに五つの動画の編集前のデータかその痕跡があるはずだ〉

「近藤班長、尾崎です。デジタル分析室の坂井君に伝えてください。キツネが持ち歩いていた天使のシールが貼られた黒いノートパソコンを重点的に調べるようにと」

〈おう、わかった。天使のシールだな。お嬢ちゃんもひどい目にあったな〉

「私は大丈夫です。でも弓削さんが」

〈心配するな。こいつはちょっとやそっとでは、くたばらんよ〉

「ひどいな」弓削が横で愚痴り、煙草の煙を吐き出す。

〈あと、めぼしい物といえば衣装だな。俺の家のリビングぐらいあるウォークインクローゼットに女性物も含めて、様々な職種の洋服が吊るされている〉

「背中の刺青に彫られていたNobody Knowsの文字。……キツネは孤児でした。何者でもない自分にコンプレックスを持っていたのかもしれません。今回の一連の事件でも宅配の男、介護士、市営住宅の眼鏡の女、警察官と外見を変えています。何者でもないキツネは、何者かになりきろうとしていたんだと思います。……それは内面も含めて」

〈何者でもないか。たしかに、あいつのマンションは無臭に近い。人が何年か住めば、そこかしこに人の匂いみたいなもんが部屋に染み込む。台所も広いリビングもきれいに片付けられている。いや、きれい過ぎて気持ちが悪いぐらいだ〉

「生活感がないってことですか」弓削が訊いた。

〈まあ、そうだな。ひとつ匂うのはリビングにあった大きな観葉植物だ〉

「ウンベラータですね」

〈そんな名前なのかい。お嬢ちゃんが送ってくれた写真に写ってた、キツネが抱えていたやつだ。リビングの陽のあたる一番良い場所に置かれて、大きな葉っぱが茂り天井に届きそうな勢いだ。水をやるジョウロや植物用の栄養剤もあって、なんかそこだけあいつの人間の匂いがしたな……。まあ、後は何か出たらまた連絡する〉

班長の電話を切った途端に、携帯が鳴り、野上が携帯の表示を見る。「鑑識の岩渕さんからです」話しながらフェンスへ向かった。手をあげて、駐車場にいる鑑識班にキツネが飛び降りた場所を伝えている。

「弓削さん、尾崎さん、救急車が着いたようです」下を見ていた野上が手を振って大声で叫ぶ。

尾崎は駐車場に落ちたキツネの眼の奥の深い闇を、また思い出していた。

「弓削さん。キツネ、いや松永遼悟、あいつは……何者だったんですかね」

「顔も名前も、職業も住んでる所もわかった。ただ、これほどの犯罪をなぜ起こしたのか、動機の本質の部分に関しては今のところ何もわかっていない、これからだな」弓削が体勢を起こし、呟くように言った。「だが、お前が指摘したように、あいつが人との繋がりに飢え、自分自身を含めた家族とは何か、その答えを求めて殺人を繰り返していたのなら、まさに『孤独という病に冒された飢えた獣』だったと考えるしかないな」

「あれっ、聞いてたんですか」

「そこのドアから飛び出す前にな」

弓削が短くなった煙草の吸い殻を携帯灰皿に押し込んだ。屋上に出るドアが軋む音がした。顔を上げると深澤がゆっくりと歩いて来る。ふたりの前に片膝をついた。

「弓削さん、ひどい顔ですね」深澤が薄く笑った。

「ほっとけ」弓削が顔をしかめる。尾崎も笑った。

「二人とも、お疲れさまでした。崎さん、もう右眼を閉じてください」

深澤は内ポケットに入っていたチャック付きのポリ袋から、新しい眼帯を取り出した。尾崎はそれを受け取り右眼を覆う。暮れようとしているふたつめの赤い太陽が消えた。

エピローグ

　ワンボックスカーの後部のスライドドアが開いて、ビニール袋を下げた尾崎が強引に滑り込んでくる。弓削は慌てて座席に立てかけていた松葉杖を、反対の窓際へ移動させて席を空けた。

「ううっ寒。はい紅茶。弓削さんには、コーヒー。あっ、また車の中で煙草喫いましたね。外で喫ってくださいと言いましたよね」

「気のせいだろ」弓削がとぼける。

「匂いでわかります」

　尾崎がさっさと袋から自分のホット緑茶を取り出し、寒さでかじかんだ両手を暖める。運転席の深澤が紅茶をひと口飲んだ。

「今日、報告がありました。松永が一番最初に送っていた動画〈ラブラドール〉。あの動画が、六年前キャンプ場近くのダムで起きた一家三人の心中事件につながりました。ダムから引き上げられた車の中から、扼殺された母親と子供、溺死した父親。それにトランクから、ラブラドール犬が撲殺されて見つかった事件です。パソコンに遺書が残されていて、父親による無理心中で処理されていました。母親の姉のところに保管されていたアルバムに、家族と一緒に犬が写っている写真が見つかりました。その犬がつけていた名前のはいった首輪と、動画の中の犬がしていた首輪が同一の物と確認されました」

「三人ですか……」尾崎が深いため息をついた。

「それと、未だ証拠があがらず未確定だった動画〈縁側〉は、郊外の一軒家で老婦人がナイフで刺殺された事件と確認されました。犯行に使われたナイフの形状は松永の所持していたものとほぼ一致していたのですが、決め手がなかった事件です。被害者の携帯の中に横顔ですけど、女装した松永の写真データが残っていました」

「結局、十一人を殺害した連続殺人事件……。これからどうなるんです」

「残念ですが、高橋巡査長殺害を含む六つの殺人事件の事件書類を被疑者死亡のまま検察に送ることになります」

「野上からも連絡があった。松永遼悟の出生も少しずつだがわかってきた。養護施設で育ち里親とも縁がなく中学を出てすぐ働き始めている。バーやパブのバーテンからホストや女装バーの従業員まで、水商売の仕事を転々としていた。人と積極的に交わるタイプではなかったが、ある種クールな佇まいとあの端整な顔に魅かれ、通い詰める客もいたらしい。その取り巻きのアドバイスで始めたのが、株や為替のデイトレードだ。まともに学校に行ってはいないが頭は悪くなかった。才能があったんだろうな、大成功した」

弓削は音をたてて缶コーヒーのプルタブを引いて開けた。

「高橋さんともそんな店で知り合っていた。高橋さんの事件の夜の足取りも掴めてきた。交番を出た後に似顔絵を持って松永が以前勤めていた女装バーの店を訪ねていた。高橋さんも女装の松永しか知らなかったみたいだ、確信が持てなかったんだろうな。うちに集合写真と情報を持ち込む前に、似ているかどうか店員と昔の常連に聞いて回っていた」

缶コーヒーをひと口飲んで、その甘さにため息をついた。

「岡崎史郎の行方はまだわからないのですか」尾崎が訊いてくる。

「H県警でも捜索中だ。遠い親戚は見つかったが、家は父親の事業の失敗で岡崎が中学のときに一家離散していた。行方は依然として不明のままだ」

「一家離散ですか。最初から家族のいない松永と父親に家族を壊された岡崎。年齢は離れていたが、孤独という部分で共鳴し繋がっていたのですかね」深澤が抑えた口調で言った。

「松永は屋上で、家族の結びつきはただの幻想だって言ってました」

「崎さんの報告書にあった、家族は罪ってやつですか。僕には、松永の言ってたこともわからないでもない。家族はジレンマを含んだ共同体ですもんね。寒いから体をくっつけあって温め合おうとする。けれど、近づけば近づくほどお互いの針が刺さって相手を傷つけてしまう、ヤマアラシみたいな家族もいます」

「だとしても、家族のことを知りたくて、他人の暮らしに土足で入り込み擬似家族を造るなんてことは、俺には理解できない。俺なんかより若く綺麗な顔をしていて、金も持っている。恋愛して結婚し子供を作り、本物の家族を持つこともできた筈だ」

「おふたりの意見もわかります。だけど、松永にはその刺さる針すらなかった。血の繋がりが、傷つけ合うこともある。でもそれを受け入れ寄り添うのが家族だとすれば、家族を知らない松永は、その癒しの部分だけを家族に求めていたのかもしれません」

ワンボックスカーのすぐ横を、子供をあいだに笑顔で会話を交わす親子三人が通り過ぎた。尾崎がドアのガラスに顔をつけて、遠ざかる家族の後ろ姿をじっと見ている。

「松永は完璧な理想の家族を求めて造っては壊し、殺人を繰り返していた……。ただ癒されるだけの完璧な家族なんてものはないのに。家族という存在は何なのか、その答えを飢えたキツネみたいにずっと探していた」尾崎が小さく呟いた。

「尾崎、あまりあいつの心の中の闇に踏み込むな。いくら探ってもそこに答えなんてものはない。松永の出生や人生がどんなに孤独だったとしても、十一人もの人間を殺す理由にはならん。松永が育った施設の子供も、多くが家族を持って一生懸命まじめに生きている」

「すみません。それもこれも、屋上で松永を逮捕できていれば……」

「何を言ってる。下手してたら俺かお前が、十二人目の犠牲者になっていた可能性もあった。少なくとも、これからあいつに拾われ殺されたかもしれない家族を救ったんだと思わなかったら、やってられんだろ」

「……そうですね」尾崎が悔しそうに頷いた。


駐車場のゲートをくぐり、立体駐車場の最上階まで上る。弓削は車から降りてドライバー席へ移り、座席の位置を調節する。

「身体の方はもう大丈夫なんですか」尾崎が後ろの座席から声をかけてくる。

「あぁ、大丈夫だ。もう普通に歩ける。足以外は防弾ベストを着てたのが良かったのか、骨や内臓に損傷は無かった」

深澤が車の外から覗き込んで、弓削のすぐ横にある松葉杖を見た。

「心配するな、この車はオートマだ。左足がこれでも運転はできる」

「わかりました。昨日打ち合わせしたように、崎さんのサポートには僕が付きます。弓削さんにはドライバーとバックアップをお願いします」

運転席のウィンドウを下げて煙草に火をつけた。冷たい外気が車内に流れ込む。

事件は三年前、この近くの公園で起きた。待ち合わせていた情報提供者のホームレスは現れず、弓削は、因縁を付けてきた半グレ三人組に襲われた。証拠品のデータに駐車場の防犯カメラ映像が残っていた。三人組と主犯と思われる男の乗った盗難車が駐車場に入り、屋根のない最上階に車を停めるのが、デジタルの時間表示と一緒に映っていた。

いま弓削が乗っている車の十五メートル先の八〇七番の駐車スペースに停まるまで、あと二十分を切っている。いつものようにタブレット端末のタイマーが、二時間前からカウントダウンを始めていた。

「そろそろ時間ですね。その行方不明になっているホームレスは、弓削さんが使っていたタレ込み屋なのですか」深澤が訊いてきた。

「まあな、六年近くの付き合いだった。三ヶ月から半年に一度ぐらいの頻度で連絡を取り合っていた。初対面のときは一部上場の優良会社の商社マンだったんだが、四年前中東から戻ってきていきなり会社を辞めた。それから一年後に会ったらホームレスになっていた、変わり者だ。だが、あいつが拾ってくる情報はいつも確かなものだった」

尾崎が車から降りて軽くストレッチをしながら言った。

「先週、弓削さんに教えてもらった公園に行って右眼で情報提供者のテントを見たのですが、もぬけの殻、何も見つかりませんでした」

「捜査報告書には、事件の一週間ほど前から姿が見えなくなったと、ほかのホームレスからの証言が残っている。誰かから逃げるために身を隠したか、拉致されたのか。あの日、あいつはなにか情報があって俺を呼び出したのは間違いない。その情報提供者の行方、半グレの男達が俺を襲ってきた本当の理由、車に乗っていた主犯格の男の正体。わからないことだらけで、捜査は尻切れとんぼで終わっている」

弓削は拳を開き、親指と人差し指の間の傷跡をじっと見つめた。

ヘッドフォンを着け、双方向無線をオンにした。マイクに小声で話しかけて通話チェックを始める。深澤と尾崎の声が聞こえてくる。

「……航、尾崎、すまない。継続捜査支援室として、再捜査すべき事件が山ほどあるのに。こんな個人的な事件に、右眼の能力と時間を使わせてしまって」

〈何言ってんですか、この件を解決しないと弓削さんも前に進めないでしょ〉

〈崎さんの言う通りです。そろそろ始めましょうか〉

「了解、それじゃ、録音を始めるぞ」

弓削は、膝の上に乗ったパソコンの通信録音ボタンを押した。

〈それでは、崎さんの右眼による捜査を始めます。今回の予定時間は一時間半を限度とします。捜査目的は、三人組の半グレがなぜ弓削さんを襲ったのか、その動機の手がかりを見つけることです。黒のＳＵＶの盗難車に乗っている主犯格の男の正体とその後の行方を追跡します。いつものように、予定時間以内でも崎さんの体調に異変が起きたときには即、中止にします。無理をしないように、いいですね〉

弓削はヘッドフォンを首にかけ、運転席から顔を出して尾崎に声を掛けた。

「尾崎、無茶するなよ」

「ふたりともバックアップ、よろしくお願いします」尾崎が弓削と深澤に頭を下げた。

深澤が時計を見て、尾崎の背中を叩いた。〈始めましょうか〉〈はい〉ヘッドフォンからふたりの声が聞こえ、駐車場のＳＵＶの駐車スペースに向って歩き出した。

助手席に置かれたタブレット端末の時計が、秒刻みでカウントダウンを続けている。

尾崎が緊張を解こうと強く吐いた息が霧のように白くなって漂う。夜の冷気が身体を包む。見上げると繁華街の灯りに照らされた、蒼白い夜の雲が浮かんでいる。駐車場を囲む柵から下を覗き込むと、枯れた街路樹の通りにはこの時間になっても、飲み歩く会社員や騒ぐ若者の姿が目につく。

〈三十秒前だ。二十八、二十七、二十六……もうすぐSUVが上がって来るぞ〉

イヤフォンから弓削の数字を読み上げる声が聞こえてくる。時を刻んでいる右腕にした腕時計をちらりと見る。尾崎は髪をかきあげ、ゆっくりと右眼の眼帯を外した。

——冬の凍るような夜空に、一瞬光る稲妻が見えた。

本作は、第九回新潮ミステリー大賞受賞作　寺嶌曜「キツネ狩り」を単行本化したものです。

なお刊行に際し、応募作に加筆・修正を施しました。

装幀　著者＋新潮社装幀室

キツネ狩《が》り

著 者
寺嶌《てらしま》 曜《よう》

発 行
2023年3月30日

発行者 佐藤隆信
発行所 株式会社新潮社
〒162-8711 東京都新宿区矢来町71
電話 編集部 03-3266-5411
読者係 03-3266-5111
https://www.shinchosha.co.jp

印刷所
錦明印刷株式会社
製本所
大口製本印刷株式会社

乱丁・落丁本は、ご面倒ですが小社読者係宛お送り下さい。
送料小社負担にてお取替えいたします。
価格はカバーに表示してあります。

ISBN978-4-10-354971-0 C0093

午前0時の身代金　京橋史織

新米弁護士が相談に乗った女子学生が突如失踪。翌朝、クラファンで身代金十億円を国民から募る、前代未聞の誘拐事件が発覚する――！新潮ミステリー大賞受賞作。

ループ・オブ・ザ・コード　荻堂顕

〈抹消〉を経験した彼の国で、極秘調査を命じられた「私」。謎の病とテロ事件に隠された衝撃の真相とは。破格のデビュー二作目にして近未来諜報小説の新たな地平。

箱とキツネと、パイナップル　村木美涼

引っ越した先は、一見普通のアパート。だけど、大家の回覧板メールに、個性あふれる住人、怪現象も続き――更にキツネのたたりの噂まで。一体どうなってるの⁉

#真相をお話しします　結城真一郎

リモート飲み、精子提供、YouTuber……。緻密で大胆な構成と容赦ない「どんでん返し」で現代の歪みを暴く！　日本推理作家協会賞受賞作を含む戦慄の5篇。

偽りのラストパス　生馬直樹

長岡第弐中のバスケ部で全国を目指す兄のもとに現れた来訪者の真意とは。そして、悲劇の連鎖の行方は。究極の選択に心震える、新潮ミステリー大賞受賞後第一作。

チェレンコフの眠り　一條次郎

猫のまたぐらよりも暑い夏の日の午後、飼い主であるマフィアのチェレンコフが銃殺され、アザラシのヒョーはひとり世界へ繰り出す。唯一無二の奇才が放つ傑作長編。

家裁調査官・庵原かのん　乃南アサ

迷い、傷つき、暴れる少年少女たちの〝声なき声〟に耳を傾け、更生を信じて一人一人と向き合う——ひたむきな女性調査官・かのんが奔走する連作集誕生！

あの子とQ　万城目学

見た目は普通の高校生、でも実は吸血鬼。そんな弓子のもとに突然、謎の物体「Q」が出現。巻き起こる大騒動の結末は⁉　ミラクルで楽しい青春×吸血鬼小説！

裂けた明日　佐々木譲

追われる母娘を〈安全圏〉まで守り抜く。男はそう決意した。日本内戦下、元公務員の決死行。行き着いた岐路で、胸に秘めた言葉と共に嗚咽と血がほとばしる。

プリンシパル　長浦京

大物極道「水嶽本家」の一人娘・綾女。彼女が辿る謀略の遍歴は、やがて戦後日本の闇を呑み込む漆黒の終局へ突き進む！　脳天撃ち抜く、超弩級犯罪巨編、堂々開幕。

ナイフを胸に抱きしめて　八重野統摩

教えて下さい。どうすれば、終わりのない憎しみから、解き放たれるのでしょうか？　少女の悲痛な叫びが胸を刺すラストシーンに涙せよ！　怨讐と贖罪の長編ミステリ。

怪談小説という名の小説怪談　澤村伊智

呪いの物件、学校の怪談、作者のわからない恐怖小説——。古今に紡がれてきた〈恐怖〉を、ホラーとミステリ両界の旗手が戦慄のアップデート。戦慄&驚愕の怪談集。